KB252876

九奇話

# 구기화

해밀 추리 무협 소설

DETECTIVE FANTASTIC STORY

# 구기화 4

해밀 추리 무협 소설

초판 1쇄 찍은 날 § 2008년 4월 7일
초판 1쇄 펴낸 날 § 2008년 4월 14일

지은이 § 해밀
펴낸이 § 서경석

편집장 § 문혜영
편집책임 § 유혜림

펴낸곳 § 도서출판 청어람
등록번호 § 제1081-1-89호
등록일자 § 1999. 5. 31
어람번호 § 제2-1465호

주소 § 경기도 부천시 원미구 심곡1동 350-1 남성B/D 3F (우) 420-011
전화 § 032-656-4452  팩스 § 032-656-4453
http://www.chungeoram.com
E-mail § eoram99@chollian.net

ⓒ 해밀, 2007

ISBN 978-89-251-1269-5 04810
ISBN 978-89-251-1086-8 (세트)

九奇子話

해밀 추리 무협 소설

Detective Fantastic Story

4

건곤일척(乾坤一擲)

[완결]

鬼子
大笑
掌王
貴寶
光蝶
鬼星
蒼龍
書生
神醫

도서출판 처음람

구지화
목차

神毉鬼
鬼子王掌
大笑
光蝶
蒼龍
書生
貴寶
鬼星
第九章 흑암지옥(黑闇地獄)

대가(代價)

　모든 일에는 필연적으로 반대급부가 있는 것일까.

　누군가의 영광 뒤에는 다른 이의 좌절이 반드시 존재해야
만 한다는 것일까.

　진정 빛이 밝아질수록 그림자 또한 진해지는 것이 세상의
이치란 말인가.

　최후의 육 인(六人).

　그들은 진실의 대가로써 희생을 강요당하고 있었다.


　아무도, 아무런 생각과 말 그리고 움직임을 만들어내지 못
하고 있었다.

생각이 진행되기에는 너무도 믿을 수 없는 광경이었고 그 것을 표현할 말을 만들어내기에는 세상에 존재하는 단어가 모자랄 것만 같았기 때문이었다.

그것은 마치 작은 뒤척임에도 깨어질 꿈과도 같은 모습이 었기 때문에 그것이 두려워 모두가 굳어 있었는지도 몰랐다.

일장춘몽, 그러나 영원히 계속되는 꿈은 없음이 진리.

"이, 이것이 대체……."

넋이 나간 표정의 진사백이 주섬주섬 앞으로 걸어나갔다.

"멈추시오!"

우스스스—

진사백 발끝이 작은 절벽 끝에 아슬아슬하게 걸려 있었고 그의 발치에 있던 돌조각들이 가파른 벼랑 아래로 구르고 있 었다.

남궁대수는 서둘러 멍하니 절벽 가장자리에 서 있는 진사 백을 뒤로 끌어당겼다.

작은 안도의 한숨을 내쉰 남궁대수는 이마에 흐르는 식은 땀방울을 더러운 소매로 훔치며 다시 전면을 바라보았다.

남궁대수의 눈에서는 불신과 경악의 빛깔이 처음보다 더 욱 짙은 광채를 만들고 있었다.

굳이 눈을 돌려 확인하지 않는다 해도 옆에 서 있는 다른 이들의 눈도 비슷한 색으로 물들어 있으리라.

"가지요."

같은 것을 보고 있으나 다른 것을 생각하고 있는 것이 분명했으니 모두의 혼이 빠져나가 있는 이 상황에서도 홀로 여전히 침착함을 유지하고 있는 낮은 음성.

위해원이었다.

언제나와 다름없이 고저없는 담담한 음성에 무심한 얼굴이었지만 풍도지옥을 넘어서며 그의 모습은 어딘지 변해 있는 것만 같았다.

무심함을 넘어서 이제는 어떻게 되어도 상관없다는 것 같은 공허함이 그의 곁에 공기처럼 맴돌고 있었던 것이었다.

다른 일행은 위해원의 모습에서 그것을 분명하게 느낄 수 있었지만 세 명의 희생에 대한 충격 때문이라 여길 뿐 달리 할 말은 누구도 갖고 있지 않았다.

자신들 역시 그와 크게 다르지 않았으니.

고난과 시련만이 아니라 먹을 것, 마실 것을 입에 대지 못했으니, 그들 속으로 들어간 것은 슬픔의 눈물과 축축한 동굴 이슬뿐이었다.

일행은 내면 깊은 곳까지 지쳐 가고 있었던 것이었다.

아직도 반쯤은 정신이 나간 얼굴로 자신을 멍하니 바라보는 이들을 향해 위해원이 다시 입을 열었다.

"끝이 가까워 온 것만은 확실하군요. 결말이 어떻게 나든지……."

"분명… 그렇군. 그래, 가야지. 끝을 봐야지. 모두들 다시 움직이도록 하지.”

말끝 머리에 미약하게 배어 있는 떨림은 독고음이 마음을 진정시키려 애를 쓰고 있다는 것을 여과없이 보여주고 있었다.

그렇게 선두에 위해원을 세우고 육 인은 천천히 다시 걸음을 옮기기 시작했다.

그러나 몇 발자국을 옮기지 못하고 결국 독고음은 다시 고개를 뒤로 돌리며 한마디를 내뱉을 수밖에 없었으니…….

“정녕… 인간이란 대단한 존재군.”

지척에 있는 이도 듣지 못할 미약한 중얼거림이었지만 이 순간 모두들 그와 같은 생각을 마음속에 담고 있으리라.

작은 한숨을 몰아쉰 독고음은 떼어지지 않는 시선과 걸음을 애써 달래며 다시 마지막 행로를 밟기 시작했다.

혼돈 속에 떨어진 최후의 육 인이 마주한 믿지 못할 광경.

그 광경 속에 지금까지의 혼돈에 대한 해답이 숨겨져 있음을 모두들 직감적으로 알 수 있었다.

도저히 현실이라 여길 수 없어 차라리 꿈만 같았던 이제까지의 여로가 마침내 그 종착역에 이르고 있다는 것을 그들은 느낄 수 있었던 것이었다.

꿈의 결말이 악하고 불길할 악(惡) 자를 쓰는 악몽(惡夢) 혹은 즐겁고 좋아할 락(樂) 자를 쓰는 악몽(樂夢) 중 어떤 것으로 나타날지는 몰랐지만.

악몽과 악몽, 그 속은 전혀 다르지만 겉으로는 같아 보이기만 한 것.

이 세상 진리란 원래 이런 것인가.

누구도 끝을 알 수는 없었지만 끝이 다가왔음만은 분명하게 알 수 있었던 것이었다.

천의 장문영, 백치 대소 그리고 장왕 고원월.

이 세 명의 목숨을 통행료로 지불했던 아홉 번째 지옥인 풍도지옥.

그곳을 거쳐 똬리를 틀고 있는 독사의 몸통과 같았던 긴 동굴 통로를 지나 다다른 곳은 여느 때와 같이 옅은 빛이 들어오는 또 다른 구멍이었다.

또 다른 독사가 먹이를 삼키기 위하여 입을 벌리고 있는 것일지 몰랐지만 선택의 여지는 이미 그들에게 존재하지 않았다.

지금껏 많은 일을 겪어왔던 생존자들은 그 구멍 밖에 지옥의 야차들이 뛰어놀고 있었어도 크게 놀라지 않으리라 다짐하며 끌리는 걸음을 옮겼다.

그러나 동혈을 벗어난 뒤 그들의 굳은 다짐은 태풍 앞의 연기처럼 맥없이 흩어지고 말았으니, 그곳에서 마주한 것은 상상했던 지옥과 마귀들의 흔적이 아닌 꿈꿔왔던 세상과 인간들의 흔적이었던 것이었다.

동굴 밖에는 회색빛 안개가 자욱하게 세상을 색칠하고 있었고 어디선가 흘러들어 온 흐릿한 빛무리가 그 안개 속을 유영하고 있었다.

"제기랄! 또 뭐야, 이 안개는!"

통로를 막 벗어났을 때는 안개의 눈가림에 막혀 아무것도 보이지 않았었다.

빠르게 선두로 자리를 옮긴 진사백이 신경질적으로 중얼거리고는 손을 휘휘 저으며 한 걸음 내디딜 찰나 날카로운 음성이 그를 잡아 세웠다.

"기다려! 절벽이다!"

"헉!"

두르르르—

절벽으로 돌덩이가 굴러 떨어졌고 진사백의 얼굴에는 땀방울이 굴러 흐르고 있었다.

깊이와 상관없이 반드시 끝이 있게 마련인 세상의 절벽이 아닌 영원의 나락으로 추락하는 지옥의 무저갱이었을까.

한참을 지났지만 아직도 돌이 구르고 있는 아득한 소리가 희미한 잔향을 남기고 있었다.

창백해진 얼굴로 발밑을 바라보던 진사백은 그제야 방금 전의 위기를 인식하고는 뒤늦게 휘청거리며 두어 걸음 뒤로 물러났다.

"이, 이런 제길. 도대체 어떻게 돼먹은 곳이… 응? 저게 뭐지? 방금 뭔가가…….”

아찔한 절벽 아래를 바라보던 진사백의 시선이 안개 너머의 무엇인가를 발견했는지 조금씩 위로 들리기 시작했다.

밑에서 위로 시선이 올라갈수록 하얗게 질렸던 얼굴색은 푸르스름하게 변하기 시작했고 자세히 보기 위하여 가늘어졌던 그의 눈은 찢어질 듯 커다랗게 부릅떠져 갔다.

“저, 저, 저것…….”

“진 형, 왜 그러시오?”

희뿌연 안개를 헤치고 진사백의 곁으로 다가간 남궁대수의 얼굴에 바다를 뚫고 솟아오르는 일출처럼 의문의 빛이 서서히 떠올랐다.

어느새 진사백은 얼어붙은 듯 움직임이 멎어 있었고 그의 목소리는 같은 음절의 말만을 더듬거리고 있었으며 그의 눈동자는 초점이 풀려 있었던 것이었다.

흠칫―

안개 저 너머를 유심히 살피던 남궁대수의 얼굴에도 순식간에 핏기가 가셨다.

“비켜라!”

뱀의 머리를 가진 전설 속의 마녀가 눈앞에 있기라도 하듯 어느새 남궁대수마저 굳어져 버리는 것을 본 독고음이 그들의 어깨를 밀치고 앞으로 나섰다.

바람 앞의 마지막 잎사귀처럼 애처롭게 떨리고 있는 진사백의 손끝을 따라 독고음의 시선이 움직였다.

그리고 독고음의 모든 움직임도 순간적으로 멎었으니 모든 것이 정지한 세상에서 움직이고 있는 것이라고는 경악으로 점철된 작은 중얼거림뿐이었다.

"이, 이럴 수가… 도대체 누가… 누가 이런 것을!"

칠천무신 중 일인인 귀성 독고음의 전신을 경악으로 물들게 한 광경이었으니 단지 깊은 절벽이라 여겼던 것은 그 규모를 짐작할 수 없는 거대한 동혈(洞穴)이었던 것이었다.

시선이 닿는 모든 것을 암흑으로 물들인 채 웅크리고 있는 거대한 구멍.

그것은 지옥과 세상을 연결하는 통로와도 같아 자신들이 지옥이라 믿어오며 지나왔던 그간의 동굴들을 비웃고 있는 것만 같았다.

자신들이 통로라 여기며 걸어나왔던 곳은 그 동혈의 중간에 찍혀 있는 작은 점에 불과한 모습이었으니.

그러나 이것이 전부였다면 이렇게 혼이 나간 듯 놀라지는 않았을 것이었다.

마천루(摩天樓)!

암흑으로 외벽을 칠하고 절망으로 속을 채운 것 같았으니 반들거리는 검은 흑단목으로 자신을 무장한 채 어떤 범접도 용납지 않는 기세의 철옹성(鐵甕城)이 일행의 눈앞에 있었다.

바다와 같은 크기였으나 물결 대신 어둠이 흐르고 있는

동혈.

그리고 그 중심에 밑으로는 대지의 뿌리에 기초를 두고 위로는 하늘의 머리에 이르도록 쌓은 것만 같은 엄청난 크기의 누각이 세워져 있었던 것이었다.

건장한 청년이 그 끝과 끝을 내달려도 중간에 한번쯤 멈춰서 숨을 헐떡이고 다시 뛰어야만 할 것 같은 끝 모를 규모를 지닌 다층 누각이 안개 저 너머에 존재하고 있었으니.

자연의 신비와 인간의 위대함, 그 조합이 바로 그곳에 있었던 것이었다.

지상 위에서도 짝을 찾기 힘든 건축물을 전혀 낯선 지하에서 맞이한 육 인이 아직도 시선을 떼지 못하고 있는 것도 무리는 아니었으리라.

그러나 언제까지 감탄만 하고 있을 수는 없는 일이었으니 출발을 재촉하는 위해원의 말이 아니었더라도 입구를 찾기 위해 움직여야만 하는 상황이었다.

휘이이잉—

일행이 빠져나온 동굴과 누각 사이에 존재하는 십여 장의 거리는 텅 빈 암흑의 공간과 그곳을 지배하는 음산한 안개, 그리고 바람 소리만이 전부였을 뿐, 이 둘을 연결하는 어떠한 것도 보이지 않았다.

후들거리는 다리들이 필사적으로 행진을 하고 있었다.

어떤 위험이 도사릴지 모르는 상황에서 무턱대고 경공을

펼쳐 허공중에 몸을 띄울 수도 없는 노릇.

동혈을 둘러싸고 있는 절벽으로 나 있는 작은 소로를 따라 움직이는 것 외에 지금 할 수 있는 일은 아무것도 존재하지 않아 보였다.

치밀어 오르는 충격과 의문은 조금씩 진정됐지만 여전히 그 여운이 남긴 혼란에 힘들어하고 있을 무렵 일행은 동혈의 구조를 어느 정도나마 파악할 수 있었다.

소로는 완만한 곡선을 그리며 절벽 둘레로 펼쳐져 있었으니 마치 벼랑 안쪽 면에 작은 나선형의 홈이 파져 있는 것 같은 모습이었다.

그 나선형의 길을 걷고 있는 일행은 동혈 중앙의 위치하고 있는 누각에 들어갈 방법을 모색하는 형태로 움직일 수밖에 없었던 것이었다.

트르르르—

낭떠러지 아래로 몸을 던지는 삼천궁녀들과 같이 누군가의 발끝에 채인 돌덩이들이 작은 신음 소리를 남기며 쉴 새 없이 저 먼 세상 끝으로 추락하고 있었다.

잠시라도 긴장을 풀고 발을 헛디디면 저 돌덩이들과 같은 꼴이 될 수 있는 상황이 끝도 없이 이어지고 있었으니, 일행의 신경은 살 먹인 시위처럼 금방이라도 끊어질 듯 팽팽하게 당겨져 있었다.

그러나 태산이 높다 하되 하늘 아래 뫼[山]이므로 오르고 또

오르면 못 오를 리 없다고 하였던가.

한눈에 담기 힘든 규모의 동혈이었지만 걷고 또 걸으니 마침내 처음 동굴을 빠져나왔을 때 보았던 눈에 익은 풍경을 만날 수 있었다.

육 인은 누각을 중심으로 완전하게 동혈을 한 바퀴 빙글 돌았던 것이었으니 비록 일행의 위치는 처음과 같은 자리는 아니었으나 상황은 여전히 제자리에서 멈춰 있는 것만 같았다.

그것에 분노한 진사백이 참지 못하고 울분을 토해냈다.

"제기랄! 어떻게 된 건물이 어디에도 문은커녕 창문조차 없다니! 그냥 한쪽 벽을 부수고 들어갑시다!"

"진 형, 아무리 그래도 그것은……."

"남궁 형! 나는 이제 더 이상 못 참겠소! 귀성 어르신! 강강술래하는 계집들도 아니고 이렇게 빙빙 돌고 있을 수만은 없지 않습니까! 그것도 우리를 이렇게 만든 개새끼들이 있을 것이 뻔한 건물이 눈앞에 있는데!"

실핏줄이 터져 붉게 충혈된 눈을 하고 있는 진사백의 외침을 뒤로하고 위해원은 지그시 시선을 아래로 돌렸다.

이 장 정도 밑으로 처음 일행이 나왔던 동굴의 입구가 눈에 들어오고 있었다.

위해원의 고개가 이번에는 하늘로 향해졌다.

다른 일행은 초조하게 위해원을 지켜보고 있을 수밖에 없었으니 언제나 그랬듯 그에게서 곧 무슨 말이 있으리라 여기고 있는 까닭이었다.

골똘한 표정으로 생각에 잠긴 것 같던 위해원이 마침내 작은 음성을 만들어냈다.

그러나 모두가 기대하고 있던 해답이 아닌 또 다른 물음이었다.

"위가 보이십니까?"

"음… 보이지 않는군."

"아래는 보이십니까?"

독고음이 고개를 밑으로 내려 저 아래 땅 끝의 암흑을 향해 눈을 부라렸다.

그러나 잠시 후 눈을 감으며 또다시 침울한 대답만을 내놓을 수밖에 없었다.

"내 안력으로도 무릴세. 위와 아래, 그 어느 것도 끝이 보이질 않아. 뚫고 볼 수 있는 것은 이십여 장. 적어도 그 사이에는 저 누각으로 들어갈 수 있어 보이는 어떤 것도 존재하지 않는 것 같군."

"이십여 장… 아무것도 없다라……."

저 멀리 희미하게 보이는 누각을 쳐다보며 멍한 얼굴로 중얼거리고 있는 위해원을 바라보며 남궁대수가 조심스럽게 입을 열었다.

"어떻게 해야 할 것 같소? 일단은 계속 걷는 길밖에는 없을 듯한데. 꼭 저 누각에 들어가야 하는 것은 아니지 않소. 이 거

대한 동혈로 보았을 때 어딘가는 밖으로 연결된 곳이 있을 수
도―"

"닥쳐라!"

난데없이 터진 독고음의 싸늘한 일갈에 남궁대수가 흠칫
몸을 경직시켰다.

"그들이 그렇게 허술할 것 같은가! 저 누각 외에 다른 통로
는 없을 것이야! 또한 이 귀성 독고음을 이렇게 고생시킨 자
들을 눈앞에 놔두고 그냥 지나치라고 하는 건가!"

"그런 성격이었나……."

"뭣이!"

작은 음성이었으나 독고음이 못 들었을 리 없었으니 칼날
같은 날카로운 살기가 위해원의 전신을 금방이라도 난도질하
듯 위협하고 있었다.

그러나 흐릿한 눈망울을 지니고 있는 위해원은 말을 멈추
지 않았다.

"복수니 하는 감정적인 것보다는 좀 더 현실적인 것을 먼
저 하는 분이라고 생각했는데 제가 착각을 한 모양이군요."

"들어갈 방도를 찾지 못하면 이 구멍이 얼마나 깊은지 스
스로 떨어지면서 체험해 봐야 할 것이다."

독고음의 낮은 음성이 동혈 안에 메아리를 만들고 있었다.

그러나 곧 날카로운 송곳니를 드러내고 으르렁거리는 것
과 같았던 독고음은 자신도 모르게 몸을 흠칫거려야만 했으

니, 그것은 자신을 물끄러미 응시하고 있는 위해원의 눈 때문
이었다.

아무리 들여다보아도 그 끝을 알 수 없이 깊었으며 마침내
는 그 속에 끌려들어 갈 것만 같이 가라앉은 위해원의 눈이었
으니 마치 이 동혈을 닮아 있었다.

원래부터 어딘지 대하기 껄끄러웠던 위해원이었지만 이제
는 근처에 가기도 싫은 기분마저 들고 있었다.

천하의 칠천무신인 귀성조차!

"하, 하여간 해답을 내놓아라!"

이성적인 연유는 알 수 없었지만 본능적으로 몸서리쳐지
게 만드는 기이한 기분에 휩싸인 독고음은 자신도 모르게 위
해원의 시선을 피하고 있었다.

그 독고음을 잠시 바라보던 위해원은 이제 슬픔마저 흐르
는 것 같은 모호한 눈으로 저 깊은 구멍 속을 바라보며 중얼
거렸다.

"이 상황에서 아무것도 없다……. 풍도지옥. 그리고 마지
막 흑암지옥……. 역시 그런 것인가……."

"역시 그렇다? 음, 계속 걷는 길밖에 없다는 말—"

남궁대수의 말을 옆으로 흘리며 위해원이 빠르게 말을 이
어나갔다.

"진정 어떤 대가를 치르더라도 저 안으로 들어가고자 하십
니까."

고개를 숙이고 물어오는 위해원의 말에 묻어 있는 처연한 기색을 읽은 다른 다섯 명의 사람들은 순간적으로 아무런 대답도 하지 못했다.

잠시의 시간이 지난 뒤 위해원이 힘없이 고개를 끄덕거렸다.

"반대하는 분은 안 계시는군요. 아무것도 아닙니다. 돌아갑니다. 처음의 동굴로."

당혹감에 머뭇거리는 일행과는 달리 위해원은 이미 몸을 돌려세우고 있었다.

황급히 정신을 수습한 독고음이 무어라 말할 듯 입을 벙긋거렸으나 일말의 주저함도 없는 위해원의 등을 보고는 언어가 아닌 작은 한숨을 입에서 내뱉을 수밖에 없었다.

그렇게 일행은 다시 나선을 되돌려 원점으로 되돌아갔다.


"왜 돌아온 것이지요? 이렇게 앉아만 있는다고 길이 생기는 것도 아니니 계속 가는 편이 낫지 않을까요. 지금 휴식을 취하는 것이라면 충분히 쉰 것 같은데."

"제기랄! 맞는 말이야. 그 끝이 눈앞에 있는데 언제까지 죽치고 있자는 말이냐! 우리 갑시다. 저 빌어먹을 건물에 못 들어갈 바에야 차라리 이 길 끝에 뭐가 나올지라도 가보잔 말이야! 울화가 치밀어 가슴이 터질 것만 같아!"

다시 동굴 안으로 돌아오고 한참의 시간이 지난 뒤, 이제껏

침묵을 고수하고 있던 정월명이 싸늘한 시선으로 위해원에게
말했고 그에 뒤질세라 진사백도 제 가슴의 옷깃을 풀어헤치
며 고함을 질러댔다.

제각기 반응은 달랐으나 하나의 마음이었다.

지금껏 아무런 이유도 모르고 겪어왔던 모진 시간들의 해
답이 눈앞에 우뚝 서 있는데, 이렇게 아무것도 하지 않고 마
냥 앉아만 있으니 답답한 마음이 가슴속에 응어리지고 고통
스럽기까지 했던 것이리라.

"이러고 있을 수만은 없어! 틀림없이 저 탑 속에는 뭔가가
있을 거야. 한시라도 이 지긋지긋한 곳에서 나가야만 한단 말
이야! 우리 움직입시다. 지금까지처럼 계속 가다 보면—"

"닥쳐라!"

독고음의 높은 한마디가 동굴 속에서 웅웅거리는 메아리
로 퍼지고 있었다.

찔끔한 진사백은 쳐다보지도 않고 동굴 밖으로 희미하게
보이는 누각을 바라보고 있던 독고음의 시선이 천천히 움직
여 위해원에게 머물렀다.

잠시 탐색하던 눈초리에 날카로움을 더하며 독고음이 짧
고 단호하게 말했다.

"말하라!"

"……."

침묵하는 위해원을 향해 독고음이 하얀 이를 드러내며 엷

은 미소를 지어 보였다.

"약조 하나 할까? 한 번만 더 나를 답답하게 만들면 틀림없이 죽여주지. 삼척동자도 저 누각을 본다면 모든 비밀의 해답이 저 안에 있다는 것을 알 수 있을 터. 이게 무슨 말인지 알겠지? 마지막에 다다랐음이 분명한 이상 지금의 너는 그 효용이 거의 다했다는 것이지!"

언제나 함께 있으나 인식하기 힘든 그림자처럼 있는 듯 없는 듯 말없이 있던 지부용이 황급히 위해원의 곁으로 다가서며 앙칼진 눈으로 독고음을 쏘아보았다.

그녀를 향해 독고음이 아무 말 없이 환한 웃음을 지어 보였다.

그러나 마주하고 있는 눈에 웃음기라고는 티끌만큼도 찾아볼 수 없다는 것을 지부용은 똑똑히 알고 있었다.

입술을 잘근 깨문 그녀가 등 뒤에서 흔들거리고 있는 넓은 도의 손잡이를 잡아갈 무렵이었다.

"비키시오. 모두 들으시오."

등 뒤에서 들리는 음성에 지부용의 몸이 흠칫거렸다.

위해원의 목소리는 어딘가 맥이 빠져 있는 것만 같았지만 조용히 흐르는 개울가의 물결처럼 끊일 듯 끊이지 않고 흐르기 시작했다.

"말한 대로요. 저 누각이 모든 것의 시작이고 끝이 맞을 것이오."

“역시! 그랬어. 저 위가 놈이 하는 말이라면 틀림없지! 그
래, 그러니까! 빨리 들어가야 할 것 아니냐! 어서 우리 모두
일어납시다. 저 안으로 들어갈 방도만 찾으면—”

“너는 닥치라고 했다!”

우우우웅—

한겨울 살갗을 에는 눈보라와도 같은 거대한 파동이 동굴
안을 흔들고 지나갔다.

그 근원인 독고음의 눈에서 은은한 광채가 흐르고 있었고
그 끝은 위해원을 향해 있었다.

“물론 방도는 이곳에 있겠지? 가던 길을 되돌아온 네놈의
행동. 아무런 이유 없이 움직일 놈이 아닌 것은 분명한 터! 말
하라! 저 안으로 들어갈 수 있는 방법을!”

“방법은… 없소!”

위해원의 담담한 말에 어둠뿐인 사위에 침묵까지 내려앉
았다.

“하… 하하하하하!”

잠시의 침묵 뒤 독고음의 웃음소리가 광포한 야수의 이빨
이 되어 동굴 안을 이리저리 할퀴며 울려 퍼졌다.

그리고 한참을 웃은 독고음이 크게 왼쪽 다리를 앞으로 내
딛으며 말했다.

쿵!

“없.”

다시 오른쪽 다리가 내려앉으며 깊은 족적을 바위 속에 남겼다.

쿵!

"다?"

쿵쿵쿵쿵쿵!

갑자기 발소리가 빨라졌다고 느꼈을 때는 이미 독고음은 싸늘한 조소를 입에 매단 채 위해원의 앞에서 그를 내려다보고 있었다.

"마지막으로 묻겠다. 방금 저 안으로 들어갈 방도가 없다고 했느냐?"

"죽인—! 커컥—"

빠르게 손을 등 뒤의 도로 옮기며 날카로운 음성을 토해내던 지부용의 입에서 고통스러운 신음이 둔탁하게 흘러나오고 있었다.

푸르스름한 빛을 띠고 있는 독고음의 손이 하이얀 그녀의 목을 금방이라도 터뜨려 버릴 듯 움켜잡고 있었다.

"이 계집이 보자 보자 했더니! 크크크. 내 처음부터 방비하고 있다면 네깟 년이 일초지적이라도 될 줄 알았느냐!"

"커컥컥— 크으—"

"그 손 당장 놓지 못해!"

한 손에 지부용을 매단 독고음의 시선이 정월명에게로 향했다.

이미 동굴 안의 어둠은 독고음과 정월명의 몸에서 나오는 은은한 광채로 인하여 몸을 감추고 있는 상황이었다.

비록 지금껏 몸은 함께였으나 그 마음까지 함께이진 못했었으니, 애써 외면했던 불화의 씨앗은 마침내 화려한 불란의 싹을 틔우려 하고 있었다.

그러나 비극의 징조를 바라보는 위해원의 눈에는 뜻 모를 우울함이 잠시 맴돌다 사라졌을 뿐 어떤 제지의 기운도 보이지 않고 있었다.

휙—!

남궁대수가 빠르게 자리를 박차고 일어나 광접을 손에 쥐어 들었고 입술을 질끈 깨물며 망설이던 진사백도 딱딱하게 굳은 얼굴로 천천히 창룡검을 빼 들었다.

그 모습을 가늘게 찢어진 눈매로 훑어본 독고음이 곧 어깨를 들썩거렸다.

"큭큭큭. 그래, 처음부터 나답지 않았던 거야. 귀신의 별, 귀성이라 불리는 나답지 않은 행동들이었어. 이깟 애송이들을 데리고 움직였다니. 큭큭크. 하—"

"커흑! 컥컥! 컥!"

독고음은 즐겁다는 듯 음산한 웃음을 지어 보이더니 이내 후련하다는 듯 고개를 하늘로 들고 깊은 한숨을 내쉬었다.

그의 손에 목이 잡혀 허공에서 대롱거리고 있는 지부용의 얼굴이 농익어 팽창한 홍시처럼 금방이라도 터질 듯 시뻘겋게 달아올라 있었다.

한동안 하늘로 올라가 있던 독고음의 고개가 번개 치듯 내려졌고 천둥 치듯 그의 입이 빠르게 중얼거렸다.

"네놈들을 모두 죽이고 그 시체로 다리 놓아 저 누각으로 건너가리라!"

휙—

쿵!

내팽개쳐진 지부용의 몸이 한쪽 벽면에서 팅겨져 올랐을 때는 이미 독고음의 신형은 그 자리에 없었다.

첫 번째 목표는 정월명이었다.

흐느적거리며 떨어뜨리고 있던 정월명의 두 손이 흔들거린다고 느꼈을 무렵 이미 청(靑)과 홍(紅)의 두 개의 끈이 허공을 가르고 있었다.

쒜에에엥—

파바밧!

공기가 뜯겨 나가는 파공음과 함께 찬란한 은빛 광채가 번쩍였다.

어느새 두 손에 쥔 륜으로 쏘아지는 끈들을 쳐낸 독고음은 지척에 이른 정월명을 향해 손을 종으로 내저었다.

휘잉—

정월명의 상체가 빠르게 뒤로 꺾였고 륜의 궤적은 애꿎은 허공을 반으로 가르며 지나갔다.

펄럭!

정월명의 풍성한 궁장치마가 독고음의 시야를 막아섰으니 꺾이는 상체의 탄력에 땅을 박차는 다리의 가속이 더해지며 순간적으로 정월명의 하체가 허공에 나타난 것이었다.

"홍!"

쉬익—

섬전 같은 속도의 각법이 독고음의 턱 끝을 터럭 차이로 스치고 지나갔다.

고개를 까딱거리는 것으로 뒤로 재주넘으며 가한 정월명 공세를 피해낸 독고음이 짧은 코웃음과 함께 우측 다리를 빠르게 앞으로 내질렀다.

그곳엔 거꾸로 물구나무 서 있는 정월명의 머리가 있었다.

"합!"

땅을 짚고 있던 두 손을 빠르게 앞으로 내뻗으며 정월명이 독고음의 다리를 마주치는 것으로 각법을 봉쇄해 나갔다.

팡!

독고음의 다리에 실린 공력과 정월명의 손에 실린 공력이 충돌하여 작은 폭발음을 만들어냈으니 양측의 공력이 상쇄되어 사라지고 있었다.

그러나 그것은 끝이 아닌 시작을 알리는 축포와 같아만 보였으니 다음은 좌측 다리였다.

쉬익—

우측 다리의 각법이 막히자 우측 다리가 빠르게 뒤로 물러
났고 그 탄력을 이용해 더욱 가속이 붙은 좌측 다리가 앞으로
뻗어나갔다.

팡!

다시 우측 그리고 좌측, 또 우측!

쉭― 쉭쉭쉭쉭쉭―

팡! 팡팡팡팡팡!

눈부신 속도로 교차되며 내지르는 독고음의 두 다리는 이
미 땅이 아닌 허공을 밟으며 앞으로 전진하고 있었고 거꾸로
물구나무선 자세 그대로 정월명은 연신 양손을 앞으로 뻗으
며 후퇴하고 있었다.

스스스스―

거꾸로 선 정월명의 삼단 같은 머리채가 바닥을 쓸고 지나
가는 소리가 동굴 안에 음산히 흐르고 있었다.

그러나 순식간에 비(費)로 전락한 머리를 아까워할 여유는
없었으니 찰나의 순간에 터럭 같은 실수만 해도 얼굴 앞면이
으깨질 상황!

독고음의 얼굴에는 얼음 덩어리와 같은 싸늘한 조소가 지
어졌고 정월명의 얼굴에는 불덩어리와 같은 뜨거운 절망이
가득했다.

받아치는 기세로 아직은 몸을 허공에 띄우고 있지만 몸을
지탱할 두 손을 앞으로 연신 내지르고 있었고 자세를 원래대

로 되돌릴 시간도 없었으니 허공에 떠 있던 머리가 조금씩 추락하며 점차 땅에 끌리고 있었던 것이었다.

툭!

마침내 정월명의 머리가 땅에 솟아 있던 작은 돌부리를 건들 정도로 내려앉은 순간 독고음이 쉬고 있던 양손을 번쩍 들며 외쳤다.

"건방진 계집! 감히 누구에게!"

슈우우우―

꽈아앙!

"꺄아악―!"

정월명의 신형이 바닥을 구르며 벽에 가서 처박혔지만 독고음은 득의의 웃음을 터뜨리지 못했으니 그가 원한 건 비명조차 지르지 못하게 하는 것이었었다.

독고음은 귀신의 형상도 같은 표정으로 고개를 옆으로 돌렸으니 그곳에는 저 하늘의 은하수와도 같은 은은한 광채가 흐르고 있었다.

자신의 뜻을 방해한 것은 낭창거리는 연검, 남궁대수의 광접이었다.

"이 새끼가!"

일그러진 얼굴의 독고음이 두 개의 륜을 휘두르며 어느새 쓰러져 있는 정월명을 가로막고 우뚝 서 있는 남궁대수에게 달려들었다.

비장한 얼굴의 남궁대수는 광접을 눈앞까지 치켜들었고 좌측 다리를 반보 뒤로 빼 땅을 굳게 디디며 포효하는 맹수가 되어 우렁차게 외쳤다.

"오랏! 나는 남궁가의 남궁대수다!"

"흥! 내 남궁가의 씨를 말려주고 말리라!"

번쩍!

빛과 빛이 서로를 감싸 안았다.

독고음의 두 개의 류이 눈이 시릴 정도의 푸른빛에 휩싸였으니 날카로운 가지가 되어 핍박해 들어갔고, 남궁대수의 광접은 눈이 부실 정도의 하얀빛으로 물들어 한 마리의 나비가 되어 그 가지 사이를 날아다니기 시작했다.

휘리리릭—

거칠게 뻗어 있는 가지 사이를 이리저리 날아다니던 나비가 기이한 곡선을 그리더니 마침내 그 뿌리 끝으로 파고들기 시작했다.

종횡으로 난무하는 공세를 기이한 변화로 뚫고 들어오더니 이제는 류을 잡고 있는 자신의 손을 찔러 들어오는 검의 기세에 독고음은 다급한 헛바람을 집어삼켜야만 했다.

"헛!"

"가랏—!"

남궁대수가 벼락같은 일갈과 함께 내지른 손목을 비틀며 어깨를 쭉 밀어 넣었다.

쾅!

손과 검이 만난 결과라고는 믿을 수 없는 소리가 터져 나왔고 자욱한 먼지가 두 사람을 집어삼켰다.

후우우욱—

탁한 먼지와 그것이 타는 것 같은 검은 연기가 허공으로 비산하였다.

"으아악!"

분명 공세를 성공한 것은 남궁대수였지만 거친 외침을 터뜨리고 있는 목소리의 주인도 그였다.

정월명은 공력의 차에 의한 반발력으로 튕겨져 나갔을 남궁대수의 상황을 머릿속에 그리며 그를 돕기 위하여 벽을 짚고 필사적으로 일어나고 있었다.

반쯤 몸을 일으키며 앞을 바라보던 그녀가 갑자기 절규를 토해냈다.

"안, 안 돼!"

순식간에 일어난 자욱한 먼지와 연기가 그물에 잡힌 물고기 떼마냥 잠시 주춤거리는가 싶더니 이내 뚫린 구멍으로 고여 있던 물이 새어나가는 듯 허공의 한 지점을 향해 빠르게 몰려가고 있었던 것이었다.

그것이 의미하는 것은 한 가지!

어느새 서서히 시야가 확보되고 있었다.

푹!

광접이 땅 끝에 박혔고 그것에 지탱해 부들거리는 몸을 겨우 지탱하고 있는 남궁대수의 모습이 드러났다.

그의 입가로 한줄기 혈선이 흘러내리고 있었다.

흔들리는 눈으로 공기가 집중되고 있는 부분을 바라보던 남궁대수가 떨리는 한마디를 던졌다.

"염왕인……."

짙푸른 제비꽃마낭 파랗게 변해 버린 독고음의 손끝 주위로 대기가 회오리치고 있었고 독고음의 얼굴 끝에는 순수한 감탄의 바람이 몰아치고 있었다.

"대단하구나. 아무리 몇 가지 고난을 거치며 기연을 얻었다고는 하나 이렇게 빨리 무공 수위가 높아지다니."

독고음을 바라보며 절망에 물들어 있던 남궁대수의 눈이 무엇인가를 발견하고는 반짝였고 떨리던 그의 손이 다시 한 번 광접을 굳게 움켜잡았다.

은은한 놀라움이 어린 눈으로 남궁대수를 바라보며 독고음이 자애로운 목소리로 말했다.

"도산지옥을 건널 때의 너의 무위를 기억하고 있던 것 때문에 실수를 범할 뻔했어. 남궁가의 아해여, 나의 예측 범위를 넘어섰구나. 과연 남궁가의 미래를 짊어질 자란 호칭이 무색하지 않군. 그러나!"

자애로운 할아비의 얼굴을 하고 있던 독고음의 얼굴이 순식간에 야차의 표정으로 탈바꿈했다.

"남궁가의 미래는 여기서 끝나겠군! 큭큭큭! 이제 그만—"

"지금!"

뇌리에 경종을 울리는 위기감!

빙글—

순식간에 반쯤 몸을 돌리고 있던 독고음의 시야 끝에 자신에게 날아들고 있는 지부용과 진사백의 모습이 희끗하게 들어오고 있었다.

"이것들이 감히!"

웅장한 도기와 날카로운 검기가 하늘을 메우는 비가 되어 사방에서 쏟아지고 있는 것을 보고 다급해진 독고음의 염백인이 앞으로 내질러지려는 찰나!

"지금이야!"

"여기도 있다!"

등 뒤에서 날아드는 부드러운 세 개의 기운!

남궁대수의 광접과 정월명의 두 개의 끈이 매끄러운 곡선을 그리며 자신의 온몸을 옥죄어오고 있는 것이 아닌가!

독고음은 내지르던 염왕인의 방향을 급히 직각으로 꺾으며 자신이 있던 땅을 후려쳤다.

쿠아아아아아앙—!

"크아악—"

엄청난 굉음과 함께 동굴이 무너질 듯 출렁거렸고 그 사이로 독고음의 날카로운 비명 소리가 허공을 가르고 있었다.

우르르르―

화강암으로 이루어진 단단한 암벽이 터져 나가고 동굴의 한쪽 벽면이 완전하게 매몰되고 있었다.

조금 전과는 비교도 할 수 없는 혼돈이 세상을 물들였다.

동굴 안은 몰아치는 적의와 찌르는 살기로 어지러웠지만 정작 이 모든 일의 시발점이 되었던 장본인인 위해원은 한구석에서 무릎을 굽히고 두 손으로 감싸 안은 채 쭈그리고 앉아 무심한 눈으로 지켜보고 있을 뿐이었다.

그러나 분명 보고 있으되 또한 보고 있지 않은 것도 같았다.

경악, 당혹, 절망, 기쁨, 슬픔…….

그의 눈은 인간의 감정이 만들어내는 아무런 빛깔도 어려 있지 않았으니 그저 철저한 무심함 그 자체라 할 수 있을 것만 같았던 것이었다.

위해원은 비가 되어 쏟아지는 돌가루를 맞으며 천천히 자리에서 일어나 동굴 앞으로 걸음을 떼기 시작했다.

여전히 그의 눈동자는 공허함의 늪 깊은 곳에 가라앉아 있었다.

두두두둑!

주르륵―

어디선가 튕겨 나온 돌멩이에 맞은 이마가 찢어지며 선홍빛의 핏줄기를 얼굴에 그려냈지만 위해원은 어떤 감정도 느끼지 못하는 사람처럼 아무런 반응 없이 동굴 밖으로 느릿하게 움직일 뿐이었다.

그렇게 동굴 입구에 이른 위해원의 입술이 나직하게 달싹였다.

"마지막… 열 번째 지옥. 흑암지옥. 시작되었구나. 그대들이 원하는 대로 흑암지옥의 문을 내 손으로 열었다……. 이젠 어떻게 나올 것인가. 미지의 인물들이여. 올 텐가, 기다릴 텐가."

안에서부터 일고 있는 자욱한 먼지가 위해원의 옷자락을 스치며 동굴 밖으로 날아오르고 있었다.


"헉, 헉헉! 쿨럭, 쿨럭. 헉헉!"

"끝, 끝난 건가!"

깊게 몰아쉬는 호흡 사이로 거친 기침과 누군가의 외침이 금방이라도 완전히 무너질 것 같은 동굴 안에 불안하게 내리깔렸다.

"저, 저기!"

더듬거리는 진사백이 달뜬 음성을 토해냈고 모두의 시선이 중앙으로 모아졌다.

아직도 남아 있는 혼탁한 먼지 사이로 거대한 돌 더미가 눈에 들어왔으니 그곳은 독고음이 서 있던 마지막 위치였다.

돌무덤.

매몰된 동굴이 만들고 있는 작은 돌산은 귀성 독고음을 내리누르고 있는 돌무덤과도 같이 보였다.

"해, 해냈다! 내가 해냈어! 칠천무신 중 한 명! 미치광이 귀성을 내가 잡은 거야! 으하, 으하하하하!"

'나' 가 아닌 '우리' 였으나 그것을 정정해 줄 필요는 없었다.

광분한 얼굴로 마구 웃고 있는 진사백을 바라보며 여기저기 피를 묻히고 있는 남궁대수와 지부용, 그리고 정월명이 희미한 웃음을 지어 보였다.

"다들 괜찮으십니까?"

자신도 입가에 진득한 피칠을 하고 있는 남궁대수가 안위를 묻자 정월명이 가늘게 고개를 끄덕거려 보였고 지부용은 조금 더 짙은 미소를 지어 보였다.

"하하하! 좋아! 다 덤비라고 해! 칠천무신도 이긴 몸이시다! 다 나오라고 해! 하하하핫!"

툭!

독고음을 묻고 있는 돌무덤에서 작은 돌조각 하나가 흘러내렸지만 진사백의 희열에 들뜬 웃음소리 때문에 누구도 알아차리지 못하고 있었다.

"위 공자는?"

그제야 생각이 위해원에게 미친 남궁대수가 묻자 지부용의 고개가 다급하게 사방을 휘저으며 살피기 시작했다.

그리고 동굴 출구 부근에 우뚝 서 있는 위해원의 등을 바라
보고서야 그녀는 안도의 한숨을 내쉬었다.

투둑―!

다시 하나의 돌조각이 돌무덤에서 흘러내렸다.

위해원에게 온 신경을 모으고 있던 지부용이 고개를 돌려
작은 미소를 지은 채 남궁대수를 바라보았다.

"모두 무사한 것 같아요. 응? 왜, 그러시나요?"

꿀꺽!

봐서는 안 될 것을 본 자인 양 온몸이 가늘게 떨리고 있는
남궁대수의 목청이 마른침을 삼키며 크게 출렁거렸다.

이상한 기색을 느낀 지부용이 한곳으로 고정된 남궁대수
의 시선을 따라 고개를 움직였고 그녀의 몸도 모든 움직임을
한순간에 잃었다.

투두둑―

이번엔 서너 개의 돌조각이 비탈진 돌무덤의 경사를 따라
굴러 내리고 있었다.

남궁대수와 지부용은 칼날 끝을 맨발로 걷는 것과 같은 팽
팽한 긴장감 속에 정신을 던지고 있었지만 진사백은 아직도
커다란 웃음을 지으며 대소(大笑)하고 있었고, 그제야 혼미한
정신을 수습한 정월명은 주섬주섬 자리에서 일어나고 있었
다.

여전히 어지러운지 정월명이 고개를 좌우로 흔들며 비틀

거리는 걸음걸이로 남궁대수를 지나 지부용에게 향하기 시작
했다.

그녀가 움직이는 동선에 귀성의 돌무덤이 있었다.

"어디 다치신 곳은─"

"피, 피해!"

팟!

남궁대수가 목청이 찢어져라 커다란 절규를 토해내는 순
간 작은 반짝임이 허공에서 번쩍였다가 사라졌다.

"응?"

툭─

정월명이 의아하다는 듯 남궁대수를 한번 쳐다보고 다시
자신의 발밑을 쳐다보았다.

언제나 함께 있었기에 너무도 많이 보던 것.

발치에 있는 것이 잘 보이지 않는다는 듯 멍한 얼굴로 두
눈을 껌뻑거리며 그것을 향해 그녀가 천천히 몸을 숙였다.

"이것은……."

눈에 익은 것이 그녀의 발밑에 있었으니, 그것은 그녀가 입
고 있던 풍성하고 아름다운 궁장의 한쪽 팔 부분이었다.

"왜, 내, 내 옷이 찢어진 거지? 분명, 분명 방금까지 있었는
데……. 누구, 누구 아는 사람 있어요?"

떨리는 목소리로 물으며 다른 이들을 바라보던 정월명은
기이한 표정을 지으며 자신의 팔을 쳐다보았다.

그곳엔 아무것도 없었으니, 오직 매끈한 절단면을 채우고 있는 핏덩이뿐이었다.

그녀가 다시 멍한 얼굴로 바닥을 바라보았다.

바닥에 뒹구는 옷자락은 어느새 진득한 피로 젖어들고 있었고 그 붉어진 소매 끝에는 도톰한 손가락이 경련으로 꿈틀거리고 있는 것이 어렴풋이 보이고 있었다.

정월명이 고개를 돌려 뒤를 돌아보았다.

동굴 한쪽 벽면에는 아직도 부르르 가느다란 떨림을 보이는 은빛 륜이 박혀 있었다.

투두두둑—!

"안 돼!"

팟!

남궁대수가 신형을 날려 정월명을 감싸 안고 바닥을 굴렀고 그의 옷자락 끝을 또 하나의 륜이 스치고 지나 벽에 박혔다.

"으아아아악—!"

그제야 정월명이 자신의 뜯겨진 한쪽 어깨를 감싸 쥐며 거대한 비명을 질렀으나 그것은 이내 또 다른 소리에 묻혀 들리지 않게 되었다.

두두두두두두두두—!

거대한 진동.

돌무덤이 출렁거리고 있었고 귀신의 별이 무덤에서 기어

나오고 있었다.

털썩—

진사백은 자리에 주저앉았고 지부용은 쉴 새 없이 몸을 떨었으며 남궁대수는 정월명을 한쪽으로 밀치고 재빨리 돌무덤을 향해 쏘아나가며 광접을 휘둘렀다.

바닥을 보이고 있는 공력을 필사적으로 쥐어짠 검기가 날카로운 비행을 시작했다.

쉬이이익—

깡!

"크흑!"

가슴이 진탕되는 충격을 받은 남궁대수가 펄쩍 뒤로 뛰며 다시 원래의 자리로 내려앉아 떨리는 눈으로 돌무덤을 주시했다.

파란 얼음 기둥.

흘러내린 돌조각 사이로 짙푸르게 얼어붙은 어둠 기둥이 보였고 그 속에서 자신을 노려보며 웃고 있는 독고음의 얼굴도 보였다.

남궁대수의 머릿속에 바닥을 내려치는 독고음의 마지막 모습이 스쳐 지나갔다.

"한기(寒氣) 덩어리의 무공 염왕인! 그 염왕인의 충격으로 지면을 터뜨려 올리고 다시 한기로 그것을 얼려 방어막으로……."

찌지지지직—

째애앵!

하나둘, 가느다란 금이 가던 얼음 기둥이 깨지고 마침내 그 모습을 다시 드러낸 귀성이 천천히 돌조각을 헤집고 걸음을 옮기고 있었다.

진정 지옥에서 막 나오는 귀신과도 같은 모습이었으니 아수라와 같은 흉포함을 주루룩 흘리며 독고음이 입을 열었다.

"크크… 크크큭. 나쁘지 않아, 이런 기분……. 답례는 해야겠지. 모두 사지를 뜯어내 주마. 크크큭. 어디 다시들 힘을 합쳐 보려무나. 제일 먼저 움직이는 놈부터 갈기갈기 찢어줄 것을 약속하지. 크크크크."

분노로 속을 끓이면서도 침착하게 일어나고 있는 독고음의 모습에 남궁대수 등은 아득한 절망 속에서 허우적거릴 수밖에 없었다.

그것은 마치 난폭자인 북동풍에 짓씹힌 꽃송이가 괴로워하며 꽃잎을 흔들어대고 미친 듯이 향기를 뿜어내다가 이윽고 뿌리째 뽑혀 조각나려는 모습과도 같이 위태해 보였다.

그 낙화(落花)의 순간 동굴의 출구 저쪽에서 아무런 감정도 담기지 않은 무미건조한 음성이 날아들었다.

"멈추시지요."

독고음은 실로 가소롭다는 표정으로 위해원을 향해 이빨을 드러내 보였다.

"멈춰? 멈추라고? 크큭, 크크크. 크하하하. 좋아, 아주 좋아. 사실 나를 공격한 이 연놈들보다 네놈이 처음부터 제일 마음에 걸렸었어. 가장 신경 쓰였단 말이지! 약속은 지킨다. 첫 번째로 네놈의 팔과 다리를 뜯어내고 그때도 지금과 같이 당당하게 말할 수―"

"그들이 오고 있소."

"……!"

말을 만들어내고 있던 독고음의 입이 벌어진 그대로 멈추었다.

저 멀리서 남의 얘기를 하고 있는 것같이 담담하기만 한 위해원의 음성이 다시 들려왔다.

"더 이상 다툴 이유는 없소. 흑암지옥 발동……. 이제 모든 조건은 갖추어졌기 때문이오."

혼돈에 빠져 있는 모두의 귀였지만 이 순간 위해원의 작은 숨소리까지 똑똑히 들리고 있었다.

잠시 호흡을 고른 위해원이 속삭이듯 작은 목소리로, 그러나 너무도 분명하게 들리도록 또박또박한 음성으로 다시 입을 열었다.

"지금 누각의 문이 열렸소. 이제 최후의 때가 도래했소."

그렇게 마지막 지옥의 문이 열리고 있었다.

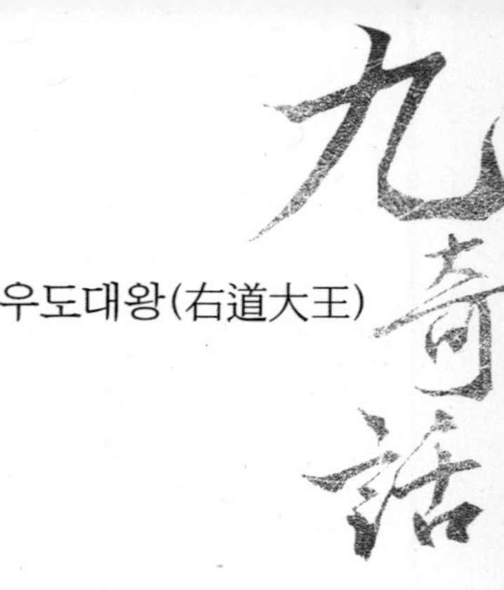

## 우도대왕(右道大王)

오, 한동안 방황하던 죽음이 드디어 먹이를 찾았던 최후의 날까지 그들은 일편단심으로 그 험한 자리에 우뚝 서 항해를 계속하고 있었다.

휴식이 필요한데도 이를 마다하고 임종하는 손도 힘을 합쳐 방향타를 잡았다.

그리고 마침내 목적지에 이르자 불길한 동요와 함께 그들, 그 배가 항로를 잃었다.

어떤 결말이던지 간에, 지옥으로의 항해는 이제 끝을 향해 나가려 하고 있구나.

외란(外亂)의 시작으로 인해 내란(內亂)은 끝이 나고 있었다.

여전히 불안한 눈으로 힐끔거리고 있는 진사백과 아직도 각자의 무기를 빼어 들고 있는 남궁대수와 지부용이었지만 독고음은 그런 그들에게 일견(一見)도 보내지 않았다.

다만 독고음은 헝클어진 머리를 손으로 쓸어내리며 고통의 신음을 흘리고 있는 정월명을 지나 위해원 곁으로 다가가 설 뿐이었다.

위해원이 보고 있는 것을 독고음도 바라보았다.

독고음의 동공이 확장되었다가 빠르게 수축하고 그의 눈매가 가늘게 좁혀지기 시작했다.

끼리리릭―

귀를 거슬리게 하는 마찰음과 함께 마천루 누각의 한쪽 벽면이 자신들의 방향으로 천천히 무너져 내리고 있었다.

중원의 성문은 일반적으로 양옆으로 열고 닫는 방식을 취하고 있지만 서역에서는 성을 보호하기 위한 도랑을 주위에 깊게 파고 그 도랑을 가로지르는 성문을 위아래로 열고 닫는 형식을 취하기도 한다는 것을 들은 적이 있는 독고음이었다.

마치 서역의 그 성문개폐의 방식으로 거대누각은 어둠의 입을 벌리고 있었던 것이었다.

누군가는 숨을 죽이고 있었고 또 누군가는 거친 숨을 들이켜고 다시 내쉬는 것이 대여섯 번쯤 진행될 무렵, 마침내 누각의 벽이 그들이 있는 동굴의 끝과 마주 닿았다.

쿵!

완전히 문이 열렸다는 것을 의미하는 물리적 소리였지만 심장이 쿵쾅거리는 소리와 겹쳐 육 인은 깊은 심리적 전율을 느껴야만 했다.

드디어 혼돈의 문이 열린 것이었다.

비록 지금껏 눈앞에 서 있는 누각이라는 사물에 의미를 부여하고 있었지만 그것은 누각 자체가 아닌 그 속에 있을 진실 때문이었으니 그 혼돈의 문 너머로 혼돈의 주재자가 모습을 드러내고 있었다.

지금껏 지나온 길이 아수라도(阿修羅道)와 같았으니 마주할 인물도 세 개의 얼굴과 여섯 개의 팔을 가진 아수라와 같을 것이라는 막연한 생각도 한 적도 있었으나 그것은 어디까지나 여러 가지 것들 중 하나의 짧은 상념에 불과했다.

그러나 이런 모습은 상상조차 하지 못한 것도 사실이었다.

최후의 진실 앞에서 마주한 인물은 너무도 단출한 모습을 하고 있었던 것이었다.

이제 사십이나 되었을까.

특이하게도 비단이 아닌 삼베로 만든 품과 소매가 넓은 백색 장삼을 단정하게 몸에 걸치고 있었고 허리에는 장식용으로 벽에 걸어두면 어울릴 법한 폭이 얇은 보검을 차고 있었다.

얼굴에 가느다란 흉터를 세월의 훈장처럼 새기고는 있으나 전체적으로 단정한 학자풍 인상의 인물.

빨라서 위기감을 조성하는 것도 아닌 느려서 갑갑증을 만드는 것도 아닌 그저 수면 위를 걷는 것과 같은 조용한 걸음걸이로 다가오던 백삼사내가 우뚝 멈춰서 깊게 허리를 숙이며 말했다.

그의 음성 또한 시냇물의 노래와 같이 잔잔했다.

"우도대왕입니다. 여러분을 환영합니다."

"우도대왕!"

그 이름이 갖는 의미를 기억 속에서 끄집어낸 몇 명이 고개를 돌렸다.

부르르르—

온몸에 가느다란 떨림을 달고 핏기 가신 창백한 얼굴, 비틀거리며 정월명이 앞으로 두어 걸음 나섰다.

정신은 육체를 지배한다고 했던가.

육체의 아픔을 집어삼키고 있는 정신적 타격에 그녀는 잘려진 어깨를 감싸 쥐는 것도 잊고 있어 바닥을 향해 피의 물줄기가 폭포수처럼 쏟아지고 있었다.

그녀를 바라보는 우도대왕의 눈에 인자한 빛이 떠올랐고 다시 그의 허리가 깊숙한 예를 표했다.

"귀자모신이시군요. 그간 고생 많으셨습니다. 외출을 마치고 집에 돌아오신 걸 환영합니다. 지치신 것 같으니 어서 들어가서 좀 쉬시지요."

"이, 이곳이……."

"아, 밖에서 보신 것은 처음이라 좀 낯서신가 보군요. 어떠십니까. 사십 년간 살아오던 집의 외향은 마음에 드십니까. 이곳이 나와 당신, 그리고 우리의 집입니다."

정월명이 부들부들 떨리는 눈으로 누각과 우도대왕을 번갈아 쳐다보았다.

그녀는 어깨가 절단된 아픔 따위와는 비교할 수 없는 아픔을 가슴속에서 느끼고 있는 것처럼 보였다.

갑자기 그녀가 앞으로 나서며 바닥에 머리를 조아리며 절규를 했다.

"전 제가 할 수 있는 최선의 것을 했습니다. 부디 자비를 내려주소서, 대왕이여! 부디 자비를, 자비를……!"

쿵쿵쿵!

어깨에서 흘러내리는 피와 바닥을 찧으며 절을 하는 이마에서 새롭게 흐르는 피가 만나 작은 핏줄기를 이루고 있었다.

전율이 치미는 기이한 광경이었지만 아무렇지도 않다는 듯 우도대왕은 환한 웃음을 지으며 몸을 숙여 그녀를 부축해 일으켜 세웠다.

"하하. 제가 귀자모신께 무슨 몹쓸 짓이라도 할 것으로 다른 분들께서 오해하시겠습니다. 이러지 마시지요. 귀자모신께서는 맡겨진 일들을 훌륭하게 해내셨습니다."

"그, 그렇다면!"

번쩍 들려진 정월명의 눈에 희망과 희열이 범벅이 되어 광채를 내뿜고 그것을 바라보는 우도대왕은 조금 더 짙은 웃음을 흘리며 그녀의 귀에 대고 속삭였다.

"고통스럽던 외출은 끝났습니다. 이제 집에서 쉬시지요. 편안하게… 영원히……."

정월명의 모든 움직임이 멎었고 그와 함께 그녀의 숨결과 그녀의 희망도 멎은 것만 같았다.

엎드린 채 일어날 줄 모르는 정월명을 뒤로하고 우도대왕이 다른 이들에게도 친근한 웃음을 지어 보였다.

그러나 그 웃음에 화답할 자는 아무도 없었다.

우도대왕의 눈이 시체마냥 온몸이 식어 있는 한 사람 한 사람을 바라보기 시작했다.

"음, 천하에 위명이 자자한 귀성 독고음님이시군요. 충분한 자격이 되십니다. 안으로 들어가시지요."

"자격?"

독고음의 눈꼬리가 하늘로 향해 치솟았고 그의 숨결이 조금씩 뜨거워지고 있었다.

그러나 우도대왕은 여전히 얼굴에 열매 맺은 싱그러운 웃음을 떨어뜨리지 않고 차분한 어조로 다시 입을 열었다.

"이쪽 분은 남궁가의 둘째 공자이신 남궁대수님이 맞지요? 물론 자격이 되십니다. 그리고 저분은 정무단주 검왕님의 셋째 제자이신 진사백님. 역시 안으로 들어가서도 좋습니다. 그리고 남은 두 분은……."

"그 무슨 개소리냐!"

의외로 육두문자는 진사백이 아닌 독고음에게서 흘러나왔고 우도대왕의 고개가 천천히 독고음을 향했다.

독고음의 진득한 노기를 증명하듯 그의 머리카락이 사방으로 휘날리고 있었다.

"하, 자격이라! 안으로 들어가도 좋다라! 누가 안으로 들어가고 싶다 했는가! 네깟 놈들이 감히 날 희롱하려 드는 것이냐!"

"좋습니다."

"……!"

우도대왕의 입가에는 웃음의 그림자조차 남아 있지 않았으니 처음부터 그랬었다는 듯 차갑게 서리 내린 무표정함만이 자리 잡고 있었다.

가슴 시리게 만드는 싸늘한 공기가 감돌고 있었다.

"좋습니다. 들어가고 싶지 않으시다면 마음대로 하시지요. 여러분은 지금까지의 관문들을 통과하신 분들입니다. 이제부터는 어떤 강요도 제약도 없습니다. 원하시는 대로 하시지요. 이것은—"

좌중을 향해 우도대왕의 시선이 천천히 훑고 지나가기 시작했다.

“다른 모든 분들에게도 적용되는 말입니다.”

마음이 다르니 그 창인 얼굴도 서로 다를 수밖에 없으리라.

어느새 우도대왕의 입가에는 예의 그 싱그러운 미소가 다시 걸쳐져 있었고 다른 일행의 얼굴에는 메마른 딱딱함이 깊어져 갔다.

“갈!”

뜻밖의 말에 잠시 주춤거리던 독고음이 분노의 노갈을 내지르며 무겁게 힘이 실린 걸음으로 우도대왕의 곁으로 성큼성큼 다가갔다.

“어디서 이따위 수작을! 이 갈아 마셔도 시원치 않을 놈들이! 오냐, 내 오늘 귀성 독고음이 누군지 똑똑히 가르쳐 주―”

“나는 들어가겠소.”

휙―

한 발자국만 더 움직이면 우도대왕과 마주할 거리까지 이동하고 있던 독고음을 비롯해 다른 모든 이의 고개가 바람 소리가 나게 돌려졌다.

누가 가꾸지 않아도 홀로 피어나는 들판의 꽃과 같았고 누가 기르지 않아도 장성하여 창공을 노니는 새와 같았으니, 일행의 손이 닿지 않는 영역에 홀로 있는 것만 같은 한 사람이 나서고 있었다.

앞으로 나서고 있는 이, 위해원이었다.

독고음과는 전혀 다른 허공을 밟고 지나가는 듯 사뿐한 움직임으로 우도대왕의 곁으로 위해원이 걸어오고 있었다.

"들어가길 원하오. 괜찮겠소?"

우도대왕은 위협적인 모습으로 곁에 서 있는 독고음의 존재는 이제 보이지 않는다는 듯이 오직 위해원에게로만 시선을 못 박고 있었다.

찰랑거리는 소리만 들릴 뿐 어둠에 숨어 모습을 드러내지 않고 있는 우물과도 같이 깊이 있는 눈으로 한참을 쳐다보던 우도대왕이 천천히 고개를 좌우로 내저었다.

"당신은 안 됩니다."

예상하지 못했던 대답에 독고음을 비롯한 모두의 눈에 불신과 의아함의 기색이 떠올랐다. 다른 이는 되는데 위해원은 안 된다라니!

그러나 위해원은 처음부터 그럴 줄 알았다는 듯 고개를 가만히 끄덕거리며 중얼거렸다.

"역시 그렇군. 지금의 나로선 안 되는 거였어. 지금의 나로서는……. 지부용 저 아가씨는?"

"그녀는… 흠. 좀 애매하군요. 지부용이라……. 그녀의 존재는 다른 분들이 들어간다면 들어갈 자격을 얻을 수 있지만 다른 분들이 거부한다면 들어갈 수 없는 것이라 할까요. 음, 그쯤하면 되겠군요."

미간을 찌푸리며 지부용을 바라보던 우도대왕이 잠시 고민을 거듭하다가 결론을 내리자 이번에도 예상했던 대답이라는 듯 위해원의 고개가 다시 위아래로 끄덕거려졌다.

그 모습을 바라보던 우도대왕의 눈에 작은 반짝임이 일었다가 사라졌다.

바보에게도 배울 점이 있다면 스승으로 삼을 만하고 석학에게도 가르칠 점이 있다면 제자로 삼을 만하며 적이라 할지라도 마음을 나눌 만하면 벗으로 삼을 만하다고 했으니, 지금 우도대왕과 위해원은 그 벗과도 같아 보였다.

서로만이 알아들을 수 있는 비밀스러운 대화로 다른 이에게 우정을 과시하는 벗과 같은 우도대왕과 위해원의 모습.

이번엔 위해원이 가볍게 말을 받았다.

"좋아. 자격을 증명해야겠군."

"……."

난데없는 위해원의 말에도 우도대왕은 가타부타하지 않고 다만 지그시 눈을 감을 뿐이었다.

위해원은 몸을 비스듬히 옆으로 돌려 아직도 싸늘한 광망을 쏟아내고 있는 독고음에게 말했다.

"이자의 말은 사실일 것입니다. 이제부터는 우리의 선택에 모든 일이 결정될 것입니다."

"우리의 선택?"

"그렇습니다. 그러나 그 선택은 제한되어 있습니다. 처음부터 그랬듯이 모든 것이 불공정한 거래이지요."

불안한 눈으로 주위를 두리번거리던 진사백이 조심스럽게

앞으로 나서며 끼어들었다.

"무, 무슨 말이지? 마지막 단계인 흑암지옥은 우리가 선택해서 받을 수도 있고 그렇지 않을 수도 있다는 말―"

"아닙니다. 흑암지옥은 이미 시작되었습니다. 다만, 그것이 끝났는지 그렇지 않은지는 저로서도 아직까지는 확실히 알 수는 없군요."

이번엔 남궁대수가 다급한 음성을 광접과 함께 꺼내 들었다.

"흑암지옥이 이미 시작되었다! 그렇다면 이 모든 것이 함정이란 말이오? 지금 저자가 하는 것은 시간 끌기란―"

"흑암지옥의 문을 연 건 우리들입니다."

위해원은 여전히 눈을 감고 있는 우도대왕을 잠시 쳐다본 뒤 초조한 기색을 숨기지 못하고 있는 일행에게 다시 시선을 돌렸다.

"지금까지 많은 의문이 있지만 그것은 크게 세 가지로 대변될 수 있습니다. 첫째, 우리를 죽일 수 있음에도 왜 죽이지 않고 이런 번거로운 길을 굳이 지나오게 만들고 있는가. 이것은 우리에게 원하는 일이 있다는 것을 의미한다고 결론을 내린 바 있습니다. 그렇다면 그 원하는 일이란 무엇인가."

"그, 그것이 무엇이란 말이오?"

위해원은 고개를 들어 끝도 없이 치솟아 있는 것만 같은 누각을 눈으로 쓸며 담담히 말했다.

"극한의 상황이겠지요. 누구에게도 보인 적 없이 홀로 숨겨왔던 본성까지도 끄집어낼 만한 극한."

"……!"

모두가 말문이 막힌 듯 아무도 말이 없었다.

잠시의 시간이 지난 뒤 독고음이 무엇인가를 말하려는 듯 입을 벙긋거렸지만 한발 먼저 나서는 위해원의 말에 입을 다물어야만 했다.

"둘째! 이 일의 주모자는 누구인가. 그것은 간단합니다. 이곳은 진시왕릉이고 그를 지키도록 되어 있는 자들의 무덤. 그렇다면 주모자는 진시황제의 후손. 바로, 황족(皇族)뿐이지요!"

꿀꺽.

아득한 정적 속에서 누군가의 침 삼키는 소리만이 커다랗게 울려 퍼지고 있었다.

"불로불사(不老不死)를 꿈꿨으나 그것을 이루지 못하고 떠나간 진시황제. 그 인연이 닿는 자에게 이곳을 넘겨줄 위인이라고는 볼 수 없습니다. 따라서 다른 방법으로 불로불사를 이루고자 했을 것입니다. 바로 핏줄! 인간이… 영원히 사는 방법은 자신의 자손을 이 땅에서 끊기지 않게 하는 것뿐이니까요."

휘이이잉―

동혈 깊은 지하로부터 한줄기 바람이 불어오고 있었다.

"진시황의 불로불사의 꿈은 자신의 자손이 영원히 세상을 지배할 수 있는 안배를 만드는 것으로 결말지어졌을 것입니다. 그리고 그 안배가 바로 이곳이겠지요."

"그러나 황족이라니! 그들은 여전히 세상을 지배하고 있지 않습니까! 비록 무림과 관이 서로의 구역을 나누고 있다 하더라도 명실 공히 세상의 주인은 황제 아닙니까! 그런데 굳이 이런 짓을 할 필요가 있냔 말이오!"

차마 믿을 수 없다는 듯 치솟는 음성으로 항변하는 남궁대수를 잠시 응시하던 위해원은 이것에 대한 더 이상의 설명은 하지 않고 다음 말을 이어나갔다.

"셋째. 우리의 역할은, 우리가 할 일은 무엇인가! 왜 하필 우리였어야만 했는가!"

쿵!

쿵쿵쿵!

가장 원했으나 가장 요연하기만 했던 물음이 마침내 실체를 갖고 나타나자 모든 이의 심장이 미친 듯이 달음박질을 하기 시작했다.

그러나 달리기의 끝에 결승선은 있지 않았으니 기다리고 있던 해답은 끝내 나오지 않았다.

위해원은 더 이상의 말을 하지 않고 다시 고개를 돌려 우도대왕을 바라보고 서 있었던 것이었다.

어느새 우도대왕은 지그시 감았던 눈을 뜨고 위해원을 마주 바라보고 있었다.

잠시 시선이 허공에서 얽히며 서로에게 남들은 들을 수 없는 말을 전하는가 싶더니 우도대왕이 먼저 입을 열었다.

"지금 이름이?"

"…위해원이오."

"위해원이라……. 풀 해(解) 자에 근원 원(原) 자쯤 될까요? 근원을 푸는 자라… 좋은 이름이군요. 아마도, 방금 세 가지 질문에 대한 해답을 이미 모두 가지고 계시겠지요?"

"……."

위해원은 아무런 긍정도 부정의 말도 하지 않았다.

그러나 눈이 화등잔만 해진 다른 이들은 아무런 말도 없이 서 있을 수가 없었으니 진사백이 위해원의 양어깨를 솔개 병아리 낚아채듯 잡아 흔들며 소리쳤다.

"그, 그것이 진짜냐! 네놈은 이미 다 알고 있단 말이냐! 말해라! 말해! 도대체 어떻게 된 일이냐! 말하란 말이야!"

진사백의 손끝에서 이리저리 흔들거리고 있었지만 위해원은 여전히 아무런 말도 하지 않았으니 흔들리는 육체보다도 허망하게 허공을 응시하고 있는 그의 눈동자가 더욱 심한 진동을 보이고 있을 뿐.

의외로 말문을 연 사람은 우도대왕이었다.

"그만 하시지요. 여러분 역시 모든 해답을 이미 알고 있으니까요."

휙―

　벼락 치듯 모두의 눈이 우도대왕에게 고정되었고 그것을
즐기듯 살짝 웃음을 지어 보인 우도대왕이 이내 몸을 옆으로
세워 길을 터주며 말했다.

　"저 위해원이라는 분과 여러분은 모두 같은 조건을 지나왔
습니다. 누구 하나 어떤 것도 사전에 알고 있는 사람은 없다
는 것에 제 목숨을 걸고 말할 수 있지요. 즉, 저분이 해답을
얻었다면 그 속에서 여러분들도 각자의 해답을 얻었다는 것
과 같은 말이지요. 아직 그것을 스스로 인식하지 못하고 있을
뿐!"

　장문의 말을 유유히 흘려보낸 우도대왕이 슬며시 위해원
의 어깨를 감싸고 있는 진사백의 손에 자신의 손을 겹칠 듯
내밀었다.

　화들짝 놀란 진사백이 황급히 위해원에게서 떨어지며 창
룡검을 뽑아 들고 우도대왕을 노려보았지만 그는 진사백을
바라보고 있지 않았다.

　우도대왕의 눈에 여름날 뙤약볕의 아지랑이처럼 열기가
아른거리고 있었다.

　"위해원님, 자격은 입증되었습니다. 원하시면 들어가시지
요. 그리고 확인하십시오. 자신이 얻은 해답이 진실인지, 아
니면 거짓인지."

　공허한 눈으로 허공을 응시하던 위해원이 천천히 고개를

끄덕이는가 싶더니 아직도 엎드려 있는 정월명을 지나치고 빙긋이 웃고 있는 우도대왕까지 지나쳐 서서히 누각 안으로 향하기 시작했다.

"기, 기다려! 잠시 멈추어라!"

독고음이 악에 받친 음성을 토해내자 자신의 의지와는 상관없이 물결에 휩쓸려 떠다니던 해파리같이 흐느적거리던 위해원의 걸음이 잠시 제자리에 멈춰 섰다.

이어서 진사백의 통곡하는 것 같은 음성과 남궁대수의 혼란에 가득한 음성도 뒤따랐다.

"으으으, 이 우도대왕이란 놈을 죽입시다! 다 죽이고 이 누각을 불태우잔 말이야! 도대체, 도대체 왜 이런 일이! 으으, 복잡하게 생각할 것 없소!"

"위 공자! 일단은, 잠시 사태를 지켜보고 행동을 결정하는 것이 좋지 않겠소! 우리끼리 잠시 얘기를, 대책을 강구한 뒤―"

등을 내보인 채 저 멀리 있던 위해원의 고개가 살짝 돌려졌고 어둠과 안개 속에서 흐릿한 그의 옆얼굴이 드러났다.

그 반쪽뿐이 얼굴에 고독이 한가득 묻어 있었다.

"기다려? 죽인다? 대책? 무엇을 기다리지? 누군가 우리를 구해주길? 누구를 죽이지? 저 우도대왕이란 자를 죽이고 이 안에 존재할지 모르는 수백, 수천의 사람들을 다 죽일 수 있다는 말인가? 더 이상 어떤 대책을 세우잔 말이지? 진실이 눈앞에 존재하고 있는데……."

"나는 가겠어요! 유숙― 나도 데려가요!"

다급한 음성을 먼저 건너 보낸 지부용이 뛰쳐나오며 다리를 건너려고 했으나 어느새 우도대왕이 매정하게 그녀 앞을 가로막고 있었다.

"죄송하지만 잠시 멈추시지요. 지부용님이라고 하셨던가요? 아까 말한 것과 같이 당신은 다른 분들이 결정하기 전에는 들어가실 수 없습니다."

우도대왕에게 항의하는 대신 지부용은 거칠게 뒤를 바라보며 아직도 망설이고 있는 독고음과 진사백, 그리고 남궁대수를 쳐다보며 소리쳤다.

"더 이상 무엇을 망설이는 건가요! 조금 전까지 그렇게 들어가고 싶어하던 곳이 아니었나요! 막상 들어오라 하니 겁이 나는 건가요!"

"그러나, 그러나 어떤 위험이 도사릴지 모르는 곳을 무턱대고 들어갈 순 없는 노릇 아니오!"

남궁대수가 고개를 좌우로 흔들며 괴로운 듯 말하자 이미 누각의 입구에 다다른 위해원의 음성이 다시 한 번 들려오기 시작했다.

"지금 우리에게 진정한 위험이란… 아무것도 일어나지 않는 것. 영원히 지금 이 상태로 있는 것. 바로 정체(停滯). 그것을 왜 모른단 말인가. 동굴을 벗어난 뒤 아무런 길도 우리에게는 없었다. 오직 눈앞에는 다가갈 수 없는 해답을 지닌 누각과 이 상황을 대변하는 것과 같은 혼돈의 안개뿐."

스스스스—

주위는 아직도 스멀거리는 안개가 작은 바람 소리를 타고 이리저리 출렁거리고 있었다.

"동혈, 누각을 중심으로 이 거대한 구멍을 한 바퀴 돌았을 그때 난 깨달았다. 흑암지옥이 시작되었음을. 흑암지옥. 영원한 어둠과 혼란뿐이라는 흑암지옥에 도달했음을. 의문과 무지는 어둠. 진리는 밝음. 눈앞에 해답이 있는데 그곳에 이르지 못하는 고통이 흑암지옥의 시작이 아니고 무엇이라는 것인가."

우도대왕이 조용히 몸을 비껴 일행을 막아서고 있던 길을 열어주었다.

독고음이 딱딱하게 굳은 얼굴로 위해원을 쫓아 다리를 건너기 시작하고 있었던 것이었다.

스스로에게 푸념을 하는 듯 넋두리를 하는 듯, 아니면 일행에게 규탄을 하는 듯 자각을 시키는 듯, 어디로 향해 있는지 모를 위해원의 음성은 계속되고 있었다.

"진실을 찾으려는 노력 없이는 영원히 흑암지옥의 문은 열리지 않을 것을 알았던 것이지. 나는 주위를 둘러보았다. 그러나 이곳에는 해답이 될 만한 것은 아무것도 없었지. 존재하는 것은 의문만 가득 안고 있는 우리들뿐. 그때 나는 다시 깨달았다. 진실은 괴로운 것. 진실을 찾기 위해서는 자신의 내면을 바라보는 것. 그것은 때로는 원치 않는 것을 보고 원치 않는 일을 해야만 하는 것⋯⋯. 그것은 자신의 뼈를 깎는 것. 숨겨왔던 본성을 드러내는 것. 바로⋯ 상잔(相殘).”

우뚝.

우도대왕을 스쳐 지나가던 독고음의 걸음이 멈춰졌다.

너무 먼 길을 걸어온 자와 같이 피곤에 찌든 얼굴로 위해원이 중얼거렸다.

“첫 번째 도산지옥의 흑과 백의 대리석. 두 번째 화탕지옥의 온천. 아홉 번째 풍도지옥의 길. 모두 지옥의 발동을 위한 경계가 있었지. 이번 열 번째 흑암지옥의 경계는 바로 우리들.”

독고음은 상념이 휘몰아치는 눈동자로 아직도 우도대왕의 발밑에 엎어진 채 피를 쏟고 있는 정월명을 내려다보았다.

“우리끼리의 싸움을 원하고 있음을. 진정 어떤 대가를 걸고라도 진실에 다가설 각오가 되어 있는가를 증명하라는 것임을. 이해득실로 모인 거짓으로 가득한 우리의 관계를 부수라는 말임을 나는 알 수 있었다. 그래서⋯ 굳이 말하면 싸움의 빌미를 내가 제공했다고 할까. 그리고 보는 대로 최후의 문이 열렸다. 이제 더 이상 무엇을 주저할까.”

위해원의 모습은 누각의 어둠 속으로 사라지고 그가 남긴 말의 여운만이 안개 속을 방황하고 있었다.

그리고 가라앉은 눈길의 독고음이 다시 걸음을 움직이기 시작했고 그 뒤를 따라 결의한 표정의 남궁대수와 고통스러운 신음을 입에 달고 있는 진사백이 뒤를 따르기 시작했다.

홀로 남은 지부용이 우도대왕을 바라보았다.

우도대왕이 정중하게 허리를 숙이며 나직하게 말했다.

"들어가시지요, 선택받은 자여."

잠시 몸을 흠칫거린 지부용이 서둘러 정월명을 부축해 일으켜 세우고는 마지막으로 누각 안으로 모습을 감추었다.

그들을 바라보던 우도대왕이 다시 싱그러운 웃음을 지으며 중얼거렸다.

"모든 조건은 갖춰졌다. 곧 그분이 재림하시면 이 단계도 끝이 나겠군."

마침내 우도대왕도 누각 안으로 사라졌으니 다리 역할을 하고 있던 누각의 한쪽 벽면이 다시 들려 올라가는 기분 나쁜 기관음만이 자욱한 안개와 어울려 텅 빈 동혈 안을 가득 메우고 있을 뿐이었다.

끼리리리리리—


어둠을 색칠해 놓은 것과 같은 흑단목의 화려했던 누각 외부와는 달리 그 속은 단출하기만 했다.

그러나 그 규모만큼은 어떤 화려함도 무색해지도록 웅장한 권위를 내뿜고 있었으니 사방으로 수없이 존재하고 있는 작은 방들과 그 사이를 미로처럼 얽히고설켜 있는 작은 길들.

문이 닫혀 그 속을 들여다볼 수는 없었지만 지나온 방들에서는 은밀한 인기척이 흘러나오고 있었다.

도대체 얼마나 많은, 또 어떤 이들이 저 방 안에 존재하고 있는 것일까.

떠오르는 의문과 솟구치는 불안함을 안고 우도대왕의 뒤를 따라 다다른 곳은 누각의 중앙이라 짐작되는 넓은 공간이었다.

아무런 장식도 어떠한 인물도 담아내고 있지 않은 공간에는 오직 하나의 커다란 비석과 위아래로 뚫려 있는 나선형의 계단만이 존재하고 있을 뿐이었다.

광장에 들어선 위해원이 아무런 거리낌도 없이 비석 앞으로 다가갔다.

다른 이들은 불안한 눈으로 그와 우도대왕을 번갈아 쳐다보았으나 우도대왕은 아무런 제지도 하지 않고 위해원의 등만을 쳐다보고 있을 뿐이었다.

비석 앞에 다다른 위해원이 노래인 듯 시인 듯, 아니면 중얼거림인 듯 모를 소리를 흘리기 시작했다.


*스스로의 생각이 전부인 줄 알고 제 생각대로 세상을 단절하며*

*제멋대로 행동하는 어리석은 짓을 함으로써 사람들을*

당혹케 하고 질서를 무너뜨려 사회를 혼돈에 빠뜨렸는가.

제 생각으로 모든 진리를 함부로 말하여 망상과

혼돈시킴으로써 사람들을 현혹시키고 불안케 하고 자신도 미처

모르는 일을 하는 체하여 인간들을 불안과 미지로 이끌어 갔는가.

생사가 분명한데도 스스로 아는 체하여 다른 길을 제시하거나

남의 주장을 과장하게 말함으로써 진리를 혼탁케 하고

미궁에 빠지게 하며 그것을 이용하여 무지의 쾌감을 맛보거나

지혜를 어둡게 하였는가.

연구하고 배워서 어리석은 자신을 일깨우고 깊은 진리를 깨달아

어두운 사회를 밝혀 추호도 거짓되지 않게 하였다 할 수 있는가.

스스로 정확하게 깨치어서 헛된 말이나 주장을 하지 않으며

생계의 방법으로 진리를 팔지 않아 어리석은 자를 더욱 어리석지 않게 하였는가.

모르는 것을 배우려 하지 않고 우겨대거나 고집을 부림으로써

세상을 어둡게 하지 않았는가.

만약에 어리석음을 생계의 방법으로 삼거나 지혜를

밝히기를 꺼려한다면 죽어 어둠뿐인 흑암지옥에 떨어질

것이다.

지혜를 밝혀 어리석지 않도록 하고

마음에도 등불을 켜주어야 할 것이니.

그러나…….

그대들이 진리라 믿고 따르는 것이 진리라 단언할 수 있는

가.

참된 진리라는 것이 존재한다고 그대들은 진정 믿고 있는

가.


노래는 끝이 났고 위해원의 입은 다시 굳게 다물어졌다.

흥미로운 눈으로 그를 바라보고 있던 우도대왕이 입을 열려고 했으나 위해원이 먼저 입을 열어 그의 벌어지던 입을 다물게 만들었다.

"흑암지옥 본풀이. 역시 아직 끝나지 않았군. 우리의 흑암지옥은."

짝짝짝―

완만한 곡선을 그리며 천천히 돌아서는 위해원의 눈에 박수를 치며 감탄 어린 시선을 보내고 있는 우도대왕의 모습이 담겨졌다.

우도대왕이 고개를 끄덕거리며 말했다.

"뿌리 본(本). 본풀이란 근원을 풀이한다는 의미에서 당신의 이름과도 비슷하다고 할 수 있지요. 지적하신 대로입니다. 분명, 아직 그대들의 흑암지옥은 끝나지 않았습니다."

"모여라!"

독고음이 짧은 외침을 토하며 경공을 펼쳐 위해원에게 날아들었고 서둘러 다른 이들도 우도대왕을 지나쳐 중앙의 비석으로 날아들었다.

순식간에 위해원과 부상당한 정월명을 안에다 두고 둥그런 반원이 형성되었다.

모두들 공기 속에 긴장감이 녹아들어 숨 쉬는 호흡마다 질식할 것 같은 답답함을 느끼고 있었으나 위해원과 우도대왕만은 예외라는 듯 여유로운 문답을 주고받기 시작했다.

"과연 어울리는 구절이군. 흑암지옥. 진리의 탐구라……. 그러나 의문만을 만들고 있는 너희들이 이런 글이 새겨진 비석을 갖고 있을 자격이 있을까?"

"실망인데요. 당신이라면 흑(黑)과 백(白)으로 나누는 이분법적 사고가 가득한 그런 대사는 하지 않을 줄 알았는데요. 흠. 제가 하나 묻지요. 무엇이 진리고 무엇이 거짓이라 단정할 수 있습니까?"

"궤변이군. 분명 자신이 정의며 진리라고 생각하는 것이 인간의 근원이며 인간의 숙명이지. 그렇다고 다른 사람의 진리를 거짓으로 매도할 수 있다고 생각하는가?"

"아닙니다. 우리는 누군가의 진리를 거짓으로 여기는 집단이 아닙니다. 오히려 정반대이지요."

마른 나무에 단비가 내리듯 그동안 죽음과 같이 가라앉아 있던 위해원의 눈에 처음으로 생기가 어리고 있었다.

"정반대라?"

"그렇습니다. 우리는 우리의 정의와 진리를 믿습니다. 또한 다른 이의 정의와 진리도 인정하지요. 자신만이 정의고 진리라 여기며 다른 이들을 배척하는 자들을 오히려 경멸하고 증오해 마지않는 자들이 모인 곳이 이곳이라고나 할까요. 우리는, 각자의 정의를 존중합니다."

항상 웃고 있는 인형과도 같았던 우도대왕의 얼굴에 처음으로 인간적인 감정이 묻어 있는 표정이 떠오르고 있었다.

그에 반해 위해원은 미간을 가볍게 찡그리고 머리를 손으로 감싸 안고 있었으니 고통스러운 얼굴로 다시 입을 열었다.

"그런데 왜? 다른 이들의 진리를 존중한다는 자들이 어째서?"

"그렇기에 이러는 것입니다. 세상의 진리는 통합되어서는 안 됩니다. 자유롭게 움직이고 발전해야 되는 것이지요. 그런데 지금의 세상은 어떻습니까. 정치적으로는 통일된 하나의 왕조. 무림에서는 거대한 세 개의 세력에 의한 답보. 그들만이, 이미 정해진 모든 것만이 진리며 정의라고 말할 수 있습니까?"

지금껏 듣고만 있던 지부용이 부들부들 손을 떨며 입을 열었다.

"반, 반역? 역모!"

"아닙니다. 반역이니 역모 따위가 아닙니다. 성곽을 생각해 볼까요. 성을 둘러싸고 있는 벽들은 외적의 침입에서 자신을 보호하는 존재라는 구실을 하지요. 하지만 어떻습니까. 그 울타리에 둘러싸여 그 바깥쪽으로 나가지 못하고 있는 것은 오히려 자신들이 아니라 말할 수 있습니까? 우리는 그 성곽을 부수려 하는 것입니다."

"궤, 궤변이야!"

"중원이란 말은 어떻습니까. 세상의 중심이라. 이보다 건방지고 오만한 말이 또 존재할 수 있을까요. 동이(東夷), 서융(西戎), 남만(南蠻), 북적(北狄) 동서남북의 민족들은 모두 동쪽의 오랑캐 서쪽의 미개 민족이라는 식의 이름을 달고 있습니다. 어떻습니까? 자랑스러우십니까?"

슈웅―

사시나무와 같이 몸을 떨던 지부용이 거대한 빛살이 되어 우도대왕에게 날아가고 있었다.

"구족(九族)을 멸할! 그 더러운 입 다물지 못할까!"

쿠웅―!

거대한 도기가 하늘의 천벌인 듯 위에서 아래로 바닥을 깊게 내려찍었지만 그 징벌의 대상이 되어야 할 우도대왕은 이미 어디에도 없었다.

휙휙—!

지부용의 고개가 빠르게 좌우로 돌아갔고 그녀의 거대한 도기도 그 뒤를 따라 사방팔방 공기를 찢어발기며 날아갔다.

"이런, 자칫 잘못하면 민족주의를 싫어하는 집단쯤으로 오해를 살 수도 있겠군요. 저희는 그것도 존중합니다. 그들의 정의, 뭐 나름대로 인정하고 있지요. 제가 황제나 정무단주처럼 가진 자의 입장이라면 저도 그런 생각을 하지 말라는 법은 없으니까요."

하늘에서 들려오는 음성을 따라 지부용의 신형이 잠시 수그러지는 것 같더니 이내 땅을 박차고 오르며 짧은 교성을 내질렀다.

"죽엇!"

파파팟—

거대한 도가 좌우로 얽히며 십자 모양의 도기를 하늘을 향해 뿜어내자 멀리서 지켜보고 있던 귀성이 소리를 내질렀다.

"참마격!"

하늘로 솟구쳐 있던 우도대왕의 눈이 번쩍였고 그의 허리춤에 매여 있던 폭이 얇은 보검도 반짝였다.

웅웅웅웅—

우도대왕의 손목이 미약한 원을 그리며 떨리기 시작했고

그 떨림은 검병에 이르러서는 작은 원을, 검신 끝에 이르러서는 거대한 원을 만들며 허공을 휘저어가기 시작했다.

그리고 아래에서 솟구치는 거대한 도에서 뿜어져 나오는 십자 모양의 도기와 위에서 찍어누르는 얇은 검에서 흐르는 나선형의 검기가 충돌하였다.

쿠쿠쿠쿠쿵—!

"끼아악—"

쿵!

지부용이 날개 없는 새와 같이 추락하며 비명을 질렀고 그녀의 몸이 벽 한쪽에 처박힐 순간 희끗한 그림자가 그녀를 받아 안았다.

그 그림자가 입을 열었다.

"결론만 말하지요. 그들은 그들의 진리를 사수하고 우리는 우리의 진리를 관철시키고. 단지 그것뿐입니다. 이것이 그렇게 나쁜가요? 모든 진리가 공평하게 경합할 수 있는 세상을 조성하는 일, 그것이 진실로 잘못되었나요?"

휙—

척!

우도대왕은 지부용을 비석 쪽으로 내던졌고 날아드는 그녀를 남궁대수가 이를 앙다물며 받아 들었다.

신음하는 지부용을 뒤로하고 독고음이 우도대왕을 향해 나직한 음성을 던졌다.

"회전하는 검기! 와선검법(渦旋劍法)! 네놈! 서역의 포달랍궁 출신이구나! 설마 이곳도!"

"역시 칠천무신의 한 분이라서 눈썰미가 다르시군요. 하지만 아닙니다. 제가 초원 출신임은 맞으나 이곳과는 아무런 관계도 없지요. 와선검보도 어린 시절 우연히 얻은 것에 불과하지요. 이런 것을 기연이라고들 하지요?"

순식간에 일어난 짧은 폭풍이 느껴지지도 않는지 골똘히 혼자만의 상념에 잠겨 있던 위해원이 불쑥 중얼거렸다.

"진리의 경합이라. 모든 진리가 공평하게 경합할 수 있는 세상……."

"그렇습니다. 그렇다고 우리가 이상향을 좇는 무슨 성인군자는 아닙니다. 우리는 우리의 진리를 관철시키기 위해 수단과 방법을 가리지 않습니다. 바로 그 수단의 하나가 되는 여러분들에게 하는 것처럼. 그러나 적어도 기회는 드립니다. 여러분들은 자신들의 진리를 우리에게 보이시면 되는 것입니다. 여러분들의 진리, 바로 이곳에서 살아남는 것!"

우도대왕은 백삼 옷자락에 묻은 먼지를 툭툭 털며 여유로운 웃음을 지어 보였다.

그런 그의 모습이 마음에 들지 않는다는 듯 독고음이 진형을 깨고 앞으로 나서기 시작했다.

"그렇다면 너의 진리를 나에게 보이겠는가! 나는 입보다는 주먹으로 대답하겠다. 주먹 쪽이 대답에 능하니까. 말의 싸움은 네가 이겼으니 이번에는 행동으로 승부를 내자!"

"사양하지요. 당신의 진리, 그것은 힘. 그것은 약육강식(弱肉强食)의 논리. 그것도 존중합니다. 그리고 나에겐 당신의 진리를 깨부술 만한 힘이 없군요. 그저 당신의 진리를 인정할 뿐."

의외로 순순히 물러나는 우도대왕을 보며 독고음이 득의한 웃음을 흘렸다.

"개로군. 똥개. 위험에 처하면 꼬리를 말고 마는 똥개. 크크큭!"

"똥개라……. 그렇습니다. 저는 똥개입니다. 저의 주인을 위해서라면 더러운 똥도 먹어치울 수 있는 똥개입니다. 그러나 저의 말려진 꼬리는 저의 주인을 맞이해 반갑게 흔들거릴 그날을 위해서지요. 그분만이 저의 진리. 저는 무가치함으로 세상에 몸을 맡긴 채 휩쓸려 사는 치욕스러운 인간으로 살기보다는 물결을 만드는 그분의 개임이 영광스럽습니다."

흠칫!

독고음은 심적 타격을 감추지 못하고 진정으로 놀라운 표정을 만들고야 말았다.

"도, 도대체 누구냐! 그 누가 있어 이렇듯 맹목적인 충성을 이끌어낼 수 있단 말이냐!"

"머지않아 만나실 수 있을 것입니다. 틀.림.없.이!"

기이한 열기를 온몸에서 내뿜고 있던 우도대왕은 잠시 어깨를 으쓱거리더니 서서히 손을 들어 한 방향을 가리켜 보였다.

"두 개의 계단이 있습니다. 보시다시피 한쪽은 밑으로 내려가는 계단이고 다른 하나는 위로 올라가는 계단이지요. 위로 올라가면 지상으로 나가는 문과 연결되어 있습니다. 물론 그전에 흑암지옥의 마지막 단계를 만나게 되시겠지만 그것만 넘어서면 틀림없는 바깥세상입니다."

아직도 혼란이 가져온 기근에 허덕이고 있던 모두의 눈이 우도대왕의 손끝을 따라 비석 뒤로 나 있는 나선형의 계단에 주목되었다.

"그리고 아래로 내려가는 계단은 처음 여러분이 있던 석실과 연결되어 있습니다. 대신 그곳으로 가신 분들은 아무런 장애도 없이 석실까지 가실 수 있습니다. 선택은 여러분의 몫입니다. 결정하시지요."

너무도 황당한 말에 일순 진사백과 남궁대수 등은 서로를 어리둥절한 눈으로 바라보았다가 다시 우도대왕을 바라보았다.

말속에 숨어 있을지 모를 참과 거짓을 감별해 내기라도 할 듯이.

그것을 바라보던 우도대왕은 모든 것을 짐작한다는 듯 다시 말을 덧붙여 나갔다.

"거짓말은 하지 않습니다. 틀림없이 위는 세상, 아래는 처음의 석실입니다."

"말 같지 않은 소리! 그 누가 있어 아래를 선택한다는 말인가! 틀림없이 뭔가 흉계가 있는 것이 분명—"

"왜!"

불현듯 높아진 우도대왕의 음성에 진사백이 어깨를 움츠러들었다.

"왜, 제가 이 상황에서 또 흉계를 부리지요? 여기까지 와서 다시 여러분을 석실로 가둔다고 저에게 뭐가 달라질까요? 뭐, 좋지요. 믿든지 말든지 간에 그것도 여러분의 몫입니다. 자, 여기까지입니다."

육 인은 혼탁에 물든 눈으로 서로를 바라보다가 이내 약속이라도 한 것처럼 한 명에게 시선을 집중시켰다.

복잡한 애증이 섞여 있는 시선을 모으는 자, 이 또한 위해원이었다.

천 길 낭떠러지 위에서 아슬아슬한 곡예를 하는 듯이 어딘지 불안해 보이기만 하는 그가 힘겹게 입을 열었다.

"거짓은 없을 겁니다. 위는 세상, 아마도 우리의 의문을 풀 열쇠가 있고 그 열쇠를 손에 넣는 자만이 원래 세상으로 돌아갈 수 있겠지요. 아래는 다시 지옥, 이 의문이 반복되는 세상. 그러나 위험은 없이 이곳에 안주할 수 있을 것입니다. 이제는 누구도 대신할 수 없으니 그 선택은 각자의 몫."

"빌어먹을! 그까짓 것 선택이라 할 것 있나."

불현듯 진사백이 목소리를 높였고 그를 바라보던 다른 이들이 묵묵히 고개를 끄덕거렸다.

"벼루에 먹물 좀 흘린다고 어떨라구! 지금껏 겪어온 위험의 바다에 또 다른 위험의 비가 내린다고 피해갈쏘냐! 갑시다! 우리 모두 올라갑시다!"

처음 석실을 벗어날 때만 해도 이 모든 일의 원흉들에 대한 적의가 들끓어 살기의 수증기까지 뿜어내고 있던 일행이었으나 그간 겪었던 참담한 일들에 의해서 이제는 이곳을 벗어나야 한다는 생각만이 떠올릴 수 있는 전부로 변화하고 있었다.

기를 질리게 하는 규모의 누각과 그 안에 존재하고 있을 수많은 미지의 적 앞에서 반항이라는 생각은 차라리 사치와도 같아 보였으니 누구도 함부로 나서지 못하고 있는 것이었다.

그것은 동물로서의 생존의 본능.

선결과제는 분명했다.

탈출!

서로를 바라보며 무언의 의견을 나눈 일행은 이내 마음을 다잡고 비장한 결의를 몸에 새겼다.

우도대왕의 음성이 다시 들린 건 이윽고 한 명씩 천천히 계단을 오르기 시작할 때였다.

"아, 한 가지 말을 빼먹었군요. 아래의 계단을 통해 석실로 가시는 분들은 머지않아 가장 그리워하던 사람과 만날 수 있을지도 모릅니다."

"흥! 그거야말로 개소리! 이 지옥 같은 곳을 누가 온다는 말이더냐! 신경 쓰지 말고 갑시다!"

빙그레 웃고 있는 우도대왕의 말을 귓등으로 흘려보내고 진사백이 일행을 재촉했다.

그렇게 일행은 나선형의 계단을 빙글빙글 돌아 다음 층으로, 세상을 향해 올라가고 있었다.

모두의 몸이 다음 층으로 들어가 사라졌을 무렵, 제일 후미에 걷고 있던 위해원이 뒤를 돌아봤고 우도대왕과 잠깐 눈을 마주친 뒤 다시 고개를 돌려 계단 너머로 완전히 사라졌다.

"좋은 여행들 되시길."

세상을 찾아 떠나는 자들을 향해 우도대왕이 손을 흔들며 중얼거렸다.

인간에게 마지막으로, 그리고 가장 후하고도 잔인하게 베풀어진 하늘의 선물이여.

영원히 새로울, 그러나 영원히 반복될 죄악이여.

그 이름, 호기심과 욕망이라 하리라.


"저것은 무엇이지?"

"관여하지 않는 것이 좋지 않을까요? 부디 우리 어서 올라가도록 해요."

진사백이 호기심 가득한 눈으로 묻자 눈에 띄게 안색이 파리해진 지부용이 위해원의 옷자락 끝을 잡아당기며 그냥 지나칠 것을 일행에게 부탁했다.

그러나 태초에 먹지 말아야 할 사과를 따 먹었던 것도 열어서는 안 되는 상자를 들춘 것도 모두 인간이었으니 호기심이야말로 통제 불가능한 감정인지도 몰랐다.

전설 속에는 여인이었으나 현실에서는 사내들, 진사백과 남궁대수는 서로 고개를 끄덕여 보이고는 이미 조심스럽게 주위를 방비하며 걸음을 옮기고 있었다.

우도대왕과 헤어진 뒤 나선형의 계단을 따라 올라가니 일행은 어떤 의문의 방에 이를 수 있었다.

제법 널따란 규모의 방이었지만 존재하는 것이라고는 정중앙에는 놓여 있는 검은색 물체와 한쪽 벽면을 뒤덮고 있는 검은색 천이 전부일 뿐이었다.

그 외에는 아무것도 없어서 오히려 눈에 도드라지게 보이는 검은 물체와 검은 휘장.

그 휘장 옆으로 또다시 나선형의 계단이 존재하고 있었으니 위로 올라가기 위해서는 그 검은 물체와 벽을 지나쳐야만 할 것 같았다.

무시하고 지나갈 수 있는 상황.

그러나 무시하기에는 곤두서서 날이 바짝 서 있는 일행의 정신이 용납하지 않고 있었다.

긴장된 마음이 전이된 진득한 땀방울을 바닥에 점찍으며 살금살금 움직이던 남궁대수와 진사백이 마침내 방의 정중앙, 검은 물체의 지척까지 다가갔다.

"응?"

바로 앞까지 접근해 핏발 선 눈으로 검은 물체를 살피던 진사백이 의문 가득한 소리를 내며 남궁대수를 바라보았고 그역시 당혹스러운 표정으로 시선을 마주 보았다.

잠시 망설이던 그들이 저 편에 멈춰 서서 자신들을 주시하고 있는 독고음과 위해원 등을 바라보며 조심히 말했다.

"그냥 검은 천, 아니, 재질이 좀 이상하긴 하지만… 하여간 검은 물체로 덮어놓은 탁자 같습니다."

"탁자?"

독고음이 반문하자 머뭇거리던 남궁대수가 이내 결심한 듯 다시 말했다.

"그게, 검은 천에 검은 글씨로 어떤 글귀가 쓰여 있습니다. 검은색 일색이라서 정확하다고 자신할 순 없지만 아마도 첫 번째는 진, 그리고 두 번째는… 고―"

휙―

위해원의 앞머리가 바람에 흔들거리는가 싶을 때에는 이미 곁에 있던 독고음이 저 멀리 날아가고 있는 중이었다.

어느덧 검은 탁자를 뚫어져라 쏘아보고 독고음의 등을 보면서 위해원이 천천히 다가가기 시작했고 그 뒤를 정월명을 부축하고 있는 지부용이 불안한 표정으로 뒤따르기 시작했다.

위험을 하소연하는 감각의 외침에 남궁대수와 진사백이 주춤주춤 뒤로 물러났다.

독고음의 몸에서 뻗어 나오기 시작한 기이한 열기는 둘째 치더라도 그의 눈이 금방이라도 피가 흐를 듯이 시뻘건 색으로 충혈되고 있었던 것이었다.

그의 붉어진 눈이 검은 천의 표면에 명암의 차이가 거의 없는 같은 검은색으로 쓰인 글자를 필사적으로 읽어내고 있었다.

그곳에 새겨져 있는, 그리고 이제 독고음의 망막을 지나 마음에 새겨진 글자의 수는 십!

진고외경 금룡편서 필화(眞誥外經 金龍鞭書 必禍).


독고음은 천천히 손을 들어 천 끝 자락을 잡으려고 하다가 문득 어디에 생각이 미쳤는지 한 쌍의 륜을 꺼내 들었다.

"제발 멈추세요! 그 속에 뭐가 들어 있는지 모르지만 우리 그냥 지나가도록 해요. 제발 부탁이에요!"

울먹이는 것 같은 목소리로 지부용이 애원했지만 몰입의 두 글자에 지배당하고 있는 독고음의 귀에는 들리지 않는 듯했다.

신성불가침의 의식을 치르는 듯 집중하고 있는 독고음의 귀에는 마찬가지로 위해원이 나직하게 중얼거리는 소리도 인식되지 못하는 듯 보였으니.

"필화. 반드시 화가 생긴다. 금기(禁忌)로군. 역설적으로 금기란 반드시 깨지기 위해 존재하는 것. 영원히 깨어지지 않는다면 누구도 그것이 금기였다는 사실조차 인식하지 못하겠지. 인간이란 금기를 깨기 위하여 존재하는 존재란 말인가……."

"제발!"

눈물이 진정 세상에서 가장 투명한 시(詩)라면 이 순간 그 시를 눈에 달고 있는 지부용이 외쳤으나 그녀의 낭독은 독고음의 손을 멈추게 하지는 못했다.

휙—!

펄럭—

순간적으로 뒤로 피한 다른 일행의 눈에 허공에서 출렁거리고 있는 검은 천과 그 사이로 언뜻 보이는 광기 어린 눈의 독고음이 들어왔다.

재빨리 자세를 갖추고 주위를 경계했지만 아무런 일도 일어나지 않았고 오직 그전과 변한 것은 검은색 가리개를 벗고 제 모습을 드러내고 있는 작은 탁자와 온몸을 부들부들 떨고 있는 독고음뿐이었다.

재앙의 징조라 여겼던 탁자 위에는 낡은 서책 두 권이 가지런히 놓여 있었다.

그리고 그 서책들을 바라보는 독고음의 마음도 그곳에 함게 놓여 있는 것만 같았다.

서책은 특이하게도 일반적인 종이가 아닌 신비로운 빛을 발하는 금속으로 만들어져 있었다.

그 금속 표면에 진고외경과 금룡편서라는 네 글자가 각각 양각되어 있었으니…….

감정의 홍역에 시달리고 있는 듯 그것을 바라보는 독고음의 피부가 달아오르고 있었다.

흥분을 다스리지 못해 붉게 상기된 얼굴로 독고음이 더듬거렸다.

"저, 정말로 있었어. 설마했는데 정말로 있었어! 그것도 진고외경뿐만 아니라 금룡편서까지!"

"저기 귀, 귀성 어르신. 아무래도 불길한 물건 같은— 흐억!"

슈웅—

챙!

귀성이 쳐다보지도 않은 채로 다가오던 진사백에게 응조수를 가로로 짧게 떨쳐 내자 옆에서 방비를 하고 있던 남궁대수가 광접을 세로로 떨쳐 내 그것을 막아냈다.

격돌의 충격으로 뒤로 주르르 밀려났던 남궁대수가 재빨리 광접을 눈높이까지 끌어 올리며 이어질 연환세를 대비했으나 독고음의 시선은 그들을 바라보고 있지 않았다.

가늘게 좁혀진 눈매 사이로 탐욕과 열정이 뒤섞인 광채가 일렁이고 있었고 내뿜는 숨결에서 환희와 흥분이 어울려 열기를 뿜어내고 있었다.

"이제 내가 천하제일인이다! 칠천무신이란 이름은 이 땅 위에서 사라지리라! 귀성이란 이름만이 홀로 하늘에 떠 찬란하게 빛을 발할지리라! 크하하하하!"

전지전능한 신이라도 된 듯 이제는 무엇도 거리낄 것이 없다는 듯 한껏 격앙되어 외치고 있는 독고음.

그리고 그를 바라보는 진사백의 눈도 빛을 발하고 있었으니, 독고음이 하고 있는 말의 의미를 알아차린 진사백의 눈에 참을 수 없는 갈증이 떠오르고 있었던 것이었다.

"겨우 그것 때문이었소?"

독고음은 대꾸하지 않고 탁자 위에 놓인 책을 집어 자신의 품속에 잘 갈무리한 뒤 빙글 몸을 돌려 위해원을 바라보았다.

"겨우 그것? 크큭. 지금 이것들을 가리켜 겨우라 했는가? 어이가 없군. 지켜보면 알게 된다. 이것이 어떤 위력을 발휘할지. 크크큭. 하긴 그때까지 살아 있다면 말이지."

"그렇소. 살아 있다면 말이지."

자신을 바라보는 위해원의 눈에 어린 동정의 기운을 느낀 독고음은 황급히 불안한 몸짓으로 주위를 두리번거렸다.

그 모습에 위해원이 힘없이 고개를 좌우로 흔들었다.

"그것 때문에 자진해서 이곳에 온 사람이니 더 이상 어떤 말도 통하지 않을 것은 알고 있소. 하지만 잊지 마시오. 이곳은 지옥. 진정 이곳을 벗어나고자 한다면 지옥의 물건을 지니지 않는 것이 좋을 것이오. 주는 것보다 더욱 많은 것을 뺏는 것. 그것이 지옥의 법칙이지 않겠소.”

“자, 자진해서! 설마 스스로 이곳에 왔다는 말인가! 그, 그럴 리가!”

옆에서 듣고 있던 진사백이 화들짝 놀라 믿어지지 않는다는 표정으로 위해원과 독고음을 번갈아 쳐다보았다.

한참을 뜻 모를 깊은 눈빛과 침묵으로 위해원을 응시하던 독고음이 불쑥 말했다.

“어떻게 알았지? 일개 서생치고는 너무도 기이한 능력들을 지녔다 했더니, 역시 한패였나.”

“그대가 말해주지 않았소.”

“내가? 내가 말했었다?”

“그렇소. 도산지옥에서 진광대왕을 죽이고 금룡편을 얻었을 때 그대는 이렇게 중얼거렸지. ‘온 보람이 있어. 모두가 거짓은 아니었어’ 라고. 아니었나?”

차분한 위해원의 눈과 어딘지 희번덕거리는 독고음의 눈이 마주쳐 허공에서 작은 불꽃을 만들어내고 있었다.

“내가 그랬었나? 크크큭. 그랬다고 치더라도 모두가 공포에 질려 있을 그 순간 그것을 들었단 말인가? 설사 그것을 들었다고 하더라도 거기까지 추리해 낸 것인가?”

“처음의 석실. 모두가 불안한 모습으로 이곳을 빠져나가기 위해 나름대로의 방법을 강구하고 있을 때도 편안한 모습으로 있던 것은 오직 두 사람뿐이었지. 이미 죽은 대소라는 자와 바로 당신. 어떻게 그렇게 있을 수 있을까. 자신이 최고라는 자신감 때문에? 물론 그때는 확신이 없었지. 하지만."

"하지만?"

"함께 지내오면서 알게 되었지. 당신은 돌다리도 두들겨보고 그것도 모자라 남의 등을 먼저 떠민 뒤 자신이 건널 성격이었어. 즉, 자신의 안위를 최우선으로 생각하는 자였지. 그런 자가 최고라는 자신감 하나로 갑자기 끌려온 곳에서 느긋하게 방관하고만 있을 수 있다고 생각하나? 최소한 다른 사람을 부추기는 정도는 하겠지."

"……."

위해원의 차분한 말을 겉으로는 담담히 듣고 있는 것 같았지만 실상 속으로는 진저리치며 독고음은 듣고 있었다.

그의 경이적인 머리에 대하여 독고음의 한쪽 마음에서는 순수한 감탄의 날개를 펼치고 있는 반면 다른 쪽에는 질시와 투기로 얼룩진 날개를 펼치고 있었던 것이었다.

"또한 이곳. 처음 누각을 너무도 들어오고 싶어한 자, 그것도 당신이었다. 잠시 빼는 듯했지만 내가 들어오자 아무런 망설임 없이 걸음을 옮겼지. 왜 그랬을까. 처음부터 당신의 목적이 이곳에 있었기 때문이 아니었을까?"

턱!

위해원의 목이 독고음의 손아귀에 잡혀 있었다.

순식간에 벌어진 상황에 다른 이들의 안색이 파리하게 변했지만 당사자인 위해원만은 오히려 담담한 얼굴이었다.

그 모습을 보며 마음속에 상반된 두 개 마음의 날개를 활짝 펼치고 있는 독고음이 갈등을 내비쳤다.

"하… 어떻게 하겠느냐. 나와 함께 세상을 가져보지 않겠느냐? 아니야, 아니지. 네놈 같은 인간은 누구 밑에 있을 종류가 아니야. 차라리 스스로 세상을 갖길 원하겠지. 역시 지금이라도 죽여서 싹을 잘라야 하나? 알고 있느냐, 아해야. 누군가 나에게 가장 두려웠던 경험을 말하라 한다면 나는 이곳의 경험이 아닌 너라는 존재를 얘기할지도 모른다는 것을. 그런데 나는 왜 너를 아직도 죽이지 못하고 있을까. 왜? 왜일까……."

"원하는 대로 하시오. 하지만 잊지 마시오. 흑암지옥은 아직 끝나지 않았음을."

"그래… 바로 이런 점이지. 크크큭. 역시 대단하구나. 좋아. 역시 일단은 나가야겠지. 모든 건 그 뒤로 미루도록 하자꾸나."

털썩.

위해원은 주저앉았고 독고음은 미련없이 몸을 돌려 서책을 넣어둔 품을 쓰다듬으며 위로 향하는 계단으로 향했다.

그제야 여기저기서 안도의 한숨이 조용히 흐르고 있었다.

손잡이를 잡고 한발을 첫 번째 계단에 올리던 독고음이 문
득 멈춰서 옆을 바라보았다.

그곳에 한쪽 벽면을 완전히 가리고 있는 검은 휘장이 걸쳐
져 있었으니 그 휘장은 탁자를 덮고 있던 것과 같은 재질로
되어 있었다.

독고음의 눈에 탐욕의 빛이 다시 떠올랐다.

욕망은 이런 것이니, 채워도 채워지지 않는 폭식증과도 같
은 이상식욕과 같은 것일까.

처음보다 더욱 큰 굶주림에 허덕이는 독고음을 바라보며
위해원이 씁쓸히 말했다.

"믿을지 안 믿을지 모르겠지만, 나는 당신이 싫지 않소."

"……."

남궁대수와 지부용의 부축을 받으며 일어나던 위해원이
던진 한마디에 독고음의 눈동자에서 탐욕의 빛이 급격하게
사라지며 격렬히 흔들렸다.

"모두가 당신을 싫어한대도 개의치 않고 자신의 본능에 충
실해서 움직이는 당신, 스스로의 의지를 자신이 믿는 힘의 방
식으로 관철시키는 그 모습이 어쩐지 나는 싫지 않소."

"…이제 와서 호감이라도 사보려는 것이냐. 네놈답지 않구
나."

"그 걸음 떼지 말고 그냥 올라가시오. 당신 품속에 얻은 물
건으로 만족하시오. 필화라는 두 글자를 잊지 마시오. 탁자를

덮고 있던 것과 지금 그 벽을 가리고 있는 것의 재질은 열대 기후의 서역에서 생산되는 고무라는 특수한 물질이오. 이것이 내가 당신에게 해줄 수 있는 마지막 조언이오."

독고음은 천천히 고개를 돌려 위해원을 바라보았다.

충혈되어 있던 그의 눈은 간데없고 깨끗한 흰자위에 반짝이는 눈동자가 차분하게 내려앉아 있었다.

"하— 그래, 만족해야지. 원하던 것을 얻었으니 더 이상 무엇을 바랄까. 탐욕이란 인간의 원죄(原罪)인 것을."

독고음이 다시 고개를 돌리고 두어 계단을 오르기 시작했다.

그 모습을 바라보던 다른 이들이 나직한 안도의 한숨을 쉬고 독고음의 뒤를 쫓아 계단으로 향하기 시작할 무렵 갑자기 중간쯤 올라가고 있던 독고음이 멈춰 서서 문득 생각났다는 듯 다시 입을 열었다.

"그런데, 저 검은 천에도 글씨가 써 있구나. '업경대(業鏡臺)' 라고. 그것이 무언지 아느냐?"

물끄러미 독고음의 넓은 등을 바라보던 위해원은 힘없이 고개를 바닥으로 떨어뜨리며 나직한 한숨을 내쉬었다.

"하… 업경대란 염라대왕이 가지고 있다는 지옥의 거울을 말하는 것이오. 사람이 죽으면 그 앞에 서게 되고 생전의 모든 죄가 거울에 비춰진다고 하지요. 즉, 사람의 죗값을 심판하는 도구요."

"그래. 업경대라. 금룡편, 화염궁, 만파식적. 그리고 업경대……. 이놈의 곳은 무슨 보물이 이리도 많은가. 크크큭."

"지옥을 왜 지옥이라 하는지 아시오. 그것은 인간의 탐욕이 마지막으로 뭉쳐진 곳이기에 그렇게 불리는 것이오. 인간의 추악한 욕망이 뭉쳐진 보물들이 모여들 곳에 어울리는 장소가 이곳 외에 또 어디가 있을까."

차가운 위해원의 말에 독고음은 몸을 부르르 떨고는 다시 걸음을 옮기기 시작했다.

계단 위를 위태롭게 오르는 그의 다리는 여전히 가늘게 떨리고 있었고 그것을 보며 위해원은 좌우로 고개를 가볍게 내저었다.

그리고는 의아해하는 다른 이들의 팔을 조용히 이끌어 방의 한쪽 구석으로 쭈그리고 앉았다.

그의 시선이 이제는 거의 계단 위로 사라져 하체밖에 보이지 않는 독고음에게로 고정되어 있었다.

뚜벅.

다시 한 계단 위로 올라간 독고음의 몸은 사라지고 그의 허벅지 아래까지만 보이고 있었다.

뚜벅.

또다시 한 계단 올라가 독고음의 종아리만 보이고 있었다.

뚜벅뚜벅.

이제는 독고음의 신발만이 시야에 보이고 있었으니 한 걸

음만 더 계단을 오른다면 독고음은 완전히 이 방 안에서 벗어
나 다음 장소로 이동할 터였다.

그러나 더 이상 발자국 소리는 들리지 않았고 대신 그의 음
성이 조용히 들려왔다.

"인간을 왜 인간이라 하는지 아느냐."

"하……."

인간에 대한 근본적 회의에 위해원은 작은 진저리를 치며
고개를 무릎 사이에 묻었다.

"그것은 탐욕이 뭉쳐진 존재가 인간이기 때문이다. 욕망과
갈망을 버릴 수 없는 존재가 바로 인간이기 때문이다. 설사
그것이 파멸을 불러온다 하더라도 그 순간까지는 원하는 것
을 끊임없이 추구해야 하는 존재이기 때문이다!"

슈웅─!

계단 너머로 사라졌던 독고음의 머리가 불쑥 나타났고 거
꾸로 몸을 뒤집은 상태로 그의 신형이 빨리듯 검은 휘장으로
다가가고 있었다.

"업경대! 염라대왕의 보물! 죄 많은 인간을 심판하는 지옥
의 마물! 과연 어떤 것인지 구경이나 해보자! 크하하하!"

휘리리릭─

독고음의 손짓에 의하여 벽을 가리고 있던 검은 휘장이 하
늘로 뜯겨져 날아갔다.

그리고…….

우우우우우우우우웅―!

"꺄아악―"

슈웅―

지부용의 품에 기대듯 축 늘어져 있던 정월명의 몸이 공중으로 떠올라 휘장에 감춰져 있던 벽 쪽으로 날아가기 시작했다.

마치 보이지 않는 벽 쪽의 누군가가 그녀를 끌어당기는 것 같았다.

"잡아!"

위해원이 고함을 지르자 남궁대수가 반사적으로 팔을 뻗어 정월명의 다리 끝 발목을 움켜잡았다.

"헉!"

주르르륵―

남궁대수의 몸이 정월명과 같이 질질 끌려가기 시작했고 어리둥절한 표정으로 그를 바라보고 있던 진사백이 순간적으로 몸을 날렸다.

슈웅―

쿵!

천근추 수법으로 돌바닥에 두 다리의 발목까지 박아 넣은 진사백이 빠른 속도로 끌려가고 있는 남궁대수의 허리를 감싸 안았다.

두드드드―

“크아아악―!”

잠시 멈칫하는가 싶었지만 이내 다리를 묻고 있던 바닥이 통째로 갈리며 진사백까지 빠른 속도로 벽을 향해 딸려 들어가기 시작했다.

“안 돼!”

이번엔 지부용이었다.

지부용이 다시 진사백의 허리를 얼싸 안았지만 끌려가는 속도가 잠시 줄었을 뿐 네 명은 하나의 덩어리가 되어 어지러운 아지랑이를 피어올리고 있는 벽으로 끌려가고 있었다.

“버려! 화……! …다! 어서 …려!”

비록 혈도를 짚어두었다고는 하지만 과다출혈로 인하여 사경을 헤매고 있던 정월명의 귀에 위해원의 외침은 뚜렷한 단어를 만들어내고 있지 못했다.

“집어 던지란 말……! …궁! 어……!!”

정월명은 실제로 공중에 붕 떠 있는 몸과 다름없이 제대로 수습할 길 없이 환상 속을 노닐고 있는 혼미한 정신을 필사적으로 붙잡으려 노력하며 귀를 다시 기울였다.

“화. 염. 궁이다!”

위해원의 목소리가 천둥 치는 것마냥 귓전과 뇌리를 동시에 강타했다.

정월명은 하나밖에 남지 않은 손으로 품속을 뒤져 살아 있는 듯 웅웅거리며 울고 있는 화염궁을 움켜잡았다.

두두두둑!

"으아악—"

차가운 물을 정수리부터 끼얹은 듯 지독한 고통에 정월명은 비명을 내질렀으니 화염궁을 잡고 있는 손의 어깨뼈가 통째로 뜯겨져 나갈 것만 같았기 때문이었다.

"손을 놔! 어서 버려! 지금 당장!!"

번쩍—

투드득.

정월명이 잡고 있던 손가락을 풀자 빠른 속도로 벽을 향해 날아간 화염궁이 격렬한 빛을 발하며 먼지로 화해 사라졌다.

그와 동시에 벽으로 정월명과 남궁대수들을 끌고 가던 거대한 흡입력도 동시에 소멸했고 그들은 그 자리에 뒤엉켜 넘어져 있었다.

그러나 상황은 끝나지 않았으니 또다시 위해원의 날카로운 목소리가 방 안 가득 울려 퍼졌다.

"버리시오! 금룡편과 기이한 금속으로 된 책자들이오! 어서 버리란 말이야!"

"으으으으! 으아아악!"

뒤엉켜 쓰러져 있는 네 명 옆으로 두 다리의 허벅지까지 땅 깊이 박은 채 고통에 가득 찬 절규를 흘리고 있는 독고음의 모습이 보였다.

이미 앞에는 그의 다리가 통째로 끌려온 흔적인 바닥이 길게 갈린 두 줄기 선이 길쭉하게 나 있었다.

독고음의 땀 범벅이 된 이마에는 땅을 헤집고 있는 지렁이마냥 피부를 금방이라도 뚫고 나올 듯 요동치는 혈관이 얽혀 있었고 그의 앙다문 입술은 이미 터져 핏줄기를 흘리고 있었다.

“자력(磁力)! 자기장의 일종이다! 절연체인 고무로 막아놓은 것이었어! 끌어당기는 물체는 금룡편과 그 책들! 지금이라도 어서 버려─!”

“크으으─ 버, 버리라고! 으으, 으아악! 그럴 순 없다! 그렇다면 나는 왜! 왜, 이곳에 왔단 말인가!”

“그따위 것들과 목숨을 비교할 순 없─!”

“닥쳐라! 으아악─ 나의 삶의 징표다! 이것이 나의 목숨, 내가 살아온 방식의 증명이야! 버릴 수 없─ 으아아악!”

두드드드드드─

우우우우웅─

매끈한 청동 거울처럼 표면이 반짝이고 있는 벽과 가까워짐에 따라 독고음의 신형이 급속도로 빠르게 끌려가고 있었다.

그의 가슴팍에서 금방이라도 등을 뚫고 튀어나갈 듯 금룡편과 두 개의 책이 요동치고 있었다.

투드득!

독고음의 이마에서 하나의 혈관이 터지며 피분수가 흘러
나오기 시작했고 이미 흰자위와 검은자위는 흔적도 남지 않
고 오직 붉은 핏빛 광채만이 어려 있는 눈자위에서 가느다란
피눈물이 흐르기 시작했다.

결국 허공을 휘젓고 있던 독고음의 손이 천천히 가슴 쪽으
로 움직이기 시작했다.

"그래! 어서 버려! 버려! 그 손으로 버리란 말이야!"

"으아아악—!"

쿵!

가슴 부근에서 잠시 멈칫하던 두 손이 그대로 품을 지나쳐
바닥을 깊숙이 내리쩍었다.

양손과 양다리 사지를 바닥에 깊게 박은 채 네 다리로 기는
짐승과도 같은 모습으로 자기장의 영역에서 헤매는 독고음의
모습은 섬뜩하기까지 했다.

"나는, 나는……."

여전히 조금씩 끌려가고 있으나 독고음의 몸이 파란 광채
에 휩싸이고 있었고 두 손을 박아 넣고 있는 바닥에서 검은
기운이 솟구쳐 오르기 시작했다.

두드드득

이제 독고음과 벽까지의 거리는 반 장!

"나는 천하제일인 귀성 독고음이시다!"

휘리릭—

한순간 바닥에 박아 넣고 있던 사지를 뽑아내며 독고음이
신형을 빙글 돌리고 목청이 터져라 소리쳤다.

"가랏! 염왕인, 내 삶의 증명의 도장이여—!"

번쩍!

눈이 시리도록 밝은 빛의 폭발만이 존재했을 뿐 어떤 둔탁
한 파열음이나 시끄러운 파공성은 들리지 않았다.

그리고 뻗어진 손이 벽에 닿을 듯 말 듯한 거리까지 이른
독고음의 뒷모습과 통째로 얼어 있는 업경대의 모습이 드러
났다.

"크크큭."

산발한 머리를 하늘에 흩뜨려 놓고 있는 독고음의 어깨가
가늘게 흔들거리기 시작했으며 그의 입이 가볍게 달싹이기
시작했다.

"크크큭… 보았느냐? 크크크크. 잘 보았는가! 이것이 독고
음이다! 이것이 천하제일인 귀성이시다. 크하하하핫! 내가 바
로 지옥의 심판을 이겨낸 자—!"

푹!

"응……?"

하늘로 두 손을 자랑스럽게 올리고 업경대를 바라보며 온
몸을 들썩여 광소를 터뜨리고 있던 독고음이 문득 자신의 가
슴을 바라보았다.

날카로운 이물질.

　가슴을 대지 삼아 하나의 나무줄기가 싹을 틔운 듯 기다랗게 자라 있는 이물질의 정체는 검신이었다.

　독고음의 가슴에 이물질을 심어놓은 이, 진사백의 음성이 등 뒤에서 흘러나왔다.

　"더러운 사파 놈! 죽어라! 어서 내놓아라!"

　두득―

　진사백은 독고음의 등 뒤부터 찔러 넣은 창룡검을 한 바퀴 크게 비틀었다.

　탁!

　반쯤 돌아가던 검이 둔탁한 소리와 함께 멈춰 섰고 귀성 독고음의 고개가 천천히 뒤로 돌려졌다.

　순식간에 피가 싸늘하게 식은 진사백은 온몸을 바들바들 떨며 떨리는 고개를 천천히 들어 독고음의 얼굴을 바라보았다.

　지옥의 가장 깊숙한 곳에서 금방 기어나온 아수라의 얼굴이 그곳에 있었다.

　털썩.

　창룡검을 놓고 뒤로 주섬주섬 물러나다가 다리에 힘이 풀려 쓰러진 진사백을 향해 독고음이 천천히 다가서기 시작했다.

　이마에는 피분수를 두 눈에선 피눈물을 가슴에는 피로 된 폭포수를, 그리고 아직도 몸을 삐져 나와 있는 창룡검을 움켜잡고 있는 손에서는 핏줄기를.

그것이 독고음의 모습이었다.

피의 갑주를 두른 무장처럼 당당해 보이기도 했으며 인간의 껍질을 벗고 모든 것을 초월한 것도 같아 보였다.

그의 눈에도 코에도 마시고 내쉬는 공기마저도, 적을 위압하는 살기와 힘의 위엄이 배어 있었다.

"어, 어, 어, 어르신. 그, 그게 아니라. 사, 사, 살려— 으학!"

"이, 이 쥐새끼 같은……."

쿵—!

정신이 육체를 지배하기도 한다지만 피륙으로 된 인간의 탈을 쓰고 있는 이상 육체를 벗어나 살 수는 없는 법, 독고음은 그대로 무릎을 꿇고 굳어버렸고 그렇게 방 안의 시간이 멈춰 버렸다.

한참을 지나도록 누구도 말을 하고 있지 않았지만 진사백이 다시 멈춰진 시간을 되돌리기 시작했다.

"하하… 보, 보았소? 내, 내가. 이 창룡검 진사백이… 칠천 무신 중 귀성을, 그 귀성을 잡았단 말이오! 하하, 하하하하! 으하하하하하핫!"

푸우욱—!

쏴아아아아—

진사백이 광기에 들뜬 얼굴로 득의양양하게 일어나 독고음의 등 뒤로 돌아가 창룡검을 뽑아내자 독고음의 가슴 구멍에서 피분수가 솟구쳤다.

허공에 뿌려지는 피의 세례를 받으며 검을 치켜들고 우뚝 서 있는 진사백, 그 환희에 찬 모습이 마치 저 이방의 나라 돌에 박힌 전설의 검을 뽑아낸 왕과도 같아 보였다.

"나다! 내가 귀성을 죽였다! 이래도 내가 정무단을 이끌 자격이 되지 않는단 말이냐! 크하하하하! 칠천무신을 죽였다! 나라고 천하제일인이 되지 말라는 법 있단 말인가!"

"비키시오."

나직한 음성과 함께 유약한 손이 진사백을 가볍게 밀쳐 내고 바닥에 쓰러져 있는 독고음을 감싸 안았다.

위해원이었다.

진사백이 실핏줄이 거미줄처럼 조각조각 갈라져 있는 눈동자로 위해원을 쏘아보며 외쳤다.

"네놈은 뭐냐! 감히 사파 놈의 편을 들려는 것이냐! 네놈도 그놈과 마찬가지로 사파의 더러운 개렷다. 오냐. 내 이 창룡—"

"제발 그만 하시오!"

진사백과 위해원 사이를 가로막으며 소리친 자는 두 눈에 아로이 물방울이 어려 있는 이, 남궁대수였다.

지부용도 조용히 그의 곁으로 다가가 거대한 도를 뽑아 들고 경멸의 기운을 한껏 담아 진사백을 바라보았다.

진사백에 대한 거부의 공기가 방 안에 맴돌고 있었다.

"왜, 왜들 이러는 거야……. 지금껏 몇 번이나 우리를 죽이려 한 자야. 설, 설마 잊은 건 아니겠지? 이제 우리는 금방 이곳을 벗어날 수 있어. 귀성을 내가, 아니, 우리가 죽였다는 걸 세상이 알면 어떻게 될지 상상해 봐! 그 찬란한 영광과 앞날을! 그리고……!"

쉬이익!

광접이 진사백의 목젖 끝에 닿아 있었다.

"제발… 부탁이니 더 이상… 더 이상 아무 말도 하지 말아 주시오."

추악한 인간의 모습에 남궁대수가 까닭 모를 슬픔에 복받쳐 끝내 눈물을 흘리고 말았다.

"내 행동을 비난하는 건가! 난 사심 따윈 없이 모두 대의를 위하여—"

툭!

진사백의 발끝에 몇 개의 물건이 떨어졌다.

"필요하오? 필요없으면 말하시오. 다시 가져가리다."

"……!"

위해원이 진사백을 쳐다보지도 않고 그의 앞에 집어 던진 물건, 독고음의 품 안에 있는 금룡편과 금룡편서, 그리고 진고외경이었다.

진사백은 초점 없는 눈과 혼이 나간 표정으로 그것들을 멍하니 바라보고 있었다.

“아, 일말의 사심도 없고 모든 것은 대의를 위한 것이라 했었지? 내 위대한 진 대협을 깜빡 오해했군. 무례를 사과하리다. 이따위 것들은 나 같은 소인배나 챙기도록―”

“머, 멈춰!”

위해원이 천천히 다가와 바닥의 물건들을 다시 집어 들려 하자 진사백은 불에라도 데인 듯 화들짝 놀라 물건들을 감싸 안으며 그대로 엎어졌다.

마치 제일 소중한 보물인 장난감을 누가 빼앗아가지 않을까 벌벌 떠는 아이의 모습과도 같았다.

남궁대수는 차마 더 이상 진사백을 바라보지 못하고 벽을 향해 고개를 돌렸다.

넋두리와도 같이 흐르는 위해원의 잔잔한 음성이 그들의 마음을 더욱 저미게 하고 있었다.

“하― 사람의 뒤를 쫓을 때만은 용감하구나, 패거리를 지은 이리 떼여. 시체 위에 모여 있을 때만은 시끄럽구나, 천박한 갈까마귀들이여. 그러나 추악한 인간이여, 그대들이 과연 그들을 비난할 자격이 있는가…….”

가슴에 아로이 새겨지는 탄식을 떨쳐 내려는 듯 세차게 고개를 흔들며 지부용이 힘겹게 입을 열었다.

“자, 자석(磁石)인가요?”

“자석이라…….”

이미 산산조각으로 깨어져 버린 일행의 마음을 대변하는

듯 잘게 부서져 바닥에서 반짝이고 있는 업경대를 바라보며 지부용이 놀라움을 표하자 위해원이 천천히 고개를 내저었다.

"자석은 아닐 것이오."

"그, 자석이라는 것이 무엇이오?"

아슬아슬했지만 간신히 이어지고 있던 일행의 끈을 매정하게 잘라 버린 발단이 된 물체에 대하여 남궁대수가 자조하는 것과 같은 낮은 목소리로 물어왔다.

"서로를 끌어당기기도 하고 밀쳐 내기도 하는 힘을 지닌 금속, 그것이 자석입니다. 스스로의 힘을 가진 쇳덩이."

"살아 있는 금속? 자석……."

이곳에서 존재할 것 같지 않은 수많은 기물을 보았지만 이번에는 도저히 믿을 수 없다는 의문이 뒤끝이 흐려진 남궁대수의 말끝에 녹아내려 있음을 눈치 챈 지부용이 끼어들었다.

"전 실제로 이 두 눈으로 본 적이 있어요. 주변의 쇳덩이를 끌어당기는 힘을 지닌 기이한 금속, 자석을!"

"어디서 그런 것을 보았단 말이오? 대체 누가 그런 기물을?"

"그, 그건… 저의 숙부께서 그것을 가지고 있었지요."

또다시 이어지는 남궁대수의 반문에 잠시 주춤하던 지부용은 짧게 한마디를 내던지고는 굳게 입을 다물었다.

어미 새가 알을 품듯 아직도 바닥에 웅크리고 있는 진사백

을 바라보던 위해원이 다시 차가운 말을 만들어내고 있는 입
을 열었다.

"자석은 아닐 것이오. 아니, 정확히 말하면 자석만이 아닐
것이라는 표현이 맞겠군."

"자석이라는 금속만이 아니다?"

발치에 널려져 있던 업경대의 파편을 집으려 몸을 숙이던
남궁대수가 잠시 망설이다가 결국 그냥 뻗었던 손을 거두며
중얼거렸다.

"물론 저 업경대가 정체를 알 수 없는 금속으로 이루어진
두 편의 책과 화염궁, 그리고 금룡편 등 이곳의 물체들을 끌
어당긴 것은 사실이나 그 힘의 정도가 자석만이라 보기는 힘
든 점이 있소."

"그렇다면 세상에 무엇이 있어서 이런 조화를 만들어낼 수
있다는 것이오. 정말 지옥이 아니고서야, 진정 지옥의 물건이
아니고서야 이런 일이……."

얼굴은 진사백 쪽으로 고정한 채로 위해원의 눈동자가 주
위를 훑어보기 시작했다.

언젠가부터 사람이 변해 버린 것 같은 위해원.

지금의 그는 산 자 사이에 있는 죽은 자와 같은 모습이었으
니 친구도 없이 홀로 바람에 날리다가 마지막으로 남은 한 점
구름과 흡사해 보였다.

그 눈빛에 담겨 있는 오싹한 한기에 자신도 모르게 남궁대

수는 슬며시 고개를 돌렸다.

그러나 그것으로 위해원의 시선은 피했지만 차가운 그의 음성까지 외면할 수는 없었으니 다시 냉소를 머금은 그의 목소리가 방 안에 서리를 내리고 있었다.

"하찮은 인간이 세상의 무엇을 알까. 그럼에도 인간은 세상의 모든 것을 안다고 자부하지. 자연은 아직 인간이 알고 있는 것보다 모르고 있는 것을 더욱 많이 품고 있소. 예를 들면……."

남궁대수는 결국 손도 못 댔던 업경대의 파편을 가볍게 집어 올린 위해원이 그것을 바라보며 다시 말을 이었다.

"금속. 원시시대에는 돌을 깎아 썼소. 도구, 그 획기적인 발견이었지. 그 후 청동으로 된 물체가 나왔고 다시 쇠로 된 물체로 인간은 점점 사용하는 금속의 영역을 넓혀갔소. 그것이 지금까지요. 그러나!"

툭!

티이이잉—

위해원이 던진 업경대의 조각이 진사백의 머리 바로 위 바닥에서 요란한 소리를 내며 부르르 진동을 하고 있었다.

그러나 진사백은 가슴에 품고 있는 보물들에 정신이 나갔는지 아무런 반응도 보이지 않고 있었고 그것을 바라보는 위해원의 눈에는 더욱 진한 차가움만이 더해갈 뿐이었다.

"쇠가 원시시대에는 없었을까. 물론 아니오. 단지 그 시대에는 그 존재와 활용법에 대해 몰랐을 뿐이지. 그렇다면 이 시대에는? 지금의 잣대로 모든 것을 판단하려 하는 것이 인간의 속성이요, 과오지. 자신의 기준으로 남을 보는 것이 인간의 추악한 본성!"

"……."

잠시 말을 끊은 위해원은 천천히 몸을 움직여 바닥을 피로 적시는 샘물이 되어 있는 독고음에게 다가갔다.

바닥에 엎어지며 업경대의 조각에 베이고 쓸려 다시는 신선과도 같은 풍도를 찾을 수 없을 독고음의 얼굴을 위해원이 가만히 어루만졌다.

잠시 몸을 움찔하는 것 같던 위해원이 다시 입을 열었다.

"아직은 세상에 알려지지 않았지만 그 원래의 형상을 기억하는 금속이 있소. 아니, 정확하게 말하면 금속 간의 결합으로 만들어진 것이니 합금이라고 해야겠군."

"형상을 기억하는 합금? 형상기억합금?"

남궁대수의 물음에 대답하지 않고 위해원은 독고음의 얼굴을 덮고 있던 손을 천천히 떼었다.

물끄러미 독고음의 감겨진 눈을 보고 있던 위해원은 노기 서린 음성이 아닌 어느새 다시 담담해진 목소리로 입을 열었다.

"온도나 환경 등 일정한 외부의 조건으로 변화해 있던 형상을 원래의 모습으로 되돌아가려는 성질을 가진 합금이지.

또한 물과 같이 액체로 된 은도 있소. 물의 은이니 이름을 붙이면 수은(水銀) 정도 되겠군."

"물로 된 은, 수은! 그것은 또 무엇이오?"

"수은은 특별한 성질을 하나 가지고 있소. 고온에서 녹아 액체로 변한 뒤 서로 떨어뜨려 놔두어도 서로에게 끌려가 다시 하나로 합해지는 기이한 성질을 가지고 있지. 이 밖에도 얼마든지 있소, 지금 우리의 사고의 영역을 벗어나는 것들은. 그리고 이는 세상에 숨어 있는 수많은 미지들 중 금속을 아주 작은 예로 든 것에 지나지 않을 뿐이오."

구석 한편에서 위해원과 남궁대수의 문답을 가만히 듣고 있던 지부용이 고개를 흔들며 중얼거렸다.

"끌어당기는 돌 자석. 원래의 형상으로 돌아가려는 합금. 그리고……."

"하나로 합해지려는 성질의 수은……. 하, 정말 믿을 수 없으나 물체들을 끌어당기고 접촉하자마자 그 형체가 변해 버리는 것을 내 두 눈으로 보았으니 믿지 않을 수도 없구나. 그렇다면 이 업경대와 화염궁 등이 그러한 물질로 구성되어 있다는 말이오?"

지부용의 말을 받은 남궁대수가 다시 자신에게 말을 넘겨 오자 위해원은 고개를 가만히 저으며 낮은 음성으로 말했다.

"그건 나도 모르오. 형상기억합금이나 수은이라 말한 그것들은 우연한 기회에 우연한 조건의 완성으로 만들어진 우연의 산물일 뿐 아직 기술이라 부를 수는 없으니. 세상 어딘가에 그 비밀을 깨우친 자가 있을 수도 있고 아닐 수도 있지.”

위해원의 눈이 조금씩 일어나기 시작한 진사백의 모습에 꽂혔다.

두 손에 든 기물들을 넋이라도 나간 눈으로 바라보고 있는 진사백의 얼굴을 바라보며 위해원이 한쪽 눈을 가늘게 좁히며 이야기의 마무리를 지었다.

“하지만 천 년, 아니, 머지않은 시대에는 그것을 이용하는 문명이 다가오지 않는다고 누구도 장담할 수 없을 것이오. 그러나 한 가지 장담할 수 있는 것은 그 시대에도 인간의 욕망은 변치 않는다는 것이오.”

힐끔 눈을 돌려 주변을 바라보다가 모두가 자신을 응시하고 있다는 것을 깨달은 진사백이 황급히 기물들을 품속으로 쑤셔 넣고 있었다.

그의 모습을 무미건조한 색채의 눈동자로 물끄러미 바라보던 위해원은 더 이상 아무런 말도 하지 않고 독고음을 들쳐업었다.

“가지요. 흑암지옥은 끝났습니다. 우리들의 손에 의해 시작했던 것같이 우리들의 손에 의해서.”

독고음이 쏟아내고 있는 피로 인하여 자신도 온몸을 흠뻑 적신 위해원이 천천히 마지막 계단을 향해 걷기 시작했다.

그렇게 그들의 흑암지옥이 끝나고 있는 듯 보였다.

끼이이익—

또 하나의 문이 열렸다.

나선형으로 휘어져 있던 모든 계단이 끝나고 벌써 네 번째.

업경대가 있던 방을 지나 하늘 끝까지 이어져 있을 것만 같은 나선형 계단의 숫자를 마음속으로 천을 헤아릴 무렵, 일행은 또다시 천연의 동굴을 맞이할 수 있었다.

그리고 그때부터 나타나기 시작하는 석문들.

안에서 밀고 나가 밖에서 뒤돌아보면 울퉁불퉁한 암벽 그대로 모습이었으니 자신들이 지나왔던 흔적조차 보이지 않을 만큼 정교한 석문을 네 개째 넘어서고 있었던 것이었다.

시간을 방금 전으로 되돌린 듯 약간의 변화도 없어 지겨울 만큼 반복되고 있는 상황이었지만 누구도 불평의 말을 입 밖으로 꺼내지는 않았다.

공기가 변하고 있었기 때문이었다.

이제는 익숙해져 버린 지하의 음습함이 묻어 있는 공기가 아닌 추억 저편에만 존재할 것 같은 쾌적한 공기로.

말하지 않아도 알 수 있었으니 지상이 가까워왔음을 본능은 기꺼이 노래하고 있었던 것이었다.

끼이이익—

"으학—!"

쾅!

눈을 감싸 쥔 진사백이 거친 고함을 지르며 세 치쯤 열리던 다섯 번째 문을 다시 닫아버렸다.

"헉, 헉, 헉, 헉!"

터질 듯 질주하는 심장의 박동에 맞춰 입과 코가 미친 듯이 공기를 빨아들이기 위해 헐떡이고 있었다.

"봤, 봤어?"

"……."

격정을 숨기지 못하는 진사백의 물음에 누구도 대답하지 않았지만 그 침묵 자체가 대답이 되고 있음도 모두가 알고 있었다.

어둠 속에서 모두의 눈이 뜨거운 불꽃을 토해내고 있었다.

"빛, 빛, 빛이었어! 어두컴컴한 야명주의 불빛 따위가 아닌 햇빛! 햇빛이 들어오고 있었다고! 밖, 밖이었어!"

"모두들 눈을 보호하시오. 잘못하면 시력을 잃을 수 있으니 빛에 적응할 시간이 필요하오."

일행은 위해원의 짤막한 말이 있은 뒤에야 이것이 현실임을 분명하게 인식할 수 있었다.

멍한 모습으로 서 있던 남궁대수와 지부용은 왠지 모를 오싹한 한기에 온몸을 부르르 떨었고 진사백만이 제자리에서 펄쩍펄쩍 뛰며 환호하고 있었다.

"드디어! 드디어 지옥을 벗어나는 거야! 이제 세상으로 나가는 거야!"

"지옥을 벗어난다……. 과연 그럴까."

위해원이 낮은 목소리로 중얼거렸지만 격정이 광포한 바람이 되어 몰아치고 환희가 집채만 한 파도가 되어 일렁이고 있는 정신적 태풍 속에 빠져 있는 누구도 그 음성을 듣지 못하고 있었다.

"셋을 세고 열겠소. 준비들 하시오. 하나."

모두들 다급한 얼굴로 황급히 두 손을 눈으로 가져다 대고 있었다.

"둘!"

손으로 가려진 진사백의 얼굴 사이로 참을 수 없는 미소가 번지고 있었다.

"셋!"

순식간에 웃음은 사라지고 불안함이 몰려왔으니 또 다른 지옥이 나타날 것만 같은 기분에서이리라.

끼이이익—

격정은 기우에 지나지 않았던 것 같았으니, 따스한 햇살이 손등을 뚫고 감겨진 눈꺼풀도 뚫고 망막에 내리쬐고 있었다.

온도는 초겨울 이불 속과 같이 따스했고 색깔은 뒤뜰에 피어 있던 봉선화같이 불그스름한 기운, 의심할 여지 없는 햇빛이었다.

누구도 환희 가득한 웃음도, 격정에 찬 탄성도, 해방감에 들뜬 말도, 희열에 떠는 몸짓도 하지 않았다.

조금만 잘못하면 금방이라도 산산조각나 버릴 꿈인 것처럼 조심스럽게 내리쬐는 햇빛을 그저 아무런 행동도 하지 않고 온몸으로 받아들이고 있었던 것이었다.

마치 지난겨울을 차가운 대지 속에서 보낸 씨앗이 마침내 맞이한 봄의 볕 아래서 틔운 싹을 활짝 펼쳐 자유를 만끽하고 있는 것처럼.

찌르르르―

뚜르르―

불사조의 찢어지는 괴성이 아닌 이름 모를 산새들의 노랫소리들이 부드러운 선율이 되어 아스라이 들리고 있었다.

휘이이잉―

지하의 차가웠던 바람이 아닌 산의 온기를 담은 바람이 그들의 볼을 살며시 간질이고 있었다.

"흑흑흑…… . 유숙…… ."

그리고 그 사이로 지부용이 나직하게 흐느끼는 소리도 함께 들리고 있었다.

얼마의 시간이 지났을까.

남궁대수는 화끈거리던 햇살의 감촉이 조금 줄어든다고 느낄 무렵, 조심스럽게 눈을 보호하던 손을 내렸고 다시 조금 후에 살며시 닫혀 있던 눈꺼풀을 들어 올렸다.

너무도 낯선 색깔들이 자신을 둘러싸고 내려다보고 있었다.

푸른 하늘에 하얗게 풀어놓은 구름들과 그 속에서 반짝이며 흐르고 있는 투명한 햇살, 그 아래로 끝도 없이 펼쳐져 있는 초록빛 산의 물결.

휘청.

남궁대수는 아찔한 현기증에 한 손으로 이마를 짚으며 몸을 흔들거릴 수밖에 없었으니 이상하게도 울렁거려 금방이라도 게워낼 것만 같았기 때문이었다.

어디선가 피어올라 코를 찌르는 시큼한 과실의 향기.

어느덧 낯설어져 버린 내음의 충격에 남궁대수는 그 자리에서 주저앉아 몇 번의 심호흡을 크게 하여 폐부의 공기를 바꿔주고 머리를 세차게 흔들어 혼란스러운 뇌리를 정리한 다음에야 주위를 둘러볼 수 있었다.

천장이 반쯤 허물어져 있고 그 사이로 바깥의 풍경과 햇살이 함께 들어오고 있는 작은 사당의 안이었다.

자신들이 빠져나왔던 곳은 어디인지 이미 찾을 길 없이 밀폐되어 있는 상태였고 한편에는 겨우 매달려 있는 낡은 문을 바람이 그네 삼아 삐그덕거리며 장난치고 있었다.

"우워워워워! 우와아아아아아아아!"

진사백은 어느새 나갔는지 밖에서 하늘을 바라보며 사람이 아닌 태초의 짐승으로 돌아가 기이한 고함을 마구 지르고 있었고 위해원은 피투성이의 독고음을 업은 채로 사당 구석에 서서 무엇인가를 뚫어져라 쳐다보고 있었다.

지부용은 한쪽 구석에서 얼굴에 분을 발라놓은 듯 창백한 안색의 정월명을 안은 채 낮은 흐느낌을 만들어내고 있었다.

남궁대수가 벽을 짚고 일어나 비틀거리는 움직임으로 위해원의 곁으로 다가갔다.

그리고 그의 시선을 따라가 그가 바라보고 있는 것을 자신도 바라보았다.

붉게 칠해진 작은 제단과 그 위에 놓은 어두운 색깔 정교한 석상이었다.

이상한 위화감을 느끼며 한참 동안 석상을 바라보던 남궁대수가 곧 이질감의 정체를 찾아냈으니, 금방이라도 허물어질 것같이 초라한 사당이었으나 이 석상만큼은 비바람과 세월의 흔적을 찾을 길 없이 너무도 온전한 형상을 하고 있었던 것이었다.

그리고 곧 이어 또 하나의 의문점을 떠올릴 수 있었다.

얼굴에는 탐스러운 수염을 부드럽게 흘리고 손에는 청룡언월도를 들고 몸에는 중갑을 두른 관우의 모습이 아니었다.

그렇다고 머리에는 나발을 얹고 이마에는 육계를 찍고 등 뒤에는 광배를 두르고 손에는 수인을 맺고 있는 불상의 모습도 아니었던 것이었다.

"이상한 석상이군요."

"면복(冕服)입니다."

"면복?'

기이한 복장을 하고 있는 석상의 모습을 보며 남궁대수가 위해원의 말을 곱씹었다.

"의복에 새겨진 문장과 머리에 쓰고 있는 면류관, 그리고 관에 매달린 구슬이 보이십니까?"

"이것은……."

유심히 바라보던 남궁대수가 부지간에 깨달음의 작은 탄성을 흘렸다.

"열두 개의 문장과 열두 개의 구슬. 십이장복(十二章服)이군요. 예로부터 황제에게만 허락된 복장이지요. 일국의 왕과 제후들조차 그 수를 아홉 개로 철저하게 제한하고 있을 정도니까요."

"그렇다면 이 사당은!"

"어두운 색은 아마도 검은색을 뜻할 겁니다. 검은색. 진시황제가 가장 좋아했던 색으로 알려져 있지요. 우리가 지나온 누각의 색깔과 같이."

남궁대수는 진시황제의 석상에서 눈을 돌려 사당 구석구석을 둘러보다가 갑자기 뇌리를 스치는 기이한 느낌에 다시 벼락 치듯 석상에게 고개를 던졌다.

위해원은 못 박힌 듯 석상을 바라보고 있는 남궁대수를 스쳐 지나가 조용히 문을 열고 밖으로 나갔다.

그 뒤를 정월명을 부축한 지부용이 힘없이 뒤따르고 있었다.

세상(世上)

자, 벗이여 다시 새로운 세계를 찾아 떠나도 늦지 않다.

노를 저어라, 그리고 노하는 바다를 두드려라.

해가 지는 곳보다 서쪽 하늘 별들이 물에 잠기는 곳보다 더 먼 곳으로.

생명이 끝나기까지 나아가는 것이다.

그곳에 이르면 다시는 소용돌이가 우리를 삼키는 일은 없을 것이다.

그러나… 벗이여.

그 세상은 과연 존재하는가?

"하하하! 이제 자유야! 돌아갈 수 있어! 크하하하하! 개새끼들, 기다려라! 내가 곧 다시 돌아가 모두 죽여주리라! 무림지존이 되어 다시 오리라! 칠천무신 귀성… 그리고 그가 노리고 있던 비급과 보물까지 내, 내 손에! 크하하하!"

여전히 창공에 대고 쉴 새 없이 기쁨과 원독을 마음껏 뿌리고 있는 진사백을 잠시 쳐다본 뒤 작게 심호흡을 한 위해원은 주위를 둘러보았다.

주위로 높다란 절벽이 자리 잡고 있었으니 그 안으로 입구는 좁고 안은 넓은 호리병 모양의 분지였다.

겉으로도 초라해 보이는 사당은 그 제일 깊숙한 곳에 세워져 있었고 저 멀리 커다란 노송 한 그루가 홀로 우뚝 서 있고 그 뒤로 좁다란 입구가 보였다.

거대한 노송은 사당 쪽을 향해 절이라도 하는 것같이 기묘하게 꺾이고 틀어져 있었다.

"이봐! 어서 가지! 한시라도 빨리 이곳을 벗어나잔 말이야!"

"유, 아니, 위 공자. 그래요, 어서 가요. 우리 일단 이곳을 떠나요! 이제 모든 것이 싫어졌어요! 우리 그만 돌아가요!"

기쁨에 들뜬 진사백은 친근한 미소를 지으며, 초조함에 가라앉아 있는 지부용은 주위를 두리번거리며 위해원에게 애원하듯 말하고 있었다.

그러나 아무런 대답도 하지 않고 위해원은 눈이 시리도록 화창한 하늘을 향해 고개를 들 뿐이었다.

햇빛 때문에 가늘어진 눈매 사이로 한 마리의 매가 창공을 빙글빙글 맴돌고 있는 것이 그의 눈 가득 담겨지고 있었다.

"제길! 자유는 나중에 만끽하라고! 다들 안 가겠다면 나 먼저 가겠어! 그럼 잘들 있으라고! 크크큭!"

"유숙!"

사정조의 지부용의 말에도 위해원은 여전히 하늘을 바라보고 있을 뿐 아무런 말이 없었다.

"잠깐… 잠시 기다려. 아직은 아무도 떠날 수 없소!"

"응?"

기다리던 위해원의 음성이 아닌 뜻밖에 좁다란 사당 안에서 흘러온 목소리에 진사백이 어리둥절한 얼굴로 고개를 돌렸다.

고개를 땅에 박은 채 비척비척거리는 걸음걸이로 남궁대수가 다가오고 있었다.

그의 손에 들린 광접의 검신 끝에 눈부신 햇살이 아련히 내려앉아 있었다.

"떠날 수 없다니, 그 무슨 말을 하는 것이오!"

"풀리지 않은 의문이 있소. 지금 그걸 풀어야겠소."

힘겨운 움직임으로 모여 있던 일행의 곁에 다가온 남궁대수가 천천히 광접을 치켜들기 시작했다.

척―!

“이, 이봐! 남궁 형! 지금 뭐 하는―”

“넌… 넌! 넌! 도대체 누구지!”

돌연한 행동에 화들짝 놀란 진사백이 남궁대수와 지부용을 번갈아 쳐다보며 소리쳤으나 이내 천둥과도 같은 분노를 담고 있는 음성에 묻힐 수밖에 없었다.

남궁대수의 광접 끝에 있던 햇살이 이제 지부용의 목젖에 붙어 그녀의 생명을 간질이고 있었던 것이었다.

지부용의 가냘픈 속눈썹이 파르르 떨리고 그녀의 입술도 흔들리는 음성을 만들어냈다.

“난, 내 이름은 지부용―”

“아니야! 그것을 묻는 것이 아니다!”

거부의 증거로 고개를 미친 듯 흔들며 남궁대수가 절규했다.

“왜! 왜! 진시황제의 얼굴과 너의 얼굴이 닮아 있는 것인가를 묻는 것이다! 남자와 여자라는 차이를 무시한다면 동일인이라고 해도 될 만큼! 왜! 왜! 도대체, 왜!”

남궁대수의 거대한 울부짖음이 산천초목을 떨게 만들고 그 속에 감춰진 의미를 깨달은 모두의 마음도 거세게 흔들리고 있었다.

“그, 그것이 정말이오! 진정 저년이 진시황제와!”

뒤늦게 정신을 수습한 진사백이 지부용을 손끝으로 가리키며 뒤로 비실비실 물러났다.

위해원은 오직 피로 물든 독고음을 업은 채로 하늘을 날고 있는 매를 바라보고 있을 뿐 이곳에 없는 사람인 듯 고요했다.

붉어진 눈으로 입술을 꽉 다문 남궁대수가 손끝에 조금 더 힘을 주자 지부용의 새하얀 목덜미에 붉은 핏줄기가 흐르기 시작했다.

"말하라! 단지 우연의 일치라 할 것인가!"

"그, 그랬군! 정월명 저년! 이곳 출신이라던 저년이 왜 그렇게 지부용 저 계집을 감싸고도나 했더니 저 계집이 진시황제의 후손이었던 것이야! 그래, 맞아! 이제 알겠어! 저 위가 놈이 했던 말의 의미도!"

진사백이 고개를 돌려 위해원을 바라보았지만 그는 여전히 그림 속에 녹아든 풍경과도 같이 작은 미동조차 보이고 있지 않았다.

그러나 진사백은 자신만의 결론을 이미 확정 지은 것 같았다.

"위해원 저놈이 말했던 의문 중에 하나! 진시황릉을 지키는 자들을 움직일 수 있는 자는 그 신분이 제한되어 있다고 했던 것! 바로 왕족! 그의 후손들을 말하는 것이었어! 황제의 자손들!"

"그리고……."

남궁대수가 분노로 떨리는 숨결을 애써 다잡으며 말을 이어나갔다.

"풍도지옥에서 우도대왕이 했던 말, '출구는 처음부터 우리와 함께 있으며 지금도 함께하고 있다' 라는 말의 뜻. 바로 사람을 의미하는 것이었어. 그 출구는 바로 당신! 그가 눈을 감고 있던 까닭은 당신을 보지 않기 위해서였겠지. 진시황제의 금제에 걸려 있는 그로서는 당신의 얼굴을 보는 순간 원래의 임무에 충실해야만 했으니까! 모든 것이 설명된다. 이래도 아니라 할 텐가!"

"기이한 귀보(貴寶)까지! 황족이니까 가질 수 있었던 것이야! 들은 적 있어. 황제의 갑옷에 넣는다는 세상에서 가장 질긴 그물을. 그것이 바로 그 면사(面紗)였었나!"

처음에는 눈에 띄게 몸을 떨고 있던 지부용이었으나 이 순간에 이르러서는 오히려 조금의 떨림도 보이지 않고 있었다.

목젖 끝에 칼이 들이밀어져 고개를 들고 있는 것이 아닌 태어날 때부터 고개를 숙이지 않도록 하늘이 허락한 것 같은 당당함이 그녀에게서 흐르고 있었다.

"그래. 네 말이 맞다."

지금까지의 소녀의 음성 대신 수사(修辭) 하나 없는 문장과도 같이 건조한 음성이 그녀의 목에서 울려 퍼졌다.

"나는 황족. 이 나라의 황녀(皇女)시다! 그것도 현 황제 폐하의 제이(第二)황녀시니라!"

쿠쿠쿵!

　마른하늘에 날벼락이 내리쳐 정수리를 관통하는 것 같은 충격에 남궁대수가 광접을 그녀의 목 끝에서 떼며 비틀비틀 뒤로 물러섰다.

　진사백도 창백한 얼굴을 자신의 손으로 감싸 쥔 채 지부용으로부터 떨어지고 있었다.

　지부용이 정월명을 바닥에 내려놓고 천천히 자리에서 일어나며 여자라고는 믿겨지지 않는 준엄한 음성을 토해냈다.

　가지가 휘도록 줄줄이 매달린 열매처럼 그녀의 전신에 위엄이 주렁주렁 매달리고 있었다.

　"그래서 어떻게 하겠다는 말이더냐! 감히 남궁가와 정무단이라는 얄팍한 이름으로 나를 핍박하겠다는 말이더냐! 구족은 물론 기르던 가축의 새끼 한 마리도 씨가 남지 않으리라!"

　"왜, 왜, 어찌하여! 세상에 모자랄 것이 없는 당신이! 왜 어찌하여 이런 일을 하였단 말인가! 믿었건만! 지옥을 같이 헤쳐 나온 동료라 믿었건만! 천의는… 장왕은! 대소의 죽음은 무엇이란 말인가!"

　"……!"

　걸릴 것 없을 것같이 도도하게 흐르던 지부용의 음성이 흐느끼는 것 같은 남궁대수의 음성에 막혀 더 이상 아무런 말도 하지 못했다.

　"설, 설마! 무, 무림과 관의 전쟁이라도 일으킬 생각인가!"

　휙—!

벼락과도 같은 진사백의 외침에 남궁대수의 고개가 지부용을 향해 꼿꼿이 고정되었다.

그의 눈에서 단정하고 차분했던 남궁대수라고는 도저히 믿을 수 없는 살기가 줄기줄기 솟구치고 있었다.

격정적인 열변가가 되어 진사백이 분위기를 선동하기 시작했다.

"죽여야 돼! 여기서 저 계집을 죽여야 돼! 남궁 형! 죽입시다! 우리 손으로 저 계집을 죽입시다! 죽은 자는 말이 없소!"

"정말인가! 진정 무림말살계획을 획책하는 것인가!"

고뇌 가득했던 모습은 간데없고 비장함이 흐르는 얼굴로 남궁대수가 지부용에게 다시 다가오며 외쳤다.

챙!

청명한 검명이 울렸고 어느새 진사백도 창룡검을 든 채 지부용 뒤로 살며시 자리 잡고 있었다.

지부용은 당황한 얼굴로 고개를 돌렸으니 그녀가 바라본 것은 남궁대수도 진사백도 아닌 위해원이었다.

"유, 유숙―"

그녀의 입술이 열리는 찰나 남궁대수의 뒤편, 그들이 지나온 사당에서 또 다른 인물의 음성이 들려왔다.

"무림말살계획이라니, 너무 비약이 심하군요. 하하하. 안 그렇습니까, 제이황녀님."

흔들림없는 모습으로 펄럭이는 백삼자락을 가볍게 손으로

누르고 사뿐한 움직임으로 다가오고 있는 자.

속으로 통곡하고 있을 일행을 향해 겉으로 미소를 머금고 있는 우도대왕이었다.

여유롭게 주위를 둘러본 우도대왕이 빙그레 웃으며 말했다.

"어떻게, 즐거운 여행이 되셨는지요. 아니, 아직 진행 중에 있으신가요? 하하하."

휘리릭—

남궁대수가 옷자락을 펄럭이며 재빠르게 진사백의 곁으로 합류해 우도대왕의 방향을 향해 광접을 치켜세웠다.

주위를 빠르게 훑어보는 그 모습에 우도대왕이 가볍게 어깨를 으쓱거려 보였다.

"아닙니다. 그렇게 적의를 보이시지 않으셔도 됩니다. 이미 말씀드린 대로 저희는 더 이상 여러분의 문제에 관여하지 않을 것을 약속드립니다. 이대로 이곳을 벗어나는 것도 여기서 각자의 의문에 대한 해답을 찾으려고 하는 것도 모두 여러분의 뜻대로입니다."

"그렇다면 왜 이곳에 다시 나타난 것이지!"

"여러분과는 별개로 우리의 의문에 대한 답을 확정 짓기 위해서이지요. 처음부터 정해진 답이긴 하지만요. 하하하."

가볍게 웃은 우도대왕은 자신의 말을 증명하기라도 하듯이 다가오던 걸음을 우뚝 멈추고 무방비로 두 손을 뒷짐 진

채 주변의 풍광을 둘러보기 시작했다.

아직도 불안함의 망령을 떨쳐 내지 못한 남궁대수가 긴장감 그득한 음성으로 짧게 물었다.

"너희들의 의문?"

"그렇습니다. 황녀님이 많이 지쳐 보이시는데 좀 쉬도록 해드려라."

날카롭게 신경을 바짝 세우고 있던 남궁대수는 난데없는 우도대왕의 말에 사당 쪽으로 황급히 시선을 돌렸다.

털썩!

거짓말처럼 지부용이 제자리에서 허물어졌으니 남궁대수는 해변에 애써 지어놨던 모래성이 파도에 휩쓸려 사라지는 것을 눈앞에서 보는 것과 같은 참담한 기분에 휩싸였다.

우도대왕의 조력자는 지옥과 연결된 사당에서 나오지 않았으니 쓰러진 지부용의 곁에 있던, 이제는 입술까지 하얗게 변해 버린 정월명이 유령처럼 부스스 몸을 일으키고 있었다.

"이, 이 무슨! 아직 들어야 할 말이 많은데! 이제야 진실에 한 발자국 다가갈 수 있었는데! 어째서 당신이!"

"그녀는 이곳 사람입니다. 그녀가 원하는 것은 저만이 줄 수 있죠. 안 그렇습니까? 귀자모신이여, 이제 어디 원하는 것을 말해보시지요."

남궁대수는 가슴 복받치도록 치밀어 오르는 격노를 참지 못하고 온몸을 떨며 여유작작한 우도대왕을 쏘아보았다.

"아… 니야……. 내가……. 유, 유숙… 이제 제발 그
만……."

쓰러진 채 이미 눈이 반쯤 감겨 있는 지부용이 잠시 입술을
달싹거리다가 이내 고개를 떨어뜨렸다. 하지만 그녀가 했던
말을 들은 자는 아무도 없었다.

"나, 나는……."

부르르르—

털썩.

쉼없이 떨리는 몸을 힘겹게 일으켜 세우며 웅얼거리던 정
월명이 지부용의 곁에 나란히 쓰러졌다.

더 이상 그녀의 잘려진 팔에서는 피조차 흘러나오지 않고
있었다.

그 모습을 잔잔한 웃음을 머금고 바라보던 우도대왕이 속
삭이는 것 같은 나직한 음성으로 말했다.

"너의 사명에 대하여 잘해주었다. 그런데 왜 그러느냐. 일
어나거라. 일어나서 갈 수 있다면 너 원하는 대로 가거라."

꿈틀.

작은 미동조차 없이 멈춰 있던 정월명의 육신이 간헐적으
로 꿈틀거리고 있었다.

그리고 믿을 수 없게도 이미 영혼이 빠져나갔을 것만 같은
그녀의 육신이 조금씩 자리를 박차고 일어나고 있었다.

휘청—

털썩.

반쯤 몸을 일으키다가 그녀가 다시 주저앉고 말았다.

"너는 태어날 때부터 삶이 정해진 몸. 굴레가 정해진 몸. 그것을 벗어나고자 한다면 그에 상응하는 대가를 치러야 할 것 아니냐. 겨우 그 정도였더냐, 너의 의지는?"

잔잔한 우도대왕의 말이 남긴 여운이 끝나기도 전에 다시 정월명의 육신이 천천히 일어나고 있었다.

몇 번이나 쓰러질 것 같은 아슬아슬함 속에 필사적으로 다리를 세우고 있는 그녀의 모습은 마치 세상에 처음으로 나서는 아기의 걸음마와도 같아 보였다.

그리고 마침내 그녀는 태풍 속에서 홀로 자리 지키고 있는 깃발처럼 제자리에 우뚝 섰다.

우도대왕이 빙그레 웃으며 말했다.

"너의 의지는 관철되었다. 너는 이제 자유다."

우도대왕의 목소리를 듣기나 한 것일까, 정월명은 느릿하게 하늘을 향해 고개를 들었다.

눈부시도록 푸르른 창공과 산들거리는 녹색 내음이 불안한 그녀의 몸을 감싸 안고 있는 것만 같았다.

그녀는 육신은 더 이상 떨리지 않았다.

쿵—!

그리고 그녀는 대지의 품에 몸을 뉘었다.

하늘을 향해 대 자로 누워 있는 그녀의 입꼬리 끝에 작은 미소가 맺혀 있었다.

"음. 저의 일은 대강 끝이 난 것 같군요. 그쪽으로 다가가 황녀님을 모셔가고 싶은데 괜찮을까요?"

"……!"

할 말을 잃은 채 정월명을 바라보고 있던 진사백과 남궁대수는 우도대왕의 음성에 화들짝 놀라 검을 고쳐 쥐었다.

"하하. 그러실 필요 없다고 말씀드렸지 않습니까. 저는 여러분께 손끝 하나 대지 않을 것입니다. 아니면 황녀님을 제가 모셔갈 수 없다고 말하는 것입니까? 그것도 좋겠지요. 이미 말한 대로 각자의 의지를 관철시키기 위한 경쟁은 저희가 원하는 것이니까요."

진정 유쾌하다는 듯 우도대왕은 웃고 있었다.

"줍시다, 남궁 형! 어차피 저년을 저놈들이 곱게 놓아주진 않을 것이오!"

"하, 하지만!"

"남궁 형! 지금은 이럴 때가 아니란 말이오! 무림에 거대한 음모의 바람이 불고 있소! 우리가 알려야 한단 말이오! 남궁 형!"

진사백의 다그침에도 남궁대수는 정신을 한동안 정신을 차릴 수 없었다.

찾으려 밤낮을 애쓰던 때에는 보이지 않더니 잊고 있던 어느 날 갑자기 의외의 곳에서 발견된 물건처럼, 너무도 격렬한

급류를 타고 드러나기 시작한 진실의 물결 속에서 발버둥을 치고 있었기 때문이었다.

쓰러져 있는 지부용과 다른 세상으로 떠나간 정월명.

그들을 바라보고 있는 남궁대수는 늪에 빠진 자와 같아 보였다.

"남궁 형! 무림의 위기란 말이요! 생각은 나중에! 어서!"

갈등으로 점철되었던 남궁대수의 얼굴에 이내 결심이 선 듯 단호한 기색이 나타났다.

우도대왕이 다가오자 남궁대수와 진사백은 서로 눈짓을 교환하고는 풀쩍 뛰어 위해원이 있는 곳으로 이동하였다.

우도대왕은 혈이 짚여 정신을 잃고 있는 지부용을 가볍게 한쪽 어깨에 들쳐 메고는 아무런 미련도 없다는 듯이 몸을 돌려 다시 사당 쪽으로 가기 시작했다.

그러다가 우뚝 걸음을 멈추고 잠시 잊은 것이 있었다는 듯이 입을 열었다.

"아, 마지막까지 남은 여러분을 위하여 제가 선물로 이야기 하나 해드릴까요? 여러분이 말하는 지옥은 아직도 끝난 것이 아닙니다."

가던 길을 멈추고 들려주는 우도대왕의 이야기에 남궁대수와 진사백의 몸속은 빨라진 혈류가 미친 듯이 요동치고 몸밖은 딱딱하게 굳어가고 있었다.

우도대왕이 서서히 손을 들어 한쪽으로 곧게 세웠다.

"저기 입구 쪽에 보이는 늙은 소나무 보이십니까? 저것이
마지막 경계입니다. 저것만 지나면 여러분은 우리의 영역에
서 완전하게 벗어나는 것입니다. 아아, 그렇다고 그렇게 위험
한 눈초리를 저에게 보내실 필요는 없습니다."

우도대왕은 유려한 몸짓으로 노송을 가리키며 말을 이어
나갔다.

"이미 몇 번이나 말한 것과 같이 이쪽은 더 이상 아무런 행
동도 하지 않으니까요. 여러분은 그저 스스로의 다리로 저 경
계를 아무 일 없이 넘어가기만 하시면 되는 것입니다."

"입구에 있는 늙은 소나무… 노송. 육도윤회(六道輪廻)의
나무인가."

세상 밖으로 나온 뒤 처음으로 위해원이 말을 하고 있었다.

우도대왕은 입에서 미소를 지우고 고요한 눈빛으로 위해
원을 응시하며 그 말을 받았다.

"그렇습니다. 불교에서 말하는 흑암지옥의 입구에 세워져
있는 나무, 육도윤회의 나무가 저것입니다. 지옥의 모든 심판
을 받고 그 결과에 따라 세상으로 환생할 수 있는가 그렇지
않은가의 기점이 되는 나무. 저것이 이곳의 마지막 경계선입
니다."

진사백은 가늘어진 눈매로 육도윤회의 나무에 이르는 길
을 째려다 보았지만 어떤 기관이나 매복의 흔적은 찾을 수 없
었다.

옆을 바라보니 남궁대수도 가만히 고개를 끄덕거려 보이고 있었다.

"좋아, 가자. 이것이 진정 마지막이다. 어떤 음모가 있던지 간에 일단 돌아가는 것이 먼저야! 남궁 형!"

"갑시다, 진 형! 위 공자!"

진사백과 남궁대수가 짧은 결의의 다짐을 한 뒤 무거운 걸음을 조심스럽게 떼기 시작했다.

뜻 모를 우울함이 배인 깊은 눈매로 진사백과 남궁대수의 등을 바라보던 위해원도 천천히 움직여 그들의 뒤를 따랐다.

그들의 모습을 바라보던 우도대왕이 살포시 웃으며 나직하게 중얼거리고 있었다.

"진정 그대들이 걷는 그 길에 위험이 없을까. 인간과 인간이 함께 걷고 있다는 그 사실만으로도 충분히 위험한 일임을 그대들은 왜 모르는가. 그대들의 세상이 진정한 지옥임을 왜 모른단 말인가. 그 지옥을 만드는 것이 바로 인간, 당신들 그 자체라는 것을."

최후의 삼 인.

정확하게는 위해원의 등 뒤에 업혀져 있는 독고음의 시체까지 사 인은 세상 밖을 향한 마지막 여정을 떠나고 있었다.

한 발 그리고 다시 한 발.

백여 걸음에 이르는 짧은 여정이었지만 정신적으로는 극도의 긴장감에 의한 피로가 무섭게 엄습해 오고 육체적으로는 팽팽하게 당겨진 근육의 고통에 찬 비명이 온몸 구석구석에서 흘러나오고 있었다.

그러나 안전하다는 우도대왕의 말이 사실이었던지 어느덧 질식할 것 같은 지옥의 시간은 끝났으니 마침내 육도윤회의 나무가 펼치고 있는 그늘에 일행은 한 걸음 내디딜 수 있었던 것이었다.

"하―"

"드디어 벗어났다! 이제 모든 것이 끝났단 말이야! 크하하하! 하하하핫!"

남궁대수는 샘물 솟구치듯 이마에 흐르는 땀을 긴 한숨과 함께 소매로 닦아냈고 진사백은 응어리졌던 가슴을 웃음으로 풀어보려 하고 있었다.

그러나 위해원만은 아무런 반응이 없었으니 그의 반응이 이상했던지 남궁대수와 진사백이 그에게 시선을 돌렸다.

이제야 좀 주변을 생각할 여유가 생긴 것일까.

도취되어 있던 진사백의 웃음소리가 조금씩 잦아들고 표정 또한 일그러지기 시작했다.

"위가 네놈, 그렇게 안 봤는데 아주 음흉하구나. 또 멍청한 구석도 있고. 귀성을 죽인 것은 난데 왜 네놈이 그 시체를 가지고 있는 것이지! 틀림없이 세상 사람들에게 네놈이 그를 잡았다고 할 속셈인 것이구나!"

조금은 여유가 생겼는지 이제야 진사백은 위해원의 등에

있는 피범벅의 시체가 누구의 주검이었는지 알아차린 것 같 았다.

진사백의 거친 시선을 아무 흥미도 없는 건조한 시선으로 위해원이 연결하고 있었다.

"그렇다고 거추장스럽게 시체를 통째로 쳐 메고 오다니! 흥! 멍청한 놈! 목만 베어오면 될 것을! 크크크. 하여간 수고 가 많았다. 이제 그것을 나에게 넘겨라. 내가 목을 가져갈 터 이니 네놈은 그 몸뚱이라도 가져가려무나. 크크크크."

이제는 시선뿐만이 아닌 숨결까지 거칠어진 진사백의 모 습을 보고 있는 위해원의 눈매가 조금씩 가늘어지고 있었다.

물끄러미 진사백을 바라보던 위해원의 시야에 저 멀리서 뜻 모를 웃음을 지으며 자신들을 바라보고 있는 우도대왕의 모습도 들어오고 있었다.

"어서! 어서 내놓아라! 귀성의 목만 있다면……! 나는 일개 후계자 중 하나가 아닌 다음 대의 유일무이한 정무단의 주인 이 될 수 있다! 크하하하! 내가, 이 진사백이 정파무림의 지도 자가 되는 것이야! 칠천무신을 제압한 나의 업적을 그 누가 부정할 수 있을까! 어서, 어서 당장 그 시체를 내놓아라!"

"시체는 없소."

"……!"

위해원은 천천히 육도윤회의 나무 곁으로 다가가 그 꺼끌 꺼끌한 표피를 부드러운 손짓으로 쓸어내렸다.

진득한 송진이 손끝에 묻어나고 알싸한 솔 향이 코끝에 맴돌고 있었다.

그 느낌을 잠시 음미하던 위해원이 다시 입을 열었다.

"고원월 어른 때의 일을 잊었소? 생전에 무엇을 이뤘고 어떤 사람이었든 간에 죽으면 한 줌 흙으로 돌아가는 것이 자연의 섭리. 나는 영혼이 빠진 고깃덩어리 따위를 짊어지고 다니는 사람이 아니오."

"그, 그렇다면……!"

위해원의 말이 의미하는 것이 무엇인지 깨달은 진사백이 창백하게 질린 얼굴로 뒷걸음질치며 떨리는 음성으로 중얼거렸다.

그 모습을 가만히 쳐다보며 위해원이 그의 흔들리는 마음에 쐐기를 박았다.

"죽지 않았소. 아직 귀성 독고음은 죽지 않고 살아 있소."

"……!"

가슴에 검이 쑤셔 박히고 뒤틀렸으며 그 대가로 동전만 한 바람구멍과 한 말은 넘을 것 같은 피를 흘렸음에도 아직 살아 있다는 말에 진사백은 아찔한 현기증을 느끼고 있었다.

금방이라도 위해원의 등에서 내려온 독고음의 염왕인에 온몸이 부풀어 터지는 자신의 모습이 뇌리를 마구 휘젓고 있었기 때문이었다.

남궁대수도 도저히 믿지 못하겠다는 얼굴로 위해원에게

물었다.

"위 공자, 그 말이 정말이오? 진정 귀성 선배가 아직 살아 있다는 것이!"

"그렇소. 곧 숨이 끊어질지 모르지만… 아직까지는 그의 심장이 미약한 진동을 이어나가고 있소."

조심스럽게 위해원에게 다가가 그의 등에 있는 독고음의 목에 떨리는 손을 슬며시 얹은 남궁대수의 표정에 놀라움이 번쩍 떠올랐다.

"살, 살아 있어! 이럴 수가! 아무리 내공이 신의 경지에 다다른 칠천무신이라고는 하나 그 상처를 받고도 아직도 살아 있을 수 있다니!"

"크… 크큭. 크크크큭. 아직도, 아직도 살아 있단 말이지……. 그렇다면 더더욱!"

휙―!

날카롭게 찌르는 살기와 음산한 목소리에 화들짝 놀란 남궁대수가 빙글 신형을 돌리며 광접을 치켜들었다.

올올이 곤두선 머리와 핏발 선 눈, 그리고 입가에는 뒤틀린 미소와 손에는 번쩍이는 창룡검. 그곳엔 작은 야차의 형상을 하고 있는 진사백이 있었다.

"더더욱 목을 베야겠다! 내놓아라! 그 괴물 같은 늙은이의 죽음을 내 손으로 확인해야겠다! 어서!"

"거절하오!"

광포한 사냥개가 송곳니에 맺힌 걸쭉한 침을 떨어뜨리며 연약한 사슴을 쫓아 황량한 들판으로 내모는 것과도 같았던 진사백의 모습이었으나 위해원은 일말의 주저함도 보이지 않았다.

의외의 반응이 주는 당황함에 진사백의 말끝이 토막토막 잘려 나가고 있었다.

"뭐, 뭣이! 감히 그 사파 놈을 두둔하려는 것이냐! 네, 네놈도 보지 않았느냐! 틈만 나면 우리를 죽이려고 했던 그 모습들을! 아니, 네놈이 가장 잘 경험하지 않았느냐! 네놈을 죽이겠다고 설쳐 대던 그 모습들을! 그런데도 너는—"

진사백의 몸에서 뿜어져 나오는 광기와도 같은 기운을 정면으로 받으면서도 위해원은 티끌만 한 흔들림이나 망설임도 감히 범접하지 못할 단호한 기세로 다시 입을 열었다.

"나는! 나는 그의 그런 모습이 싫지 않소. 인간으로 태어나서 자신을 위해 스스로의 신념을 누구의 시선도 의식하지 않고 당당하게 행하는 그의 모습이. 차라리… 대의니 정파니 하는 명목으로 자신의 욕망을 포장하려 드는 당신의 모습이 더 역겨울 뿐이오."

"…포장되지 않은 솔직한 신념이라. 스스로의 신념? 크크크. 그것을 지키는 것이 너의 신념이냐? 과연 대단하군. 그렇다면 나의 진정한 신념을 보여주지! 나의 욕망을 위해 거치적거리는 것은 모두 베는 것이 나의 신념이다!"

슈웅—

바람을 헤치며 광포한 기세로 진사백과 창룡검이 날아들고 있었다고 느끼는 순간에는 이미 번쩍이는 검광이 위해원의 정수리에 벼락같이 내리꽂히고 있었다.

챙!!

푸른 용의 벼락을 막아 세운 것은 한 마리 빛의 나비, 그 날갯짓이었다.

원하던 뜻을 이루지 못한 진사백이 창망한 음성을 터뜨렸다.

"남궁 형! 지금 뭐 하는 짓이오! 저 늙은이는 사파인요! 그것도 뒷골목을 전전하는 조무래기 따위가 아닌 칠천무신! 지금 완전히 죽이지 않는다면 우리 정파의 앞날에 큰 먹구름이 되어 비를 쏟아낼 것이란 말이오! 하찮은 인정은 개에게나 던져 주시오! 대(大)를 보란 말이야!"

위해원의 머리 위에 얽혀 있는 진사백의 창룡검과 남궁대수의 광접.

진사백이 부들부들 떨리는 손끝에 힘을 주며 열변을 토해냈지만 남궁대수의 광접은 작은 미동도 보이지 않았다.

단호한 남궁대수의 음성이 떨리는 진사백의 음성을 맞받아쳤다.

"진 형, 당신의 말이 맞을 수도 있소. 그러나 이건 아니오. 이렇게 한다면 당신이 말하는 사파인들과 다른 점이 뭐란 말이오!"

"지금 방법론을 따질 때가 아니오. 칠천무신이란 말이오! 귀성 독고음이란 말이야! 이렇게 합시다. 나와 당신이 저 마두를 죽인 것으로! 생각해 보시오! 우리 앞날에 펼쳐질 무궁한 영광을! 남궁가는 세상 모든 이의 칭송을 받게 될 것이오! 구파일방을 굽어볼 거란 말이야!"

쾅!

휘리리릭―

남궁대수가 손을 쳐올리자 대치하고 있던 검끝에서 작은 폭발음이 울렸고 진사백은 그 힘을 이기지 못하고 뒤로 공중제비를 돌며 후퇴했다.

결의한 표정의 남궁대수가 광접의 끝으로 진사백을 가리키며 준엄하게 호통 쳤다.

"그따위 말로 남궁가를 모욕하지 마시오! 내가 이 지옥에서 배운 것은 하나뿐이오. 바로 천의 장문영 선생과 장왕 고원월 어르신의 고귀한 죽음! 생면부지의 나를 위해 기꺼이 그 목숨을 초개처럼 버리신 그분들의 죽음이 의미하는 것이 무엇인지 잊었단 말이오! 나는 잊지 못하오! 이 가슴에 새겼으니! 그것은 바로 진정한 인간의 삶!"

표독한 얼굴로 자신을 노려보는 진사백, 그리고 그의 손에 들린 창룡검의 끝에 검기가 어리기 시작하고 있었다.

남궁대수는 두 다리를 살짝 어깨 넓이로 벌리며 자세를 낮

추며 하던 말을 전부 쏟아냈다.

"나 남궁대수가 원하는 삶, 그 속에 정신을 잃고 죽어가는 자의 목을 베려는 일을 못 본 척 방치하는 것은 없소. 그 앞에 사파인이건 대의건 하는 소리는 끼어들 수 없소. 이것이 나의 신념이오!"

"위선자! 나는 믿지 못하겠다. 아무 이득도 없는 일에 자신을 희생하는 자가 존재한다는 것을! 천의와 장왕은 자신들이 쌓아온 거짓된 명성에 등 떠밀려 억지로 죽음으로 자신을 내몬 것일 뿐!"

"닥치시오! 그분들의 고귀한 희생을—"

다다다다닥—

진사백이 양팔을 날개처럼 좌우로 쭉 뻗고 두 다리로 대지를 빠르게 박차오르며 날 듯이 남궁대수에게 전진하고 있었다.

그의 창룡이 좌우로 긴 호선을 공중에 그리고 있었다.

파바바밧!!

남궁대수의 낭창거리며 출렁이는 광접이 다섯 번의 격타로 진사백의 창룡의 비상을 찍어 눌렀다.

가로로 이어지는 검의 궤적을 미처 완성시키지 못한 진사백이 격돌로 인해 틀어진 창룡검을 회수하는 대신 그대로 남궁대수에게 찌르며 들어 올렸다.

순식간에 세로로 전환된 공세!

남궁대수가 뻗었던 손을 잡아당기자 곧게 서 있던 광접의 끝이 기이하게 접히며 창룡의 검신을 강하게 때렸다.

깡—!

"큭! 결국 끝을 보겠단 말이냐! 흥! 감히 정무단의 일개 지부에 불과한 남궁가의 자손 따위가 정무단주가 될 이 진사백에게!"

"남궁가를 욕되게 하지 마시오!"

휘리리리릭—

번쩍!

어느새 지저귀던 산새들도 고요히 숨죽이고 신념과 신념의 격돌을 지켜보고 있었으니 들리는 것이라고는 검기가 찢어놓고 있는 공기의 비명이요, 보이는 것이라고는 난무하는 검광들뿐이었다.

그리고 서로에 대한 뜻 모를 적의만이 세상을 가득 메우고 있었다.

모든 일의 발단이 되었으나 여전히 무표정한 얼굴로 그들의 싸움을 바라보고 있던 위해원이 천천히 고개를 돌리고 걸음을 움직이기 시작했다.

"어딜 가느냐! 멈추어라! 그 늙은이를 내려놓고— 큭!"

"어서 가시오! 내가 막는 동안 어서 이곳을 벗어나란 말이오! 합—!"

위해원의 움직임에 정신이 팔린 진사백의 소매 끝 자락을 베어낸 남궁대수가 다부진 기합을 넣으며 광접을 종횡으로 펄럭거리고 있었다.

"이 제기랄 놈들이! 다 죽이리라! 다 찢어 죽이리라!"

진사백의 거친 욕설이 산속을 진동시켰고 어디선가 들리는 아련한 메아리가 그 목소리를 저 멀리 실어 나르고 있었다.

그러나 모든 것이 남의 일인 듯 위해원은 일말의 서두름도 없는 침착한 걸음을 계속 떼고 있을 뿐이었으니 그의 등 뒤에서 목소리가 들린 것은 열 걸음도 채 떼기 전이었다.

"…크… 크큭……."

들릴 듯 말 듯 미약한 웃음소리에 위해원의 발걸음이 우뚝 멈춰 섰다.

"…크크큭. 내가… 이 독고음이 이런 신세가 되다니……. 크크크큭. 재미있구나. 재미있어……."

등 뒤에서 금방이라도 끊어질 듯 팔딱거리는 작은 고동 소리를 몸으로 느꼈지만 위해원은 아무런 말도 하지 않았다.

속삭이듯 낮은 음성으로 독고음이 말을 이어나갔다.

"그러나 네놈도 정말… 재밌는 놈이구나. 이제 그만 내려놓아라……. 나는 귀신의 별, 내 죽을 자리로 남의 등은 필요 없다. 쿨럭—!"

목 언저리가 뜨끈해지며 독고음이 토해낸 핏방울이 위해원의 옷자락을 왈칵 적시고 있었다.

그 온기와 축축함을 느끼며 위해원이 눈앞의 입구를 응시한 채로 담담하게 말했다.

"죽으면 내려놓겠소. 왜인지는 몰라도… 말한 대로 나는 당신이 충실하게 걸어왔던 삶이 싫지 않소. 그 삶, 내 품에서 마감하도록 하시오."

부르르르―

위해원의 등에 업혀 있던 독고음의 몸뚱이가 작은 떨림으로 나직하게 요동쳤다.

죽어가는 자와 그 죽음을 업고 있는 자.

그렇게 둘은 잠시 동안 아무런 말도 하지 않고 서로의 체온만을 느끼고 있을 뿐이었다.

"싫지 않다고……. 크큭. 나는 싫다. 네놈이……. 그것 아느냐. 넌 어딘지 모르게 나를 닮았어. 네놈은 절대로 저 진가 놈이 말하는 대의(大義)도 저 남궁가 녀석이 말하는 정의(正意)도 이루지 못할 것이야……. 니놈은, 분명 나를 닮았어. 크크크."

"그럴지도……."

위해원은 작은 한숨을 내쉬며 창공을 바라보았다.

조금 전까지 그곳을 노닐던 한 마리의 매는 어디에도 있지 않았다.

그의 시선이 천천히 주위를 둘러보았고 마침내 정월명의 시체를 파먹고 있는 그 매의 모습을 발견할 수 있었다.

열심히 부리 짓을 하던 매가 문득 고개를 들어 위해원을 바라보았다.

잠시 동안 사람과 짐승의 시선이 대화를 하듯 얽혔지만 이내 매는 다시 고개를 처박고 정월명의 몸을 탐하기 시작했다.

그것을 바라보고 있는 위해원의 등 뒤에서 다시 죽어가는 자의 음성이 들리기 이어지기 시작했다.

"세상 모두를 속일 수 있을지 몰라도 나는 속지 않는다……. 나는 네놈 깊은 곳에 숨어 있는 어둠을 볼 수 있어. 크크크. 쿨럭! 쿨럭―! …크큭. 이렇게 죽어가는 채로 네놈 등 뒤에 엎혀진 다음이긴 하지만……."

"……."

"어딘지 나를 닮았어……. 그래서일까. 제일 죽이고 싶었는데 끝까지 죽이지 못한 것은……."

시체를 탐하는 매에게서 조금 시선을 돌리니 여전히 이쪽을 바라보며 빙긋이 웃고 있는 우도대왕이 보였으니 이유는 알 수 없었지만 진달래 하얀 꽃잎에 핏빛으로 찍혀 있는 점과도 같이 각인(刻印)되는 모습이었다.

순간 위해원은 자신의 망막 한가득 비추고 있는 우도대왕의 웃음에 아찔한 현기증을 느꼈다.

"나는, 나는 붉은 배첩을 받고 이곳으로 왔다. 실혼인(失魂人)……. 그 내용이 있던 진고외경이란 네 글자와 어느 장소를 가리키는 말이었지. 내가 익힌 진고외경은 불완전했거든……. 그것만 제대로 익힌다면 다른 칠천무신 따위. 크큭. 그리고 그 장소에 있던 황홀한 푸른빛의 꽃 한 송이……. 백일몽(白日夢). 그 뒤 정신을 차리니 석실이었다. 크크큭. 나머진 보이는 대로지. 크크큭.”

독고음의 목소리가 깊은 심연의 저쪽으로 잠들기 위한 준비를 하듯 서서히 잦아들어 가고 있었다.

웅얼거리는 것 같은 그 소리를 들으며 위해원은 다시 우도대왕에게서 시선을 옆으로 조금 더 돌렸다.

그곳에는 서로가 서로의 피를 뿌리며 몸을 뒤섞고 있는 진사백과 남궁대수의 모습이 있었다.

“한 번뿐이다……. 잊지 말고 들어라. 내 무공은 여러 가지를 뒤섞고 있다. 진고외경의 동조진동파공음이나 륜법도 그 하나일 뿐이지……. 모든 것의 근간이 되는 것은 염왕인의 음기를 발산하는 내공심법에 있으니 그 심법의 이름이란…….”

위해원은 진사백과 남궁대수의 모습에서도 시선을 떼서 저 멀리 푸른 하늘을 향해 눈을 돌렸다.

어느덧 남몰래 그의 눈꼬리 끝에 아슬아슬하게 매달린 반짝이는 이슬이 영롱한 햇살을 담고 반짝이고 있었다.

저 하늘 동쪽 끝에 매달려 있던 구름이 위해원의 머리 근처에서 잠시 머물다가는 복잡한 인간세상을 한번 비웃고는 유유히 서쪽 끝으로 여행하고 있었다.

그리고 독고음의 영혼도 그 구름을 따라 서서히 하늘로 날아오를 준비를 하기 시작하고 있었다.

"…부탁 따위는 하지 않… 그러나 한 가지만… 이 지옥을 만든 놈에게… 복수를… 복수를 약속해… 어, 어서… 약, 약속을……."

더 이상 아무런 소리도 들리지 않고 있었다.

그저 등 뒤에 독고음의 무게가 조금은 가벼워진 느낌이 들고 있을 뿐이었다.

끝내 위해원의 눈 끝에 걸려 있던 세상에서 가장 투명한 시가 떨어져 바닥을 적시었다.

하늘을 바라보던 위해원이 천천히 고개를 내려 세상으로 이어진 입구를 한참이나 바라보다가는 빙글 몸을 돌려 사당 쪽으로 되돌아가기 시작했다.

"장왕 고원월이 죽을 때 했던 약속. 나는 살아나가겠다는 나의 말. 왜 나는 그때 '우리'가 아닌 '나'라고 했을까……."

이미 식어가고 있는 것이 느껴지는 등 뒤의 체온을 느끼고 있었으나 위해원이 물기 어려 축축이 흔들리는 눈동자로 중얼거렸다.

"아마도… 장왕 고원월, 그와의 약속은 지킬 수 있을 것이오. 그래서 더욱 미안하오. 귀성 독고음이여, 이제 세상에서 떨어진 별이여."

육도윤회의 나무를 지나쳤고 자신을 향해 무어라 시끄럽게 외치는 진사백과 남궁대수의 곁도 스치듯 지나쳐 매의 먹이가 되고 있는 정월명의 곁으로 다가갔다.

날카로운 발톱을 정월명의 배에 단단히 박아놓고 시체를 쪼아 먹고 있던 매는 사람이 다가왔음에도 하늘로 날아오를 생각도 하지 않고 그저 고개를 갸웃거리며 위해원을 바라보고 있을 뿐이었다.

굶주린 매에게 뜯겨 가슴팍의 뼈가 드러나 있는, 그러나 입가에는 작은 미소가 달려 있는 정월명의 시체를 바라보며 위해원이 중얼거렸다.

"좋겠군. 생전에 얻지 못한 자유, 그토록 원하던 자유. 죽어서 매와 함께 영원히 창공을 누비리라."

털썩―

또 하나의 먹이가 매의 곁에 놓여졌다.

독고음이었다.

위해원의 눈망울이 잠시 흔들리는가 싶더니 빠르게 원래의 고요함을 다시 찾으며 작별의 인사를 건넸다.

"미안하오. 당신이 가는 길 원했던 마지막 대답 해주지 못해서. 이곳의 인물들에 대한 복수의 약속, 그것은… 내가 추측하고 있는 진실이 사실이라면 그 부탁은 들어줄 수 없을 것 같기 때문이오. 아마도……. 그러나 틀림없이……."

뜻 모를 말을 마친 위해원은 더 이상 아무런 미련도 없다는 듯 몸을 돌려 다시 걷기 시작했다.

어떤 한이 붙들고 있는지 두 눈을 감지 못하고 부릅떠져 있는 독고음의 시체.

그 쓸쓸한 풍경 속에 늘어난 먹잇감에 매만이 날개를 퍼덕거려 그 기쁨을 표하고 있을 뿐이었다.

최후로 위해원의 발걸음이 멎은 곳, 그곳에 우도대왕이 있었다.

우뚝.

차분한 위해원의 시선을 받으며 여전히 빙긋이 작은 미소를 입 끝에 매달고 있던 우도대왕이 이를 드러내며 환한 웃음을 지어 보였다.

왠지 모를 감미로운 절망이 맴도는 분위기, 먼저 운을 뗀 것은 우도대왕이었다.

"원하던 진실은 찾으셨소? 육도윤회의 나무를 지나친 자. 세상에 돌아갈 자격을 얻은 자라. 그러나 입구로 나가지 않고 되돌아온 것을 보니 아마도 그런 것 같군."

"내가 찾는 진실은 밖에 있지 않소. 이곳에 있겠지. 그것은 당신도 알고 나도 알고 있지."

위해원의 얼굴은 어느덧 딱딱하게 굳어 있었다.

그 모습을 보며 우도대왕이 어깨를 으쓱거리고는 입가에 미소를 씻은 듯 지우고 건조한 음성으로 말했다.

"진실을 깨달은 자여, 그 진실을 마주할 준비가 되었는가."

"나는 원하오. 여덟의 목숨을 재물 삼아 내가 얻은 진실. 그것의 확인을."

어느새 광채에 휩싸인 손이 천천히 하늘로 치켜들려졌고 마침내 우도대왕이 엄숙한 목소리로 선포하였다.

"그대는, 그대가 원하는 것을 얻으리라!"

번쩍!

그리고 위해원은 천천히 허물어졌다.


"안 돼!"

기이한 광채를 발하는 우도대왕의 좌수가 위해원의 정수리로 내리꽂히는 것을 본 남궁대수는 앞뒤 생각할 겨를 없이 짧은 외침과 함께 몸을 틀었다.

다급한 마음은 이미 위해원의 곁으로 날아가고 있었지만 위급한 몸은 그것을 쉽게 허락하지 않았다.

순간적으로 방향을 전환하던 남궁대수의 뇌리에 급박한 경종이 미친 듯 울리고 있었다.

사냥감은 쓰러져 있는 순간에도 사냥꾼에게 부상을 입힐 수 있다고 했거늘 하물며 생사를 오가는 전투 중!

퍽!

"헉! 크헉—!"

등 뒤의 척추부터 시작하여 사지의 말초신경 끝까지 지르르 울리는 자극에 남궁대수는 순간적으로 온몸이 불구덩이 속에 떨어진 것 같은 화끈한 느낌을 받아야만 했다.

쿵!

　사정없이 바닥을 온몸으로 뒹굴다가 육도윤회의 나무에
처박힌 남궁대수가 흐릿한 눈으로 자신의 등을 장력으로 가
격한 진사백을 바라보았다.
　"서, 설마… 진짜로……."
　"헉, 헉. 한번 검을 빼어 든 이상 친형제라도 가차없이 베
는 것이 진정한 무인! 하물며 싸움 중에 뒤를 보이다니. 어리
석구나, 남궁대수여! 죽이지는 않으마. 이곳에서 있었던 일에
대한 증인이 필요하니. 크크크. 나중에 또 보자구. 흥!"
　불신과 원망 어린 눈으로 자신을 바라보는 남궁대수에게
싸늘한 조소를 던진 진사백은 격전 탓에 숨이 차는지 어깨로
숨을 잠시 몰아쉬다가 고개를 들어 우도대왕 쪽을 바라보았
다.
　"진, 진사백이여……."
　득의한 냉소를 머금고 있는 진사백의 옆모습을 안타까움
으로 물들어 바라보고 있던 남궁대수의 눈이 스르륵 감기고
있었다.
　"흥! 더러운 위선자 같으니라고."
　진사백은 힐끔 눈을 돌려 남궁대수를 향해 짧은 일갈을 던
진 뒤 보물들로 볼록하게 솟아 있는 자신의 가슴을 만족스럽
게 쓰다듬은 뒤 다시 자신의 먹잇감을 찾아 고개를 움직였다.
　위해원은 우도대왕 바로 앞에서 무릎을 꿇은 채 고개를 떨
군 모습으로 굳어 있었다.

이제 서 있는 존재라고는 오직 자신과 우도대왕뿐임을 확인한 진사백은 어깨를 들썩거리며 거친 광소를 터뜨렸다.

"하하하핫! 보았느냐! 결국 잘난 듯 입으로 어려운 소리를 해댔으나 마지막에 남은 건 이 몸이신 것을! 주제를 모르는 그 건방짐에 대한 대가다. 흥! 퉤ㅡ!"

피로 얼룩진 침을 바닥에 뱉은 진사백은 의기양양한 표정으로 육도윤회의 나무를 지나 매가 쪼아 먹고 있는 독고음의 시체 곁으로 다가가기 시작했다.

"꺼져라, 더러운 미물 따위가 감히! 그것은 내 것이다! 그 늙은이의 시체는 나의 것이야!"

프드드드득ㅡ

휘휘 창룡을 내저으며 침을 튀기는 진사백의 기세에 놀란 매가 날개를 퍼덕이며 하늘로 날아올랐다.

이미 부리에 피를 진득하게 묻힌 매는 자리를 떠나지 않고 기다란 울음소리를 내며 항의를 하듯 허공을 빙빙 원을 그리며 돌고 있었다.

쉭!

쫘아악ㅡ

창룡을 가볍게 뿌린 뒤 진사백이 천천히 몸을 숙어 떨리는 손으로 바닥에 구르는 물건을 집어 올렸다.

깨끗이 잘려진 단면이 만들어진 독고음의 머리였다.

그 머리채를 틀어잡고 자신의 눈높이까지 끌어 올린 뒤 이리저리 살펴보는 진사백의 입가에 뒤틀린 웃음이 흘러나오고 있었다.

머리 없이 쓸쓸히 누워 있는 시체 주위에는 목이 잘리며 뿜어져 나온 핏자국이 바닥을 둥그렇게 색칠을 하고 있었다.

"크크큭. 아이고, 칠천무신 귀성 나리. 이 어찌 된 꼴이십니까. 내 훗날 장례는 섭섭지 않게 치러 드리리다. 정무단 정문 앞 장대에 꽂아서 높게 매달아 드릴 테니 하늘에서 세상을 굽어보소서. 물론 그 앞에는 하늘을 대신하여 진사백이 처단했노라라는 글귀를 새겨 넣어야겠지만. 크하하하."

잘려 나간 목줄기에서 피를 뚝뚝 흘리고 있는 머리통을 이리저리 흔들며 실핏줄이 터져 나간 눈으로 한참을 응시하고는 이내 만족스러운 광소까지 터뜨린 진사백은 우아하게 몸을 돌려 입구 쪽으로 걸어나가기 시작했다.

혼절하여 바닥에 엎어져 있는 남궁대수를 가벼운 발걸음으로 살짝 뛰어넘고 마침내 다시 육도윤회의 나무에 이르렀다.

두어 발자국.

한 손엔 창룡검을 다른 한 손에 머리통을, 그리고 입에서는 기분 좋은 휘파람까지 낮게 불어 젖히고 있는 진사백이 육도윤회의 나무를 완전히 벗어나는 데 남은 거리였다.

그러나 진사백은 그 마지막 거리를 좁히지 못하고 입가에 일던 휘파람까지 중단해야만 했으니, 어느새 우도대왕이 나무에 등을 기댄 채 자신을 쏘아보고 있었기 때문이었다.

흥분으로 후끈 달아올랐던 진사백의 기분이 불안으로 싸늘하게 가라앉고 있었다.

"왜, 왜 그러시오! 분명히 아무런 참견도 하지 않는다 하지 않았소! 이, 이제 와서 약조를 어기겠다는 말이오!"

"약조는 어기지 않는다, 어리석은 자여."

"그, 그런데 왜 길을 막는 것이오! 어, 어서 비, 비키시오!"

사람 좋을 것 같던 미소를 내내 흘리고 있던 조금 전과는 달리 무표정한 얼굴에 낮은 음성을 흘리는 우도대왕의 모습에서 심상치 않은 기색을 읽어낸 진사백의 등 뒤로 한줄기 땀이 흐르고 있었다.

슬쩍 진사백의 손에 들린 독고음의 머리를 응시하다가 다시 진사백과 눈을 마주친 우도대왕이 고른 이를 드러내며 가볍게 웃었다.

"육도윤회의 나무라 말해줬었다. 지옥의 심판을 받은 자가 세상과 지옥 중 어느 곳으로 갈 것인지를 결정하는 경계라고도 해주었다. 그런데 그대는 어떠하였는가. 그 경계에서 세상으로 나가지 아니하고 다시 지옥으로 제 스스로 걸어 들어오지 않았는가!"

쿵!

진사백은 심장이 덜컥 주저앉아 뱃속을 헤집고 다니는 것 같은 충격을 받고 있었다.

바짝 말라 버린 입을 열어 뭐라고 항변하고 싶었으나 작은 벙긋거림만 반복하고 있을 뿐 어떠한 말도 만들어내지 못하고 있었다.

그런 진사백의 꼴을 가볍게 비웃으며 우도대왕이 서서히 육도윤회의 나무에 기대고 있던 등을 떼고 있었다.

"그깟 머리통 때문에 제 발로 다시 기어들어 오다니. 인간이란 이토록 미련한 존재인가. 지옥에서 벗어날 수만 있다면 다시는 죄를 짓지 않겠다고 울면서 다짐을 하건만 채 일각이 지나기 전에 다시 죄를 짓고 있는 것과 같은 모습이구나."

"잘, 잘못했습니다. 다, 다시는……! 마, 마지막으로 한 번 더 기회를―"

"마지막으로! 한 번만 더! 그토록 추악한 말이 인간의 더러운 언어 속에서도 또 어디 있을까! 누구나 말한다. 다시는 그러지 않겠다고. 네 인생에서 그 말을 몇 번이나 했는가를 떠올려 보아라! 영원히 허무뿐인 지옥 끝에서!"

우도대왕의 입에서는 천상의 호통인 것 같은 음성이, 그의 백삼자락은 태풍을 만난 듯 펄럭거리고 있었고 손에 들려진 보검에서 찬란한 광휘가 줄기줄기 뻗어 나오고 있었다.

자신의 온몸을 옥죄어 오는 거대한 살기의 그물 앞에서 진사백은 끈끈한 거미줄에 걸린 나약한 벌레와도 같아 보였다.

지칠 대로 지친 육체는 설상가상으로 남궁대수와의 격전의 끝!

또한 정신적으로는 그간 헤쳐 나왔던 지옥과 같은 곳을 다시 끌려가야 한다는 두려움.

그것도 이번에는 의지할 누구도 없이 홀로이!

육체와 정신이 연주하고 있는 전의 상실이라는 합주 속에서 진사백은 아무런 반항도 생각하지 못하고 벌벌 몸을 떨고 있던 것이었다.

슈웅―

실제로는 그럴 리 만무했지만 우도대왕이 휘두르고 있는 손짓이 아주 느리다고 생각하며 진사백은 자신의 손끝으로 눈동자를 돌렸다.

환상이었을까.

문뜩 손에 들린 머리통이 여전히 두 눈을 부릅뜨고 있는 그 독고음의 눈이 자신을 향해 기다란 웃음을 짓고 있다고 느끼며 진사백은 정신의 끈을 놓아버렸다.

쿵!

세상의 앞이 보이는 지점.

그곳까지 이르렀던 다섯 명의 사람들 중 두 다리로 대지를 딛고 일어나 있는 자는 이제 아무도 없었다.

허공에는 여전히 매 한 마리가 맴돌며 그들을 노려보고 있을 뿐이었다.


정신을 잃었지만 여전히 한 손에는 독고음의 머리채를 군게 움켜쥐고 있는 진사백을 한참이나 바라보던 우도대왕이 서서히 몸을 움직여 사당 쪽으로 다가가기 시작했다.

삐익—!

날카로운 휘파람 소리가 창공에 울려 퍼졌다.

그 소리에 놀란 매는 날갯짓에 박차를 가했고 사당 안에서는 다섯 명의 사람들, 네 명의 사내와 한 명의 여인이 천천히 걸어나오고 있었다.

다섯 사람은 제각기 나왔으되 목적은 같은지 들판의 한 지점을 향해 모여들고 있었다.

척!

걸음이 멈추었다.

하늘의 북극성을 중심으로 배회하는 별자리마냥 그들은 둥그렇게 자리 잡은 채 침묵하고 있었다.

그리고 비어 있는 한 지점으로 눈을 빛내고 있는 우도대왕이 우뚝 들어와 섰다.

신성함까지 배어 있는 절제된 움직임에 세상마저 숨을 죽였는지 바람 한 점 없었지만 그들 주변의 나뭇가지가 흔들리고 나뭇잎이 버석거리고 있었다.

온몸에서 태풍 같은 기를 쏟아내고 있는 육 인과 그들로 구성된 원진.

그들이 유유히 밤하늘을 노니는 별자리라면 그 중심의 흔들림없는 북극성은 다른 한 사람의 몫이었다.

위해원.

원진 안에는 무릎을 꿇은 채로 몸이 멎어 있는 위해원이 있었다.

위해원을 중심으로 둥그런 원을 만든 여섯 명의 사람들은 어떤 움직임이나 아무런 말도 없을뿐더러 그 고요함이 마치 숨결마저 멈추고 있는 것만 같았다.

무엇을 기다리는 것일까.

세상 그 누구도 잡을 수 없다는 시간이 인간을 비웃으며 속절없이 흐르고 있었다.

그리고.

마침내 석상이라도 된 것처럼 멈춰져 있던 육 인에게도 시간이 흐르기 시작했으니 그들의 몸이 일제히 바닥을 향해 내려앉고 있었다.

차자자작—

오른쪽 무릎을 땅에 붙이고 오른손으로 바닥을 짚었으며 세워진 왼쪽 다리 위에는 직각으로 꺾인 왼손이 올려졌다.

저 해바라기가 해 뜰 때 태양에게 보낸 순결을 해 질 때까지 거두지 않는 것처럼 그들의 경의와 찬양은 오직 한 사람에게 고정되어 있었다.

그리고 숙여진 고개에서는 한목소리가 울려 퍼졌으니.

"대.업.을. 경.하.드.리.옵.니.다!"

하늘 끝까지 이를 듯 우렁찬 음성에 화들짝 놀란 매가 저 멀리 날아가고 있었다.

"재.림.을. 경.하.드.리.옵.니.다!"

하늘에 떠 있던 태양도 그들의 처연한 기세에 놀랐는지 슬그머니 구름 속으로 자취를 감추었고 세상을 둘러싸고 있던 산과 나무도 그들의 드높은 음성에 긴장했는지 흥분의 거친 숨결마냥 싸늘한 바람을 내뿜고 있었다.

갑자기 어두워진 세상과 차가워진 공기 속에서 다시 여섯 명의 목소리가 진동하고 있었다.

"만세! 만세! 만만세!!!"

그리고.

흉물스러운 애벌레가 아름다운 나비로 탈바꿈하기 위하여 고치를 벗는 것인 듯 혹은 사악한 뱀이 더욱 거대한 뱀으로 거듭나기 위하여 허물을 벗어 탈피하는 듯.

마치 그렇게.

위해원의 몸이 서서히 꿈틀거리기 시작하고 있었다.


남궁대수는 한겨울 매서운 삭풍에 얼어붙을 것 같은 극심한 추위와 봄볕 따스한 햇살에 나른해지는 온기를 함께 느끼고 있었다.

더욱이 이것들은 어지러운 불안과 포근한 안정 속에서 만들어지고 있었던 것들이었다.

그가 동시에 경험하고 있는 상반된 감정과 느낌들.

이 모든 것들의 어우러짐이 남궁대수를 서서히 잠에서 깨어나게 하고 있었다.

마치 귀에 댄 고둥이 바다의 옛이야기를 들려주는 것과 같은 혼미한 정신이 들려주는 웅웅거리는 소리를 축 처진 몸으로 들으며 남궁대수가 힘겹게 입술을 달싹거렸다.

"여, 여기는……."

"……."

해변에 파도가 넘실거리면 바위를 때리는 파도 소리도 철썩이는 법이었지만 남궁대수의 물음에 대한 대답은 들려오지 않았다.

천근암석과 같이 무거운 눈꺼풀을 들어 올리기 위해 온 육신의 힘을 쥐어짜길 몇 차례.

남궁대수는 결국 사물을 시야에 담아내는 것에 성공했다.

"크으윽……."

남궁대수가 결국 가느다란 신음을 앙다문 이 사이로 흘려보내고 말았다.

진사백의 장력에 맞은 등 부분에서부터 퍼져 나오고 있는 한기와 등과 맞닿아 있는 가슴부터 시작되고 있는 따스함.

그리고 자신을 업고 있는 자의 발걸음이 만드는 진동으로부터 오고 있는 울렁거림과 그 반복되는 흔들림에 숨어 있는 기묘한 안정감을 느끼며 남궁대수가 다시 필사적으로 입을 우물거렸다.

“여기는 어디요. 우리는…….”

“정신이 들었소?”

“…….”

답변 대신 다시 물음이 되어 돌아오는 음성에 남궁대수는 선뜻 대답하지 못했다.

단지 아직 혼미한 정신 때문에 그러한 것은 아니었다.

어머니의 음성과도 같이 너무나도 익숙한 것 같았지만 다른 한편으로는 생면부지의 음성과도 같이 너무나도 생소한 것 같은 목소리 때문이었다.

결코 어울릴 수 없을 것만 같은 극과 극의 혼돈들이 온통 남궁대수를 휘어 감고 희롱하고 있었다.

이번엔 자신을 업고 있는 자가 같은 말을 던지고 있었다.

“정신이 들었냐고 물었소.”

“…그, 그렇소.”

답답해지는 가슴과 타는 것과 같은 갈증에 억지로 마른침을 목 너머로 두어 번 삼킨 뒤에야 남궁대수는 간신히 대답할 수 있었다.

몸에 힘을 주려 했지만 자신의 육신이 아닌 남의 몸에 빙의(憑依)라도 한 영혼인 마냥 육신은 의지를 벗어난 채 손가락 하나 움직이기를 거부하고 있었다.

무기력한 육신은 조그만 미동조차 하지 못하고 있으나 날카롭게 벼려진 정신은 그와 정반대로 극심한 요동을 치고 있었으니 알 수 없는 위화감과 경고의 울부짖음을 마구 지르고 있었던 것이었다.

그 위기감 속에서 결국 남궁대수는 필생의 힘을 다하여 고개를 조금 들어 올리는 것에 성공했다.

어둠이 내리쬐고 있는 하늘 아래 음영이 가득 진 옆얼굴이 살짝 눈에 들어왔다.

자신을 업고 있는 자는 위해원이었다.

"휴."

사막을 걷던 자가 마침내 가지를 펼친 나무그늘 아래로 몸을 누이듯 그제야 나직한 안도의 한숨을 내쉬고 남궁대수의 고개가 다시 위해원의 등 속으로 깊게 가라앉았다.

들판에 피어 있는 꽃향기처럼 위해원의 등에서 피비린내가 은은하게 올라오고 있었다.

남궁대수는 문득 위해원의 등에 업혀 있던 피로 얼룩진 독고음의 모습이 머릿속에 스쳐 지나가는 것을 느끼며 힘없는 작은 음성을 꺼냈다.

"다른……."

달싹이던 그의 입술이 끝내 원하던 말을 맺지 못하고 다물어졌다.

그러나 위해원은 귀로 듣지 못한 남궁대수의 뒷말을 이미 마음으로 들었다는 듯이 그 답변을 내놓고 있었다.

"다른 이는 없소. 우리 둘뿐이오."

　여전히 위해원의 음성은 남의 얘기하듯 고저의 장단 없는 무채색으로 물들어 있었다.

　그 감정없는 음성을 들으며 남궁대수는 슬픈 눈으로 위해원의 등 옆면으로 보이는 주변을 바라보았다.

　비탈길을 구르는 눈덩이마냥 남궁대수의 눈이 조금씩 커지기 시작하더니 이윽고 그 눈자위가 찢어질 듯이 커져 버렸다.

　풍경이, 멍하니 사물을 담아내고 있을 뿐이던 망막에서 그의 가슴으로 들어왔기 때문이었다.

　이미 해가 지배하던 세상은 내일을 기약하며 지나갔고 달이 세상을 다스리는 시간.

　사위가 어둑해진 밤이었다.

　여전히 인적을 찾아볼 수 없는 산길 속을 바스락거리는 낙엽 부서지는 소리만을 길동무 삼아 걷고 있지만 하늘에는 반짝이는 별빛이 땅에는 반짝이는 인가의 불빛이 자신을 바라보고 있었던 것이었다.

　분명 어두운 세상이었다.

　그러나 저 멀리 이름 모를 인가에서 흘러나오는 초롱불빛은 한낮의 태양보다 환하게 자신을 밝히고 있는 것과 같았으니 남궁대수는 눈이 부서옴을 느껴야만 했던 것이었다.

　한동안 꽉 다물어진 입과는 다르게 부릅떠져 있던 눈이 다시 원래의 크기로, 그리고 또다시 감길 때까지 남궁대수는 아무 말도 하지 않았다.

한참 후에야 그의 입에서 흘러나온 첫마디는 감탄사로 이루어진 환희도 느낌표로 채워진 환호도 아니었다.

구 인(九人) 모두 보고 싶어했으나 이제는 단 이 인(二人)만이 보고 있는 광경.

슬픔 가득한 음성으로 남궁대수가 끝내 하지 못했던 말을 기어코 내뱉고 말았다.

"…다른 사람들은 어떻게 되었지요. 지부용 그 아가씨는, 진사백 그 사람은… 그리고 우리는 어떻게……."

답변을 알고 있음에도 기필코 확인하고야 말겠다는 듯 굳은 다짐으로 말을 꺼냈지만 결국 끝에 이르렀을 무렵 남궁대수의 음성은 들리지 않을 정도로 작아지고 있었다.

위해원의 걸음걸이가 전해주던 규칙적으로 반복되던 진동이 슬며시 사라지고 있음을 남궁대수는 알 수 있었다.

떠나간 자들에 대한 예의라는 듯 걸음을 우뚝 멈춰 선 자세로 위해원이 고요하게 말했다.

"정신을 잃은 당신을 내가 데려왔소. 그리고 그들은… 나중에 얘기합시다. 일단은 좀 쉬시오. 우리의 여행은—"

뒷말이 궁금해서 참지 못한 것일까.

저 멀리서 하늘에 있던 별 하나가 유성이 되어 세상으로 내려오고 있었다.

그 찰나의 불빛에 비친 위해원의 눈이 어둠 속에서 반짝였지만 눈물로 변해 자신의 눈에 맺혀 있는 슬픔만을 바라보고 있던 남궁대수는 알 수 없었다.

"우리의 여행은 아직 끝나지 않았소."

"여행……."

다시 출렁임이 몸에 전달되고 산길 헤치는 바스락거리는 소리가 귓가에 어른거리는 것을 느끼며 남궁대수가 스스로에게 말하는 듯 위해원이 했던 말을 나직하게 속삭였다.

순간 소년과 함께 뒷동산에 올라 한여름 소나기에 젖은 소녀의 마음인 듯 남궁대수의 몸이 파르르 떨렸다.

불안이 타오르는 불꽃 저 깊은 곳에 기묘한 흥분의 불씨가 어른거리고 있었기 때문이었을까.

다시금 혼미해지는 정신의 물결 속에서 남궁대수가 몽롱한 음성으로 허우적거렸다.

"우리는 지금 어디로……."

멀지 않은 곳에 떨어진 인가에서 새어 나오는 불빛은 그들의 정면에서 다가오고 있는 것이 아닌, 옆에서 스치고 지나 이제는 뒤로 사라져 가고 있었다.

위해원은 초롱불들이 도란도란 속삭이고 있는 마을을 향해 가고 있는 것이 아닌 듯 그곳을 스치듯 지나쳐 여전히 가을 낙엽과 바람 그리고 달빛만을 벗 삼아 길을 재촉하고 있었던 것이었다.

"위, 위 공자……."

“집으로.”

“집… 당신의?”

“…….”

이제는 현실의 세계를 떠나 꿈의 세계에 발을 내딛고 있던 남궁대수가 웅얼거렸지만 위해원은 대답 대신 또다시 걸음을 멈추었다.

그는 하늘에서 내려오는 달빛의 세례를 받으며 가만히 눈을 감았다.

요요히 흐르는 둥그런 달빛이 울창한 수풀의 장벽을 꿰뚫고 업힌 자와 업은 자를 비추고 있었고 물결치는 바람결에 실려온 낙엽들이 주변을 맴돌며 바스락거리며 속삭이고 있었다.

깊은 산은 무대요, 그 중심에 선 두 명의 사람은 배우며 달빛은 조명이고 낙엽은 관객이며 그 소리는 환호성일까.

위해원이 무대 위에서 방백을 하듯 누구에게라 할 것 없이 다시 중얼거렸다.

“나의 집은 이곳에 없소. 우리가 가는 곳은 당신의 집 남궁가요.”

“남궁가… 나의 집……. 이제 돌아가는… 남궁…….”

세상에서 가장 달콤한 음식을 먹듯 위해원의 말을 음미하는 남궁대수의 입가에 진한 행복이 맺혀 있었다.

이제 현실과 단절된 정신의 남궁대수.

그의 고개가 힘없이 등에 완전히 밀착되는 것을 느끼며 위해원은 다시 걸음을 옮겼다.

"좋은 꿈 꾸시오."

"…언젠가… 당신의 집도… 같이……."

혼절한 걸로만 알았던 남궁대수가 말하는 것보다 그 속에 담겨 있는 의미에 위해원의 몸이 흠칫거렸다.

세상에 나와 처음으로 위해원은 천천히 고개를 돌려 자신의 등에 업혀 있는 남궁대수의 얼굴을 바라보았다.

미약하지만 고른 숨결을 흘리고 있는 그의 입가에는 꿈을 꾸는 아이의 것과 같은 작은 미소가 맺혀 있었다.

딱딱하게 굳은 얼굴로 물끄러미 그 얼굴을 바라보던 위해원이 고개를 돌리며 중얼거렸다.

"나의 집……. 원하든 원하지 않든 언젠가 반드시 가볼 수 있을 것이오. 어쩌면… 이미 한 번쯤 가본 곳일지도 모르지만."

그렇게.

최후의 두 명은 어둠의 배웅을 받으며 세상으로 나가고 있었다.

그리고.

달빛과 어둠이 뒤섞인 위해원의 옆모습이 살짝 웃는 것도 같아 보였다.

第十章  삼단계(三段階)

## 검왕(劍王)

동양에는 한(漢)의 조조, 서양에는 로마의 카이사르.

먼저 지휘자 없는 군대와 싸우고 다음에 군대 없는 지휘자와 싸우라.

해가 지는 세상 서역을 지배하던 자가 했던 말이 시간과 공간을 초월하여, 해가 뜨는 세상 중원에서 실현되려 하고 있었다.


정무단 영빈각(迎賓閣).

그곳은 화려함에 있어서는 정무단 내에 산재해 있는 많은 건물들 가운데 한 손에 꼽힐 수 없었으며, 규모에 있어서는

연회 장소로 사용되는 산해각의 십분의 일에도 미치지 못했
다.

또한 사용 빈도에 있어서는 연중 두어 번이 될까 말까였으
니 강산이 변할 시간 동안 정무단에 몸을 담고 있는 이들 대
다수도 그곳이 어떤 용도로 쓰이는 장소인지를 아는 이는 드
물었다.

중간은 두껍고 양 끝이 얇아지는 네 개의 배흘림기둥이 떠
받치고 지붕의 용마루는 검 푸른빛 기와를 얹었으며, 용마루
끝 망새에는 작은 사자 조각이 네 귀퉁이에서 울부짖고 있었
다.

은은히 단아한 듯 살며시 패기를 드러낸 장소.

그것이 정무단의 영빈각이었다.

단순하지만 정교한 빛살 문양의 창살이 조각되어 있는 문
을 열고 들어가면 작은 대전 안은 일견 더욱 초라해 보이기까
지 했다.

하나의 병풍과 하나의 원탁, 그리고 몇 개의 의자들이 그곳
에 존재하는 전부였던 것이었다.

그러나 자세히 보면 주위를 둘러싸고 있는 병풍은 실제로
오뉴월 푸른 산속에 있는 듯 착각할 정도로 빼어난 그림이 그
려져 있어 보는 이의 감탄을 자아내기 충분했고, 원탁과 의자
를 이루는 원목은 검은빛이 반들거리는 자단목으로 매끈한
곡선을 그리고 있어 결코 이곳이 범상한 장소가 아님을 제 스

스로 항변하고 있었다.

그 영빈각은 지금 십여 명이 조금 넘는 사람들이 내뿜고 있는 체온으로 뜨겁게 달궈져 있었다.

중앙의 둥그런 원탁에는 십일 인이 앉아 있었으며 조금 떨어져 병풍 가에 놓인 세 개의 의자에도 삼 인이 자리 잡고 있었다.

원탁의 십일 인은 구파일방의 장문인 및 중추인물들, 그리고 검왕이었으며, 벽 쪽에 단정하게 앉아 그들을 바라보는 이들은 검왕의 세 제자들이었다.

지금 영빈각에서는 정파의 실질적 세력을 구성하는 곳의 대표들이 일 년에 한두 번 모여 무림의 대소사를 논하는 수호회(守護會)가 열리고 있었던 것이었다.

각 회의 때마다 돌아가면서 수장을 맞게 되어 있는 회칙에 따라 지금 회의를 주도하고 있는 것은 개방의 칠월신개였다.

칠월신개는 까칠하게 부르튼 입술을 쉼 없이 놀리고 있었다.

"찬성 팔(八) 반대 이(二). 그럼, 강북과 강남 지역의 상권 분쟁에 따른 상계의 충돌 부분에 관하여는 어떤 문파에서도 더 이상 개입하지 않는 것으로 잠정합의하겠소. 이것에 대하여 이의있는 분 계시오?"

"없습니다. 이미 결정된 일. 토를 달 사람은 없겠지요. 다음으로 넘어가도록 하지요."

헝클어진 머리를 때가 낀 손으로 긁적이며 주위를 둘러보던 칠월신개는 청성파의 장문인 마소운을 힐끔 쳐다보았다.

회의가 빨라도 너무 빨리 진행되고 있었으니 평소의 두 배는 족히 될 것 같았기 때문이다.

앞서 진행되었던 안건들에 대해서도 별다른 논의가 진행된 기억이 없다는 것을 잠시 떠올렸지만 칠월신개는 떠밀리듯 다음 말을 내뱉고 있을 수밖에 없었다.

"에헴, 그럼 이것으로 오늘 예정된 모든 안건이 끝이 났군요. 흠."

공식적으로 예정되었던 이번의 수호회는 가벼운 불만을 우회적으로 나타내려는 칠월신개의 어색한 헛기침과 함께 끝났지만 연빈각 내의 그 누구도 다른 때와 같이 가벼운 담소를 나누는 행동 따위는 하지 않고 있었다.

오히려 지금까지보다 더욱 팽팽해진 긴장의 끝이 대전 안에 새롭게 얽히고 있었으니, 지금까지는 준비에 지나지 않았었다는 것같이 분위기는 오히려 더욱 무르익어 가고 있었다.

각자의 자리 앞에는 오색 빛깔을 영롱하게 뿌리고 있는 색색의 다과들이 정갈하게 놓여 있었지만 단 한 번도 집 밖에 나온 적 없는 여염집 규수의 자태처럼 그 누구의 손길도 닿은 흔적은 없었다.

단지 다과 옆에 놓인 동그란 찻잔이 어깨를 들썩이며 돌아다니는 풍류공자와 같이 분주하게 움직이고 있을 뿐이었으

니, 영빈각 내에 있는 사람들이 말라오는 목을 쉼 없이 적시
고 있는 것으로 현재의 긴박한 분위기를 대변하고 있을 뿐이
었다.

의자에 깊숙이 기대고 있던 몸들을 앞으로 곧추세우고 눈
을 빛내는 구파일방의 중추들은 갈구하는 눈으로 칠월신개를
바라보고 있었다.

자신을 바라보는 이들의 뜨거운 시선에 이번엔 정말로 어
색해진 칠월신개는 의도된 것이 아닌 저절로 터져 나오는 헛
기침을 울대 너머로 꿀꺽 삼키고 그들이 원하는 것을 말하기
시작했다.

"흠, 흠. 음……. 그럼 당초 예정에는 없었지만 특별히 제
안된 안건, 포달랍궁을 중심으로 하는 서장무림과의 교류에
관한 안건을 시작하도록 하겠소. 이 논의는 갑작스럽게 제의
된 만큼 그 기본적인 밑그림을 그려보는 것에 의의가 있다고
할 수 있을 것이오."

장문의 말을 일사천리로 내뱉은 칠월신개는 고개를 돌려
눈을 내리깔고 근엄하게 앉아 있는 검왕을 힐끔 바라보았다.

검왕의 고개가 미약하게 끄덕여졌고, 칠월신개가 호흡을
가다듬으며 다시 말을 이어나갔다.

"물론 사안이 사안인만큼 여러 가지 문제를 논해야 하겠으
나 지금 우리가 선결문제로 정할 것은 크게는 단 한 가지라고
본 늙은 거지는 생각되오. 그것은 바로……."

시장 바닥의 이야기꾼과 같이 절정에서 잠시 뜸을 들이는 칠월신개를 향해 무수히 많은 의미를 담고 있는 시선들이 모아지고 있었다.

절정, 칠월신개의 이야기가 결국 그곳으로 치달았다.

"그것은 바로 삼백 년간의 봉쇄를 풀고 서장무림과 교류를 진행할 것인가, 그렇지 않을 것인가!"

"…아미타불."

"음……."

마침내 삼백 년 만에 정파무림의 정식 안건으로 선포된 서장봉쇄령 철회 문제.

찬반의 입장을 떠나 그 의미가 주는 무게에 눌린 소림의 청명 대사는 나직이 불호를 읊조렸고, 무당의 광법 진인은 작은 탄식을 입 밖으로 흘리고 있었다.

자신이 던진 말의 돌멩이가 마음의 강물에 거대한 파문을 일으키고 그 위로 안개처럼 엄숙함이 내려 깔리는 것을 피부로 느끼며 칠월신개가 다시 입을 열었다.

"기본 안건과 마찬가지의 방식으로 진행하도록 하겠소. 우선 찬성과 반대의 입장이 확실한 분께서 그 이유에 대한 간략한 의견 피력을 하고, 그 뒤 더 이상의 의견이 나오지 않으면 찬반의 거수투표로 결정하도록 하도록 하지요. 먼저 의견을 말하실 분 있으시오?"

사회자인 칠월신개의 말이 끝나기도 전에 대전 안에는 이미 몸짓과 눈짓으로 서로에게 하는 대화가 분주하게 오가고 있었다.

청성파의 마소운 장문인이 눈짓을 하자 그 시선을 받은 자가 고개를 끄덕이며 자리에서 일어났다.

"점창파의 장문 이태월이 여러분들 앞에서 한마디 하겠습니다."

"점창 장문인은 말씀하시지요."

칠월신개는 이미 싸늘히 식어 있는 자신의 의자에 오랜만에 엉덩이를 붙이며 사전에 말이 오갔음이 분명한 이들을 향해 슬쩍 시선을 던졌다.

청성의 마소운은 눈을 내리깔고 애꿎은 찻잔만을 만지작거리고 있을 뿐이었다.

"결론부터 말씀드리자면 저는 찬성입니다."

"음, 너무 성급하신 것 같소. 얘기가 나온 것이 그제 밤인데 점창 장문인께서는 벌써 마음을 굳히신 듯 말하시는구려."

이태월의 단호한 말에 형산의 백인지 장로가 제동을 걸자 분위기는 급속도록 냉각되었다.

점창의 이태월이 뾰족해진 목소리로 반문했다.

"무엇이 성급하단 말이신지?"

"급할수록 돌아가라는 말이 있지요. 사안이 사안인만큼 조금 더 신중할 필요가 있다는 말입니다. 돌다리도 두들겨 보고 건너라고 하지 않습니까."

백인지는 쏘아보는 이태월의 시선을 가볍게 흘리며 혼잣말로 중얼거리듯 말했다.

이태월은 백인지에게 시선을 거두고 다른 이들을 주욱 훑어보며 조금은 높아진 목소리로 다시 말했다.

"형산의 입장은 잘 들었습니다. 또 제가 성급하다고 생각하시는 분 있으신지요?"

풀풀거리는 한기를 뚫고 다시 하나의 목소리가 날아들었다.

"본인도 형산파의 백인지 장로의 말에 동의하오. 아니, 본인은 본 안건 자체가 무의미하다고 생각합니다. 삼백 년간 우리는 서장무림과의 교류없이도 훌륭하게 중원무림을 다스려 왔소. 이제와 서장무림과 물꼬를 다시 텄다간 혼란의 물결만이 중원 가득 넘실거릴 것이 불을 보듯 뻔한 일이 아니오?"

"흥! 어찌 되었든 종남의 고정문 장문인께서도 반대란 말씀이군요?"

"굳이 단정적으로 말하자면 그렇소."

백인지는 냉기 어린 눈으로 자신의 의견을 반대한 이들을 바라보며 한마디 날카로운 비수의 말을 던졌다.

"혹시 중원무림의 혼란이 아닌, 자 문파의 혼란을 두려워하는 것은 아니오?"

"뭣이! 말이 지나치시오!"

민감한 사안인만큼 갑론을박의 긴박한 논의가 오갈 줄 어느 정도는 예상했으나, 평소라면 그 지위를 고려해서라도 상대방의 기분이 상하지 않게 돌려 말하는 법을 아는 자들이었다.

그러나 오늘은 서로를 향해 거침없이 날카로운 이빨을 드러내고 있었다.

격해진 감정이 만든 높아진 음성과 그 음성이 만들어낸 소란해진 장내.

칠월신개는 나직한 한숨을 내쉬며 시선을 돌려 이 모든 사태를 야기시킨 장본인을 바라보았다.

원탁에서 조금 떨어진 벽 부분에 단정하게 앉아 있는 세 명의 사내들.

그 마지막 자리에 앉은 정일군도 칠월신개의 시선을 느꼈는지 가볍게 그를 향해 고개를 숙여 보이고 있었다.

그 모습이 마치 관객이 무대 위의 배우들을 바라보는 것 같은 기묘한 기분이 들어 칠월신개는 황급히 고개를 돌릴 수밖에 없었다.

"아무리 서장과의 교류가 그 부근에 있는 청성과 점창, 그리고 아미파에 이득이 된다고 하더라도 말은 가려서 해야 할 것이오!"

"이득이라? 지금껏 단지 그 근처에 뿌리를 내리고 있다는 이유만으로 우리가 지금껏 그들의 견제하기 위해 취했던 손

해는 생각해 보셨소! 흥! 그럴 리가 없지. 어찌 강 건너 불을
걱정할까."

"뭐, 뭣이! 지금 그 말 책임질 수 있으―"

쿵!

낮지만 무거움이 실려 있는 장중한 소리에 냉탕과 한탕을
오가는 듯 차갑고 뜨거워짐을 반복하며 휘돌고 있던 장내의
공기 흐름이 일순 멎었다.

검왕이었다.

영빈각의 주인 된 자인 정무단주 검왕은 이제껏 그랬듯이
아무런 말도 하지 않고 있었으나 그의 손에 들린 찻잔은 원탁
바닥을 깊숙하게 파고들어 있어 그 어떤 말보다 효과적인 위
력을 발하고 있었다.

찻잔이 원탁을 두드리는 충격에 얌전을 빼고 가지런히 놓
여 무정한 손길을 기다리던 다과들은 볼품없는 꼴로 이리저
리 뒤섞여 있었다.

그러나 검왕의 손에 들린 찻잔은 단단한 원탁을 두 치나 뚫
고 들어가 있음에도 자신이 만든 분위기가 무색하게 아무런
상처도 없이 멀쩡한 형태를 유지하고 있었다.

이제껏 침묵하고 있던 주인이 보여준 놀라운 무공에 떠들
썩하던 손님들은 어색하게 침묵할 수밖에 없었다.

검왕은 작은 행동을 행하였을 뿐 여전히 아무런 말도, 심지
어 눈조차 뜨지 않고 있을 뿐이었다.

그렇게 겉으로나마 진정된 분위기 속에서 회의는 다시 시작되었다.

"아미파의 수정입니다. 제가 한마디 해도 될런지요."

"물론이오. 수정 태사, 고견 부탁드리오."

칠월신개를 향해 정중한 몸짓을 보인 수정 태사는 아직도 흥분이 가라앉지 않은 기색이 역력한 이들을 둘러보며 조용한 음성을 전하기 시작했다.

"대의명분이니 하는 격식은 제외하도록 하겠습니다. 솔직하게 말씀드리지요. 본 아미파와 점창파, 그리고 청성파는 기본적으로 이 안건에 대하여 찬성합니다. 그것이 이미 말씀하신대로 본 파들에 이득이 되기 때문이지요."

"……!"

정파란 그 포장을 중요시하는 법.

그러나 모든 것을 벗겨낸 파격적인 말에 장내는 다시 숨소리조차 들리지 않게 고요해졌다.

아미의 수정 태사는 자신의 고요한 음성이 만든 다른 이들의 시끄러운 마음들이 들린다는 듯이 고개를 끄덕이며 다시 말을 이어나갔다.

"우리는 솔직해질 필요가 있습니다. 정파라는 거대한 테두리에 둘러싸여 있으나 각자의 문파에는 스스로에 대한 이득을 최우선으로 생각하는 것이 당연한 일입니다. 그 때문에 이해관계가 얽혀 지금의 소란이 나온 것이겠지요. 그러나……

그러나 조금 넓게 보아야 할 것입니다. 아시다시피 무림은 우리 정무단만이 존재하는 것이 아닙니다. 월영궁과 비천맹도 있지요."

"음…… 월영궁과 비천맹……."

거대한 의미로 다가오는 두 이름 앞에서 누군가 결국 침음성을 흘리고야 말았다.

호흡을 가다듬으며 다른 이들의 주위를 한 번 더 끌어들인 수정 태사는 천천히, 그러나 막힘없이 흐르는 개울과도 같은 언변을 흘려보내기 시작했다.

"물론 지금은 이 세 가지 세력이 절묘한 균형을 이루어 근오십 년간 별다른 말썽 없이 지내올 수 있었지요. 비유한다면 위촉오시대의 저 제갈공명이 꿈꾸었던 천하삼분(天下三分)의 묘책이 무림에 실현된 것이라 할까요. 그러나 십 년, 아니, 오년 후를 생각해 보십시오. 그때도 지금과 같이 이 균형이 유지될 수 있는가라고!"

수정 태사가 잠시 말을 멈춘 동안 차분했지만 반대의 뜻은 분명한 반박의 말들이 이어졌다.

"수정 사태, 물론 작은 분쟁들은 지금도 일어나고 있지요. 그러나 큰일은 아직까지 없었습니다. 지나온 세월 중에 없었는데 다가올 세월을 걱정하는 것은 기우가 아닐는지요."

"그렇습니다, 수정 사태. 유비무환이라 했으나 막연한 추측으로 서역을 끌어들이기에는 너무 대가가 클 수 있습니다.

그리고 또한 서장을 끌어들이는 것이 정파 전체에 이익이 되리라는 보장도 할 수 없지 않습니까."

화산의 장문인 안소부와 곤륜의 장로 염천악이 차례로 걱정을 표하자 수정 사태는 그들이 아닌 이제껏 아무런 말도 하지 않고 있는 이들을 바라보았다.

검왕과 칠월신개를 제외한 이 인.

소림과 무당의 인물들이었다.

수정 태사는 흔들림없는 표정으로 느릿하게 다시 안소부와 염천악을 바라보며 입을 열었다.

"아니요. 다가올 세월에 분쟁은 분명히 있습니다. 그것은 어쩌면 전쟁이 될 수도 있지요. 생각해 보십시오. 우리는 싫든 좋든 정파라는 이름하에 모여 있습니다. 그것은 큰 이점이 되어 빠른 속도로 중원의 힘을 끌어 모아 정무단은 오십 년이라는 짧은 세월에 이만큼 성장할 수 있었습니다. 우리와 달리 오랜 역사를 가지고 있는 월영궁과 비천맹을 따라 잡을 정도로. 그러나 그것은 지금에 이르러서는 오히려 제약이 되고 있습니다."

"제약?"

"그렇습니다. 다른 말로 표현하자면 한계, 포화에 이르렀다고 할 수 있겠군요. 정파라는 이름 안에서 대의명분을 살리면서 우리가 취할 수 있는 실리는 이미 극에 달해 있습니다. 그러나 저들은 다릅니다."

“사(邪)의 월영궁과 마(魔)의 비천문.”

수정 태사가 그리고 있는 작품의 밑그림을 엿본 종남의 장문인, 고정문이 짧게 중얼거리자 수정 태사는 지금까지와는 다른 단호한 어투로 말끝의 붓을 놀려 자신이 보여주고자 하는 그림을 완성시켰다.

“그렇습니다. 월영궁과 비천문. 그들은 우리와 다릅니다. 사와 마의 이름 앞에서 수단과 방법은 한계가 없습니다. 우리는 급속도로 커 이제는 멈췄으나 그들은 천천히, 그러나 꾸준히 확장을 계속하고 있습니다. 지금은 균형이 깨지는 것은 시간문제란 말입니다.”

“음……. 일리 있는 말이오. 그들은 원하는 것을 어떤 식으로든 합리화하여 취할 수 있지. 그러나 우리는 보는 눈들을 무시할 수가 없는 것이 사실. 그것을 깨는 것은 우리 존재 자체를 부정하는 것이 되므로. 흠, 중원무림이란 공간 안에서 우리 정파무림이 할 수 있는 것은 한계에 이르렀다는 말이군.”

“그렇습니다. 이 시점에서 때마침 서장무림의 제의가 들어와 있는 상태입니다. 이것을 무조건 무시할 필요는 없습니다. 대세를 크게 볼 필요는 충분히 있다는 말입니다.”

“음…….”

물레방아 돌듯 했던 찬성과 반대.

그 말들의 순환도 수정 태사의 말이 마침표를 찍은 이 순간에는 그 종적을 감추고 있었다.

물레방아를 돌리는 물결인 양 각자의 상념만이 머릿속을 바삐 움직이고 있었던 것이다.

사실 모두가 알고 있던 사실이나 애써 외면하고자 했던 문제였을지도 몰랐다.

어렴풋이 스치듯 생각하기는 했었으나 정파의 명예와 자부심이라는 이름의 허울로 묻어두고 있었을 뿐, 그 속을 차마 들여다보지 못하고 있던 것들이 이제 수면 위로 부상하고 있는 것일 뿐이었다.

이제는 걷잡을 수 없게 점점 몸집을 불리며 커져 가고 있는 사안의 무게에 짓눌린 좌중은 섣불리 어떤 말도 하지 못하고 굳게 한일자를 입에 그리고 있었다.

멈춰진 것만 같은 영빈각의 시간.

잠시 동안 고요한 아우성이 요동치는 것을 지켜보다가 마침내 그 시간을 다시 흐르게 만드는 이가 나타났으니, 그 이름은 검왕이었다.

가늘게 실눈을 뜬 검왕이 굳게 잠가져 있던 입의 자물쇠를 열었다.

"정무단주, 한마디 올리겠소. 언젠가 올 일이라 여겼으나 그것이 조금 갑작스럽게 닥친 것뿐. 아니, 오히려 늦은 감이 없지 않소. 분에 넘치는 중책을 맡고 있는 이 몸이 먼저 나섰어야 했으나 그러지 못한 것을 무림동도 여러분께 사죄하는 바요."

앉았을 땐 없는 듯 고요했으나 일어나니 태산이 버티고 선 것같이 거대해진 이, 이 이름 역시 검왕이었다.

가벼운 포권을 취하며 살짝 고개를 숙인 것만으로도 오히려 좌중을 안절부절못하게 만들었고, 그가 언뜻 내보인 입장 표명으로 인하여 더 이상의 논란은 무의미해지고 있었다.

원탁을 향했던 검왕의 시선이 그 옆에 앉아 있는 사람들에게로 옮겨갔다.

"여러분의 고견을 잘 들었소. 서장무림과의 교류 건에 대해서는 이 정도에서 그치도록 하지요. 일단 각 문파로 돌아가 그 분명한 입장을 정리한 뒤 조만간 다시 회합을 갖는 것이 낫다고 사료(思料)되오만."

"정무단주님의 말이 옳습니다. 이의있으신 분 계신가?"

칠월신개의 입을 빌려 검왕이 말하는 것이나 마찬가지였으니 그 누구에게도 이견이 있을 수 없었다.

펄럭이는 도포 자락을 가볍게 쓸어내리며 천천히 자리에 앉던 검왕이 문득 생각났다는 듯 대수롭지 않다는 식으로 한 마디 덧붙였다.

"아, 그리고. 이제 그만 은퇴할까 하오."

"은퇴요? 누가 말입니까?"

어리둥절한 얼굴로 칠월신개가 묻자 검왕이 자신의 제자들 쪽으로 시선을 돌리며 말했다.

“나요.”

“……?”

“……!!”

귀로는 들었으나 머리에서 이해를 하지 못한 말의 의미가 일순 좌중에게 물음표를 만들어냈고 다시 거대한 느낌표를 찍고 있었다.

내내 가시방석 위를 앉아 있는 것같이 고단했던 회의였지만 지금의 충격에 비할 바는 아니었다.

자신이 이해한 바가 맞는지를 묻는 얼굴로 옆 사람을 쳐다보았지만 그곳에도 자신과 마찬가지로 떠올라 있는 같은 감정의 색깔을 볼 수 있을 뿐이었다.

“말, 말도 안 됩니다! 사부님!”

“사부님, 그것이 무슨 말씀이십니까!”

말조차 하지 못하고 있는 구파일방의 수뇌들을 대신하여 지금껏 한마디 없이 수호회를 지켜보고 있던 검왕의 제자들, 첫째 종일청과 둘째 문위명이 소리쳤다.

검왕의 눈이 스르륵 움직여 그들에게 향했다.

마치 부모의 부고를 전해 들은 사람처럼 차마 못 들을 말을 들었다는 듯 정신없어 보이는 첫째 종일청, 침착을 제법 유지하고 있으나 얼굴이 붉게 달아오른 둘째 문위명, 그리고 아무런 반응 없이 자신을 주시하고 있는 셋째 정일군.

뜻 모를 눈빛을 제자들에게 건네던 검왕이 다시 시선을 원탁으로 옮겼다.

아우성치는 모든 일들이 자신과는 상관없다는 표정으로 물끄러미 주변을 바라보고 있는 검왕의 시선에 그가 한 말이 농담이 아니라는 것을 깨달은 칠월신개가 다급히 입을 열었다.

"정무단주, 왜 갑자기 그런 말을……. 아니, 그 연유야 어찌 됐든 간에 아니 될 말이오. 그것도 서장과의 교류라는 중대한 문제가 대두된 이런 시점에서!"

"그렇소이다! 불가, 불가할 말입니다!"

"맞습니다. 검왕께서가 아니라면 그 누가 구심점이 되어 정파를 이끌어 나갈 수 있는지 이 늙은이도 생각나지 않는군요. 아미타불."

포문을 시작한 칠월신개를 뒤따라 너도나도 한마디씩 던지고 있었지만 검왕은 가부(可否)의 아무런 말이 없었으니 방금 전의 고요는 폭풍전야였던 것같이 장내는 이내 반발의 거센 바람이 불어오고 있었던 것이다.

묵묵히 듣고 있던 검왕이 입을 열려던 참이었다.

"하하하핫! 여기가 칠천무신 중 한 명인 검왕이 있는 곳이렸다!"

"……!"

모두가 일순 말을 잃었다.

정무단 한복판.

　그것도 검왕과 구파일방의 수뇌가 모여 있는 영빈각 문밖에서 들려온 걸걸한 음성은 다시 문틈을 파고 사람들의 마음속까지 파고들었다.

　"검왕! 그 안에 있는 것 다 아니까 좀 나와보슈. 내 긴히 할 말이 있소. 얼굴 좀 봅시다!"

　누구 하나 수양이 깊지 않은 자가 없었지만 이 순간 얼굴이 벌겋게 달아오르지 않은 자도 없었다.

　그러나 지금 무슨 말이라도 하는 것 자체가 불경죄라도 되는 것 같은 느낌에 구파일방의 수뇌들은 어떤 행동도 취하지 못하고 그대로 굳어 있었다.

　쫘당―

　의자를 박차고 일어난 검왕의 대제자 종일청은 윗사람들이 모여 있는 자리라는 것도 망각한 듯 온몸을 덜덜 떨며 사자후와 같은 분노의 노갈을 터뜨렸다.

　"감, 감, 감히! 어떤 망종이! 이곳이 어디라고!"

　"밖에 아무도 없다는 말인가!"

　이미 문지방에 다가서고 있던 둘째 제자 문위명이 낮은 호통을 치며 문 꼬리를 활짝 열어 젖혔다.

　쿵―!

　격분한 마음에 비례하여 강하게 열어진 문에서 둔탁한 소리와 함께 차가운 바람이 영빈각 안으로 들이닥쳤다.

　"이, 이럴 수가. 대체 이 무슨 해괴한……!"

"아미타불. 아미타불."

상상조차 하지 못했던 일이 벌어지고 있었다.


영빈각 내의 경악에 가득 찬 모든 시선이 모아진 장소.

둘레 오십여 장이 채 넘지 않는 공간이었으나 결코 적다고 할 수 없는 영빈각의 앞 단청 마당은 이미 사람으로 만원을 이루고 있어 비좁게 느껴질 정도였다.

그리고 그 중심에는 봉두난발의 거한이 한 손에 무엇인가를 들고 가벼운 웃음을 흘리며 껄껄대며 서 있었다.

그를 중심으로 일정한 공각을 격하고 정무단의 사람 백여 명이 둥그렇게 둘러싸고 있었던 것이다.

포위하고 있는 자들은 당혹감에 어찌할 바를 몰라 쌀쌀한 날씨에도 송골송골한 땀방울을 이마에 열매 맺고 있었고, 포위당한 자는 장난스러운 표정으로 몸을 건들거리며 연신 손을 흔들고 있었다.

그의 손에 들린 것.

제 본래 옷인 잎사귀를 벗고 대신 하얀 무명천을 입고 있는 나뭇가지였으니 틀림없이 길가 잡목에서 아무렇게나 꺾은 듯 앙상한 자태를 드러내고 있었다.

조잡한 물체를 백기랍시고 흔들며 웃고 있던 봉두난발의 사내가 마침내 문이 열린 영빈각을 바라보며 흰 이를 드러냈다.

"오호라. 왜 이렇게 안 나오나 했더니, 노친네들끼리 무슨 재미난 얘기라도 하고 있었나 보군! 이거 미안한걸! 껄껄껄 껄—"

말과는 달리 전혀 티끌만 한 거리낌도 묻어 있을 것 같지 않은 호탕한 사내의 웃음만이 정무단 안을 가득 메우고 있었다.

분노를 끌어올리기에는 당혹감과 황당함의 크기가 너무 컸다.

몸을 벌벌 떨고 있을 뿐 누구도 입을 열지 않는 가운데 봉두난발의 사내는 독보강호로 정무단을 지배하고 있었다.

"오! 딱 보니 알겠군. 당신이 검왕이겠군! 반갑소, 반가워! 하하하핫—"

"이 개 잡종 놈이 감히—"

척—!

도저히 현실이라 믿을 수 없어 몸을 움직이는 것조차 잊고 있던 종일청이 입에선 거친 욕설을, 몸에선 노도와 같은 기운을 내뿜으며 나아가려 했으나 어느새 그의 어깨에 얹어진 손 하나에 부르르 몸을 떨고 자리를 지키고 있을 수밖에 없었다.

나서려는 종일청을 막고 한 발 앞으로 걸어나온 검왕이 너무도 담담한 어투로 입을 열었다.

"너는 누구냐."

"나? 내가 누구냐고? 껄껄껄. 내 역할을 묻는 것이라면 나야 심부름꾼이지. 전할 것이 있어 왔소. 그리고 내 이름을 묻는 것이라면 덕익! 숨길 것도 없고 거리낄 것도 없는 나의 이름은 덕익이오!"

정무단을 제 앞마당으로 만들고, 그곳에 있던 모든 이를 손님으로 만들며 마음껏 앙천대소를 하고 있는 이.

바로 덕익이었다.


"백호대 부단주, 어디 계시오!"

검왕의 둘째 제자 문위명이 서릿발 같은 기세로 외치자 군중 속에서 영일천이 모습을 드러냈다.

인파를 헤치고 나선 영일천은 검왕을 향해 깊게 읍을 해 보인 뒤 자신을 부른 문위명을 향해 가볍게 고개를 숙였다.

"둘째 공자의 명을 받아 백호대 부단주 나왔습니다. 부르셨습니까."

고개를 꺾는 것으로 예를 갖추고는 있으나 일말의 위축됨도 없이 당당한 그 어깨가 눈에 거슬린 문위명은 미간을 찌푸리며 말했다.

"그대는 현재 정무단 내의 치안을 담당하고 있소. 맞소?"

"그렇습니다."

"그렇다? 하, 당신의 눈에는 저 사내가 보이지 않는 모양이로군. 아니면 자신의 소임을 다 하지 못한 것인가! 이 또한 맞소?"

촌각의 지체도 없는 대답에 화가 난 문위명이 짐짓 준엄한 음성으로 말했으나 영일천은 이번에도 잠시의 망설임 없이 담담히 말을 받았다.

“저자는 백기를 손에 들고 있습니다. 그리고 여기는 정파 무림의 하늘 정무단입니다. 제가 어찌해야 하는지 하명해 주십시오.”

“그, 그건……”

문위명은 영일천의 말 뒤에 숨어진 뜻을 알아차리고는 잠시 말문을 닫을 수밖에 없었다.

정의를 수호하기 위한 무인들의 집단, 그 이름 정무단.

백기를 들고 홀로 찾아온 자를 핍박할 수 있겠느냐는 영일천의 반문에 대한 해답을 문위명은 갖고 있지 못했던 것이다.

그러나 그대로 입을 다물고 있기에는 지켜보는 눈이 많았으니 자신의 체면을 지키기 위해서라도 이대로 있을 수는 없는 노릇이었다.

영일천을 뚫어져라 쳐다보는 문위명의 눈빛이 표독해지고 있었다.

“그렇다면 세상 모든 이가 백기만을 들고 있다면 정무단의 앞마당을 자유롭게 드나들 수 있는 출입증을 가진 셈이란 말이오! 또한 망령되게도 사부님을 함부로 부르는 자를 어찌 가만히 놔둔단 말이오!”

기세등등한 문위명의 말에 대한 대답은 영일천이 아닌 검왕에게서 흘러나왔다.

"그만 하거라. 언성이 크구나."

"하, 하오나, 사부님!"

이번에는 금방이라도 터질 것같이 시뻘건 얼굴이 되어 있던 종일청이 부르짖었다.

"사부님! 내부 책임의 소재는 나중에 하더라도 일단은 제자에게 저자를 벌할 기회를 주소서! 감히 사부님의 존엄을 흐린 자입니다! 용서받지 못할 자입니다!"

검왕은 천천히 시선을 돌려 주위를 쓸어보았다.

민망한 사태에 이러지도 저러지도 못하고 있다가 그저 침묵만이 최선이라고 결론 내린 구파일방의 수뇌들은 어색한 헛기침을 하며 고개를 돌렸고, 정무단 내부의 인물들은 비분 가득한 눈으로 검왕의 명이 떨어지기만을 기다리고 있었다.

그러나 검왕의 입에서 나온 소리는 그들의 기대를 저버리고 있었다.

"내 일이다. 분명히 말하지만 그 누구도 나서서는 안 될 것이야!"

흥미로운 눈으로 자신을 주시하고 있는 덕익에게 시선을 고정하고 작지만 모든 사람이 들을 수 있는 음성을 던진 검왕은 이미 천천히 단청 계단을 내려가 마당으로 내려가고 있었다.

겨우 대여섯 걸음의 거리만이 남았지만 여전히 여유로운

표정을 하고 있는 덕익의 모습을 물끄러미 쳐다보던 검왕의
눈이 반짝였다.

"멋진 배짱이다. 놀라운 지혜다. 또한 이 모든 것이 무색해
질 무위로구나."

감탄이 은은하게 어려 있는 말이었지만 덕익은 오히려 웃
음을 멈추고 눈매를 가늘게 좁히며 검왕을 쏘아보며 말했다.

"배짱이라?"

"감히 단신으로 이곳에 들어와 그런 행동을 할 수 있다니
멋진 배짱이다."

"감사하군. 그럼 지혜는?"

"나의 팔순연. 세상 모든 이목이 향해 있는 틈을 타서 백기
를 내걸고 당당히 들어왔으니 그 누가 어떤 명목으로 너의 발
걸음을 막을 수 있을까. 정무단을 묶고 있는 정파라는 굴레를
이용한 놀라운 지혜다."

검왕은 여전히 느릿하지만 어눌하지 않았고, 가벼워 보였
지만 진중한 기세가 어려 있는 걸음을 멈추고 있지 않았으니
덕익과의 거리는 조금씩 사라지고 있었다.

그 사라지는 거리에 비례하여 덕익의 몸에서도 장난기가
사라지고, 대신 군중들도 확연히 느낄 수 있는 폭풍 같은 기
세가 소용돌이치기 시작하고 있었다.

덕익이 가늘어진 눈으로 검왕을 똑바로 바라보며 낮은 음
성을 던졌다.

“무위는.”

“앞에 말한 조건이 충족되었다 하나, 지금 네 몸에서 불고 있는 기운이 없었다면 어찌 이곳까지 들어올 수 있었을까. 일천!”

영일천이 바닥에 한쪽 무릎을 꿇으며 짧지만 굵은 음성을 토해냈다.

“말씀하소서!”

“많은 무림 명숙과 손님들이 정무단에 모여 있는 지금, 선불리 나서서 괜한 분란을 일으키지 않은 너의 판단은 옳았다. 용케도 이 사내의 진면목을 알아보았구나.”

영일천은 송구스럽다는 듯 더욱 깊게 고개를 숙였고, 그 옆에 서 있던 문위명은 소태를 씹은 듯 일그러지고 붉게 달아오른 얼굴을 숨기기 위하여 고개를 떨어뜨렸다.

뚜벅.

뚜벅.

금방이라도 부딪칠 것같이 둘의 거리가 좁혀지고 있었지만 가는 자도 기다리는 자도 흔들림이 없기는 매한가지였다.

척!

마침내 검왕의 걸음이 멈춰 섰으니 바람이 불어 머리카락이 휘날리면 서로에게 스칠 정도였으며 내뿜는 숨소리가 자신의 것인지 상대방의 것인지 헷갈릴 정도였다.

작은 음성, 검왕이 속삭이듯 말했다.

"네놈들이 나의 물건을 가지고 있는가?"

"과연 정파무림의 하늘이라 불리는 자담군. 그렇소, 당신의 물건은 우리가 보관하고 있소."

가벼운 냉소와 함께 들려온 덕익의 말에 이제껏 처음으로 검왕의 눈꼬리가 가늘게 떨리고 있었다.

곧이어 검왕의 준엄한 목소리가 영빈각 전체에 울려 퍼졌다.

"이자는 나의 손님이다! 그 누구도 나서는 일이 없어야 할 것이야!"

"존명! 명을 받들겠습니다!"

백여 명이 하나의 목소리를 내며 바닥에 일제히 무릎을 꿇었다.

수많은 사람이 모여 있었으나 단둘만이 이해할 수 있으니 거리낄 것도 없다는 듯 검왕이 다시 입을 열었다.

"잘 있는가."

"응? 하, 하하핫. 그렇소. 잘 있고말고!"

자취를 감췄던 웃음이 다시 덕익의 얼굴에 깃들었고, 그에 반하여 검왕의 얼굴은 딱딱하게 굳어졌다.

들끓는 감정을 애써 억누르고 있었지만 방금의 한마디로 약점을 스스로 자인한 셈이 돼버린 검왕은 서둘러 몸을 돌리며 말했다.

"남은 얘기는 들어가서 하도록 하지."

　옷자락 펄럭이는 소리가 일 만큼 휭하니 몸을 돌려 다급히 한 걸음 옮기던 검왕을 덕익의 목소리가 다시 잡아 세웠다.

　"좋지. 들어가야지……. 들어가야 하는데. 허허, 이거 참 큰일 났군. 문제가 생겼소."

　돌려진 몸은 그대로 놔둔 채 고개만 살짝 틀어 시야에 덕익을 담은 검왕이 불쾌함을 숨기지 않은 싸늘한 음성을 입 밖에 던졌다.

　"문제?"

　"그렇소. 그것도 아주 큰 문제! 하지만 이거, 이러면 안 되는데. 넷째 놈이 나중에 알면 길길이 날뛰면서 또 한바탕 잔소리를 할 것이 뻔한데. 그러나……. 하, 이것 참. 야단났군."

　덕익은 실성한 사람처럼 이미 봉두난발인 자신의 머리를 손으로 휘저으며 고민스럽다는 모습을 온몸으로 연출하고 있었다.

　사라진 진사백에 대한 생각에 가슴이 타 들어가고 있던 검왕이 미간을 깊게 찌푸렸다.

　"문제는 내가 해결해 주지. 일단은—"

　"정말! 진정 해결해 주는 거지!"

　시집오겠다는 약속을 들은 노총각마냥 반색하는 덕익의 모습을 차가운 눈으로 쏘아보며 검왕이 그 눈보다 더욱 서늘한 말을 덧붙였다.

　"가소로운 짓을 하려는 것인가."

"에라이, 모르겠다! 나중에 잔소리 좀 듣지 뭐! 가소롭거
나 말거나 심부름 왔으니 심부름 값은 받아야 할 것 아닌
가!"

"심부름 값?"

"한판 뜹시다! 나랑 한판 붙어주면 그대의 물건이 어디 있
는지를 말해주지!"

"……!"

지금까지도 조용했으나 이제 영빈각은 그 누군가의 숨소
리조차 들리지 않고 있었다.

물결을 거슬러 올라가는 연어마냥 검왕의 몸이 격류하는
공기를 헤치고 천천히 돌려졌다.

섬뜩한 파란 불꽃이 덕익을 바라보는 검왕의 눈자위에 어
지럽게 피어 있었다.

그러나 덕익은 그 아름답지만 위험한 불꽃이 보이지 않는
다는 듯 천연덕스럽게 이를 드러내며 씨익 웃고 있을 뿐이었
다.

"당신 탓이지. 웬만하면 때가 될 때까지 참으려고 했는데,
바로 코앞에서 그 기세를 쐬고 나니 이 몸뚱이의 뼛속까지 간
질거려 참을 수가 있어야지! 천하절색 미녀의 홀딱 벗은 몸을
볼 때보다 짜릿한 그 기분!"

어느새 덕익은 주섬주섬 상의를 벗고 있었다.

세상에 드러난 그의 육체를 비추고 있는 햇살이 미끄러지

는 듯 느껴질 정도로 탄력적으로 요동치고 있었다.

"퉤—! 퉤! 자, 어서 붙어봅시다."

짝짝!

뒷골목 힘자랑을 하는 시정잡배처럼 두 손에 걸쭉한 침을 뱉고는 손뼉까지 치고 있는 덕익이었다.

그 모습에 분노로 떨리는 몸을 필사적으로 진정시키고 있던 종일청이 끝내 참지 못하고 뛰쳐나가려는 순간, 구겨진 자존심을 회복할 기회를 찾고 있던 문위명이 호기를 포착하고 먼저 고함을 내질렀다.

"저, 저런 건방진 놈이! 사부님, 제가 저놈에게—"

"갈!"

우스스스—

검성이 내지른 소리는 음성이 아닌 천둥과 같았으니 영빈각 둘레에 가지런히 심어져 있던 정원수들은 겨울 초입까지 소중히 간직하고 있던 마지막 잎사귀들과 끝내 작별을 하여야만 했다.

갈색으로 말라비틀어졌던 낙엽이 때 이른 눈과 같이 영빈각에 분분히 휘날렸다.

그 낙엽의 눈보라 속에서 자존심에 생채기가 난 검왕이라는 상처받은 야수가 홀로 거대한 포효를 내지르고 있었다.

"감히 네놈들이 나의 명을 거역하려는 것이냐! 분명 나서지 말라 했거늘!"

고개도 돌리지 않고 호통 치는 검왕의 음성에 하얗게 질린 얼굴로 비척거리며 뒤로 물러나던 문위명을 어디선가 나타난 정무단 내총관 백무열이 재빠르게 부축하고 있었다.

영빈각 내의 모든 이의 생각과 움직임을 멈추게 한 검왕은 하늘을 향해 치켜 올라간 굵은 눈썹을 꿈틀거리며 덕익에게 말했다.

"그대의 문제는 해결되었다!"

"헤헤헤. 그거 고맙군. 자, 놀아봅시다."

번들거리는 근육이 일말의 틈도 없이 들어차 있는 상체를 앞으로 웅크리며 덕익은 하얀 이를 드러내고 히죽 웃었다.


소문이란 입에서 입으로 옮겨지는 것이 아닌 바람을 타고 스스로 살아 절로 움직이는 것.

배정된 처소에서 쉬고 있었으나 어수선한 낌새를 따라온 광록대부(光祿大夫) 문일성은 호기심으로 가득한 눈을 마당에 고정시킨 채 옆에 서 있는 백무열에게 속삭였다.

"정무단주 같은 고수도 아직도 훈련을 하나 보구려. 아니면 팔순연을 맞이한 여흥인가? 이거 섭섭하구려. 나에게 귀띔도 없이. 옳치! 잘한다! 오, 저 상대편 거한도 굉장한 고수인가 보군! 한 치의 물러섬도 없으니 용호상박이 내 눈앞에 있도다!"

"저것은 도대체 무슨 무공이란 말인가! 덕익이란 이름은

들어본 적도 없건만!'

이상한 음색에 옆을 본 문일성은 순간 당황하지 않을 수 없었으니 두 주먹을 불끈 쥐고 있는 백무열의 두 눈은 부릅떠져 놀라움을 표하고 있었고, 그 입은 찢어질듯 벌어져 다물어질 줄 모르고 있었기 때문이다.

"덕익? 덕익이라……. 분명 어디선가…… 음."

기억 저편에서 아른거리는 이름에 잠시 머릿속을 뒤지던 문일성은 이내 고개를 흔들고 눈앞에 장면들에 집중하기 시작했다.

검왕 용벽관과 의문의 사나이 덕익.

영빈각 앞뜰에서 벌어지고 있는 그들의 싸움은 이미 세상 모든 것을 태울 것 같은 열기를 더해가고 있었다.

쑹—

검왕의 검이 하늘을 가르며 잔상이 남을 정도의 속도로 뻗어나가고 있었다.

상체를 비스듬히 꾸부리고 두 팔을 앞으로 뻗은 채 검왕의 두 다리를 향해 달려드는 덕익은 속절없이 하나의 눈과 팔다리를 지닌 모양으로 양단될 수밖에 없을 것 같았지만 검왕 용벽관은 이미 검을 회수할 준비를 하고 있었다.

팟!

덕익의 이동 속도에 따라 그의 다음 궤적을 예측하고 옮기고 있던 검왕의 시야에서 덕익의 모습이 사라졌다.

검왕의 허리 높이까지 상체를 구부리고 달려들던 덕익의
몸이 일순간에 사라지는 것과 같이 보였으니 그는 두 팔로 땅
을 후벼 파듯 짚어 속력을 줄였던 것이다.

돌부리에라도 채여 앞으로 꼬꾸라지는 사람과 같던 모양!

탁—!

촤아아아아아.

땅에 고정된 두 팔을 중심으로 덕익의 하체가 대지에 먼지
를 일으키며 옆으로 미끄러지듯 이동하고 있었다.

베어오던 검세를 벗어나는 동시에 순식간에 검왕의 정면
에서 측면으로 옮겨간 덕익이 두 팔을 번쩍 들어 올려 검왕의
허리춤으로 불쑥 집어넣어 왔다.

그러나 이미 방비하고 있던 검왕은 가볍게 허리를 튕겼고,
허리부터 일어난 탄력을 손목으로 전달하며 빙글 돌린 검으
로 허공에 원 막을 형성했다.

파바바바박!

쭉 뻗어 나가 촘촘히 맺히고 있는 검기에 공기가 찢어발겨
지고 있었다.

덕익은 뻗어나가던 손을 불구덩이 앞이라도 되듯 황급히
뒤로 회수되는 것 같더니 그대로 뒤로 상체를 젖히며 손으로
땅을 짚고 두 다리를 앞으로 뻗어 섬전과 같은 각법을 뻗어내
고 있었다.

번쩍!

빛 덩어리가 일어난다고 느꼈을 때는 이미 왼쪽 다리가 축이 되어 검왕의 몸이 비스듬히 돌려지고 있었고, 동시에 땅에서부터 시작하여 치솟은 두 개의 섬광이 허공을 반으로 가르고 사라졌다.

하늘로 솟아 있는 덕익의 두 다리를 향해 이번에는 검왕의 검이 빛을 뿌리며 날아들고 있었다.

"좋구나!"

빙글―

공격은 최선의 방어라 했던가.

피하는 대신 덕익의 두 다리가 가위처럼 교차되며 찔러오는 검끝을 물어버릴 듯 오히려 압박해 들어왔다.

벨 수는 있으나 자신도 발에 차이는 꼴을 내보일 수밖에 없었으니 검왕은 눈썹을 찌푸리고 검을 다시 회수하며 두어 걸음 뒤로 물러날 수밖에 없었다.

"음!"

쉬이이이잉―

뒤로 펄쩍 뛰어 거리를 벌리던 검왕이 입술을 깨물며 회수되던 검을 다시 내치며 종횡으로 휘둘렀다.

교차되던 다리의 회전 운동을 아래로 꺾으며 순식간에 일어난 덕익이 양손을 앞으로 내민 모습으로 자신을 추적해 오고 있었기 때문이다.

우드득!

힘을 가하는 것보다 힘을 빼는 게 어려운 것이 무도의 세계였으니, 아무리 고수라 하더라도 인체의 관절 구조를 무시하고 나가던 기세를 회수하는 움직임에 더해 다시 그 기세를 내보내고 있으니 뼈마디가 고통의 비명을 지르는 것은 당연한 일!

앞으로 기울어졌던 덕익의 상체가 순식간에 뒤로 젖혀지며 따라오던 속도를 급격히 떨어뜨렸고, 그 앞으로 검왕의 검이 스치듯 지나갔다.

"갈!"

검병을 쥐고 있던 검왕의 손이 활짝 열렸다.

"혁!"

덕익은 다급한 신음을 부지간에 흘렸으니 자신의 앞을 지나갔던 검이 검왕의 손에서 놓여지면서 제 스스로 살아 있는 듯 허공을 돌아 다시 날아들고 있었던 것이다.

이미 한번 죽인 속도였다.

가속을 위해서는 힘을 받쳐 줄 디딤 축과 그 시간이 필요했으나 검왕의 무정한 검끝은 그 모든 것을 잘라오고 있었다.

비틀—

"이크!"

타다다다닥!

이상한 소리를 내며 덕익의 몸이 상황에 대처하지 못해 균형을 잃고 휘청거렸지만, 손을 다시 오므려 검병을 쥔 검왕은 더 이상의 연환 공세를 취하지 않고 빠른 뒷걸음질로 그와의 거리를 확보했다.

"어째서!"

구경하고 있던 누군가가 지르는 소리가 귓가를 간지럽게 하고 있었지만 검왕은 등에 흐르고 있는 땀방울이 주는 감촉에 정신을 빼앗겨 버렸다.

몸을 가볍게 들썩여 호흡을 가다듬은 검왕이 기묘한 눈으로 자신을 바라보고 있는 덕익을 향해 물었다.

"특이한 무공이군. 중원의 것이 아닌 듯싶은데 그 이름을 물어도 되겠나."

"과연 대단하군! 칠천무신과 검왕이라는 이름을 달고 있는 자답소! 참을 수 없는 유혹이었을 텐데 그대로 뒤로 물러나다니!"

다른 이가 같은 말을 했다면 자신을 비웃는다고 느꼈을지도 모르지만 그런 기분이 조금도 들고 있지 않다는 사실에서 검왕은 눈앞의 상대가 생각보다 더 높은 수준의 무공을 구사하고 있다는 것을 인정해야만 했다.

이미 대하는 말투도 달라져 있었으니 덕익이란 자는 저런 말을 할, 이런 말을 들을 자격이 충분히 되는 사내였던 것이었다.

그의 눈에 비꼬임이라는 기색은 전혀 없는 것을 본 검왕이 나직한 한숨을 조용히 내쉬며 말했다.

"조금 전 경험하지 않았는가. 그 기묘하게 출렁거리는 움직임들은 대단하군. 내 생전 적지 않은 무공을 보았다고 하지만 이런 것은 처음이야."

"하하하핫! 칭찬으로 듣겠소. 그러나 철이 든 이후로 내 공격을 이렇게까지 막아낸 자도 당신이 처음이오. 이거 정말 재미있구먼! 으하하—"

검왕은 순수한 감탄의 시선으로 가슴의 근육이 요동치도록 웃고 있는 덕익을 바라보았다.

싸움이 시작된 후부터 방금 전 일합을 합해 총 삼합째.

너무도 낯선 덕익의 무공에 정무단주 검왕조차 일순 승기를 잡지 못하고 붙었다 떨어졌다를 세 번씩이나 반복하고 있었던 것이다.

우선 그 자세부터 이상했다.

자신의 몸뚱이를 덥석 안겠다는 듯 두 손을 앞으로 내밀고 상체를 굳힌 채 무작정 달려드는, 어찌 보면 아이들 싸움판에나 나올 법한 직선적인 움직임이었으나 허리나 다리를 노리는 낮은 타점과 순식간에 좌우로 꺾여 측면을 노리고 들어오는 변칙적 움직임이 섞여 있어 상대하기가 껄끄러웠다.

또한 주요 급소를 타점으로 삼는 것이 아닌 관절 부근으로 감아 들어오는 공격은 미처 예상하지 못했던 변화를 선보이고 있었던 것이었다.

그러나 이것이 전부였다면 이합째에 덕익의 머리와 몸을

분리시킬 수 있었을 것이다.

　이합째의 격돌에서 단선적인 움직임의 끊어지는 점을 포착해 내지른 검왕의 검이 그의 목을 베려는 순간 덕익의 몸이 기묘하게 흔들리는가 싶더니 믿을 수 없는 각도에서 발이 뻗어져 나온 것이었다.

　충돌 직전 덕익의 움직임.

　직선과 원이 만나 방어와 공격을 동시에 가한 그 순간 검왕은 하마터면 자신의 안면이 그의 발에 적중될 뻔했다는 것을 기억하고 있었고, 이번 삼합째에는 그것이 우연이었는지를 확인하기 위해 비슷한 동작으로 공수를 이끌어간 것이었다.

　그리고 또다시 이상한 기합과 함께 재현되었던 기묘한 몸의 비틀거림.

　자신의 추측이 맞았음을 몸으로 확인한 검왕이 중얼거렸다.

　"그 동작 자체가 보법인가……. 그렇군. 흔들거림으로 몸의 균형을 잡고 있으니 정중동(靜中動)이 아닌 동중정(動中靜)의 역원리인가."

　"으하하핫. 이거 정말 기분 좋은걸! 지우지기(之友知己)라! 알아주는 이가 있으니 이 어찌 즐겁지 않을까! 그러나 애석하구나. 당신 말고 또 누가 이것을 알아줄까. 좋아! 내 오늘 밑천 드러내 보이리라. 특별히 이름을 알려주지. 각저와 택견이라 하오!"

처음 듣는 무공의 이름에 검왕의 눈이 반짝였다.

"각저와 택견?"

"각저는 다른 말로 씨름이라고도 하지. 그리고 방금 그 보법의 이름은 택견의 품밟기라 하오. 각저와 택견, 이 두 가지가 나의 무공이오."

잠시 골똘히 생각에 잠겨 있던 검왕이 끝내 해답을 찾지 못하고 낮은 한숨과 함께 고개를 흔들었다.

"모르겠군, 모르겠어. 처음 듣는 무공이군."

"그럴 수밖에!"

덕익은 한순간에 사람이 달라진 것 같은 진중한 눈빛으로 검왕을 쏘아보며 으르렁거리듯 거칠어진 숨결로 말했다.

"중원이 세상의 중심이라 말하고 다른 모든 것은 미개하다 여기는 당신네들이 어찌 그 이름을 알까! 그러나 이 하늘과 땅은 중원보다 훨씬 많은 것을 담고 있으니! 내 오늘 그것을 당신네들에게 똑똑히 보여주리라."

"음, 중원인이 아니었던가?"

"반은 맞고 반은 아니라고 해두지. 이제 귀찮은 입 얘기는 접어두고 몸으로 얘기해 봅시다. 어디 한번 신명나게 어울려 볼까나! 우하하핫!"

호탕한 듯했으나 어딘지 메마른 웃음소리가 날아들기도 전에 서슬 푸른 덕익의 신형이 먼저 날아오고 있었다.

한쪽 다리를 뒤로 살짝 빼며 검왕은 검을 가볍게 치켜들며 중얼거렸다.

"더 보고 싶지만 내 위치쯤 되면 원하는 대로만 할 수는 없지. 보는 눈들이 많아 끝내야겠군."

"어디 해보아라!"

파바바박—!

둘의 신형이 다시 한 몸이 되어 얽히고 있었다.


칠천무신이며 정무단주인 용벽관.

그러나 세인은 그의 이름 석 자 앞에 으뜸으로 어울리는 호칭은 검왕이라 이야기한다.

검의 왕!

검이라는 병기를 사용하는 자들의 왕이니 그 쓰임과 효용을 두 다리를 대지에 딛고 사는 이들 가운데 가장 잘 알고 있을 터였지만, 지금 그의 싸움 방식은 그렇지 않은 것도 같아 보였다.

덕익은 무기는 두 팔과 두 다리 육신이었고, 검왕의 무기는 두 팔 끝에 이어져 있는 검이었으니 각자가 원하는 싸움의 거리가 다른 것은 불문가지.

덕익은 파고들어야 했고 검왕은 떨쳐 내며 싸워야 했다.

그러나 검왕은 덕익이 원하는 거리에서 싸움을 진행하고 있었으니 초 근접전에서 둘은 몸과 검을 나누고 있었던 것이다.

그 연유가 덕익의 신묘한 움직임 덕분이었는지 검왕의 자존심 때문인지는 그들만이 알고 있을 터였다.

땅에 닿을 듯 낮게 비행하고 있으니, 마치 제비와도 같은 모습의 덕익은 바닥을 미끄러지며 검왕의 품으로 파고들어 손을 쭉 뻗었다.

천둥 같은 기세요, 번개 같은 빠르기였다.

그것을 바라보는 검왕의 입 끝이 올라가고 그의 피는 끓어오르고 있었다.

"좋구나! 할 수 있는 모든 것을 나에게 보여라!"

검왕은 몸을 피할 생각도 하지 않고 별다른 기교도 없이 검을 우에서 좌로 한바탕 쓸어나갔다.

타닥!

덕익의 다리가 짧게 대지를 두 번 내리 찼고, 왼쪽으로 그의 몸이 기우뚱거리며 방향을 전환했다.

사방으로 삐쳐 있던 덕익의 머리카락이 한 방향으로 곧게 뻗어졌고 그 끝이 검왕의 검에 의해 싹둑 잘려 나갔다.

슈웅—

이미 검은 지나간 뒤인데 그 휘둘러지는 속도를 따라오지 못한 소리가 뒤늦게 제 할 일을 하고 있었다.

검을 흘린 덕익의 눈에 비어 있는 검왕의 옆구리가 보였다.

우에서 좌로 날아갔던 검이 다시 좌에서 우로 되돌아오는 것이 느껴졌지만 자신이 검왕의 몸을 잡고 들어 매치는 것이 먼저라고 판단한 덕익은 촌각의 지체 없이 두 손을 앞으로 내밀었다.

"헛!"

덕익이 짧은 헛바람을 집어삼켰다.

좌에서 날아들고 있는 검과는 별개로 우에서도 뭔가가 날아들고 있었던 것이다.

양손에 하나씩 두 개의 검을 들고 있는 자가 양팔을 밖에서 안으로 교차시키는 것과 같은 기세!

손가락 두 마디, 그리고 십 할!

눈앞에 훤히 들어나 있는 검왕의 옆구리와 자신의 손끝 사이에 남은 거리였으며, 터럭만큼이라도 닿기만 하면 그의 허리를 부러뜨릴 수 있다는 자신감의 수치였다.

좌에서 오고 있는 검보다는 빠를 자신이 있었지만 우에서 오고 있는 미지의 힘보다는 느릴 것 같다는 생각이 덕익의 머릿속에 스쳐 지나갔다.

분명 검왕은 쌍검이 아니었으니 무시하고 공격을 감행할 수도 있는 상황이었지만 몸이 발하고 있는 경고의 느낌에 덕익은 아무런 망설임도 없이 몸을 뒤로 끌어 뺐다.

촤아악—

가느다란 피분수가 푸른 하늘을 수놓았다.

"이중 검기!"

자신의 가슴에 긴 혈선을 그리고 스쳐 지나가는 푸른빛!

미지의 힘의 정체는 첫 공격이 지나간 뒤에도 한참을 허공에 머물다가 이제야 발현된 검왕의 검기였던 것이었다.

촤라락—

검왕이 가볍게 손을 떨치자 검끝에 맺혔던 덕익의 피가 바닥에 흩뿌려졌다.

"오너라!"

"이중 검기라! 일합의 검이 지나간 뒤 이합째가 날아오고 그사이에 원래 일합째에서 파생된 검기가 다시 뒤쫓아온다? 하하하하! 과연 검왕이오! 하나의 검을 들었으되 끝없는 검을 만들어내고 있구려! 좋소! 다시 가오! 으하아합! 으라라랏—"

내가 있고 싸울 적이 있으니 무엇이 더 필요할까.

생명을 담보로 한 희열을 만끽하던 덕익은 피 끓는 호기를 참지 못하고 온몸을 떨었다.

눈을 빛내며 야수와도 같은 괴성을 지르며 덕익은 다시 뛰어들었고 검왕은 비스듬히 몸의 중심부를 덕익에게 비켜 세운 채 좌에서 우로, 그리고 다시 우에서 좌로 두 번 검을 휙휙 내저었다.

일견 너무도 단순한 초식!

그러나 아직 소리도 따라오지 못할 정도로 가공할 빠르기와 검이 지나가는 자리 뒤에 남아 있다가 그 후에 한 겹 덧씌워 따라오는 검기들!

검은 하나였으나 시간차를 무시하고 한 번에 날아드는 도합 네 번의 검세!

한 번 경험했으니 그것을 모르지 않을 터였지만 덕익의 몸은 속도를 떨어뜨리지 않고 오히려 가속에 박차를 더해서 공세를 진행하고 있었다.

자세는 처음과 같은 모양이었으되 다른 것이 있었으니 양 손바닥이 하늘로 보이도록 구부러져 있다는 것!

검이 서로 교차되는 지점에 덕익의 몸이 끼어들고 있었으니 제 스스로 검에 몸을 던지는 형상!

날아드는 검을 향해 덕익의 두 손이 번쩍 들려졌다.

무모하게도 검과 검기의 공간에 쑤셔드는 덕익의 양손을 바라보는 검왕의 눈에 기묘한 빛이 떠올랐다.

"합!"

검왕의 입에서 처음으로 다급한 기합이 솟아올랐고 지켜보던 모든 자들은 숨을 삼켜야만 했으니 수평으로 날아가던 검의 진행 방향이 어느새 미묘하게 꺾여지고 있었기 때문이었던 것이다.

쾌를 위하여 이완시키고 있던 근육이 빠르게 수축되면서 검끝에 내공과 힘을 공급했고, 순식간에 검왕의 쾌검이 무거운 힘을 내뿜는 중검으로 돌변했다.

그 순간 검왕과 덕익의 움직임이 한순간에 멈춰졌다.

꽈아아앙—!

거대한 폭음과 함께 두 사람을 중심으로 자욱한 먼지가 일었고 이내 맹수가 입을 벌려 집어삼키듯 그들을 덮쳐 버렸다.

쉬이잉—

바람이 몰이꾼이 되어 먼지를 쫓아내자 곧이어 놀라움에 물든 음성들이 뒤를 따랐다.

"저럴 수가!"

"……!!"

관객이 되어 지켜보고 있던 자들 중 일부는 터져 나오는 경악과 비명을 막기 위해 입을 막아야 했고 또 다른 일부는 그조차 하지 못하고 입만 뻥긋거리고 있었다.

돌로 만든 석상이라도 된 것처럼 서로 붙어 조그만 미동도 보이지 않고 서 있는 검왕과 덕익!

하나의 손에 들린 검의 면을 다른 하나의 손바닥이 떠받치고 있는 모양새!

검세의 진행 방향이 바뀐 이유는 덕익이 손바닥으로 수평으로 날을 세우고 날아가던 검 면의 하단부를 위로 밀어냈던 것 때문이었다.

그 뒤 쫓아온 이중 검기는 치켜진 손의 아래 빈 공간에서 거대한 폭음을 내며 상쇄된 것이었으니 실로 간단한 원리지만 결코 간단할 수 없는 수법!

태풍의 눈이 고요하다 하나 그 누가 있어 그 핵에 이를 수 있을 것인가!

"말, 말도 안 돼! 검의 속도를 쫓아갔다는 말인가! 그것도 검왕의!!"

주변에서 시끄럽게 몰아치고 있는 외침과는 무관하게 검왕과 덕익은 자신들만의 세계에 빠져들어 있었다.

이 순간 천지간에 존재하는 것은 나와 상대, 단지 그 둘뿐이었던 것이었다.

어느 쪽도 움직이지 못할 정도로 잠시나마 팽팽하게 보였던 내공의 겨룸은 이내 그 승부가 갈라지고 있었다.

덕익의 이마에 파란 혈관이 고통에 요동치며 꿈틀거렸다.

위에서 찍어 누르고 있는 검왕의 검이 소리없이 조금씩 밑으로 내려오고 있었다.

"으하하하합!"

틱―

불굴의 기세로 기합을 뿜어내던 덕익의 입에서 부러진 이빨이 튀어나와 땅에 떨어졌지만 서서히 내려오던 검왕의 검도 허공중에 멈춰 섰다.

덕익의 발은 단단한 땅에 세 치쯤 파묻혀 있었고 그의 근육이 금방이라도 살 거죽을 뚫고 튀어나올 것처럼 팽팽히 부풀어 오르고 있었다.

"헉―"

헛바람 빠지는 소리를 내며 덕익이 순간적으로 몸을 기우뚱거렸으니 찍어 눌러오던 힘이 순간적으로 사라져 균형을 잃은 것이었다.

빙글―

내공을 주입시켜 압력을 가하던 검을 살짝 치켜드는 것으로 상대의 자세를 무너뜨린 검왕은 허공에서 검을 살짝 돌려 검면이 아닌 검날을 아래로 향하게 한 후 그대로 내리그었다.

슈우우우웅―

검왕의 검이 바람을 가르고 덕익의 머리카락도 가르고 그의 이마도 가르고 있었다.

끼익―

덕익의 이마에서 피 줄기가 흘러 그의 미간을 지나쳤고 코 끝에서 갈라져 인중에서 모였다가 턱 끝에서 떨어졌다.

도도하게 서서 덕익을 내려다보는 검왕의 눈에 이채가 서렸다.

흰자위가 아닌 실핏줄이 모두 터져 나가 버린 붉은 자위의 눈으로 검왕을 올려다보며 덕익이 힘겹게 입을 달싹였다.

"으으― 헤헤… 어떻소. 나도 제법이지 않소? 크크. 흐으으읍!"

끼익!

끼이이익―

살과 검이 만나 나누는 기묘한 대화 소리가 들리고 있었다.

검왕의 검이 덕익의 이마의 살가죽을 살짝 베어낸 뒤 더 이상 진행하지 못하고 양옆에서 합쳐진 손바닥 사이에 맞물려 있었던 것이었다.

한쪽 무릎은 땅에 대고 양손으로는 이마에 닿아 있는 검을 꼭 물고 고개는 들어 위를 올려다보고 있는 덕익.

꼿꼿이 몸을 세우고 한 손으로 움켜쥔 검을 상대의 살가죽 끝에 박아 넣고 아래를 내려다보는 검왕.

그렇게 둘의 시선이 허공에서 얽히고설키고 있었다.

끼이이익—

검왕의 검이 손바닥 사이를 비비며 조금 더 아래로 내려왔고, 덕익의 이마에서 흐르는 핏줄기는 조금 더 굵어졌다.

피로 얼룩진 덕익의 입이 벙긋거렸다.

“…….”

“……!”

쿵!

천 년 거목이 쓰러지는 것과 같은 육중한 소리를 내며 덕익의 몸이 옆으로 기울어져 쓰러졌고 검왕의 그 모습을 물끄러미 내려다보고 있었다.

무슨 생각을 하는지 한참 동안 그대로 있던 검왕이 입을 열었다.

“백호대 부단주는 명을 받들라.”

“존명!”

튀어 오르듯 날아온 영일천을 향해 검왕의 명령이 하달되었다.

“이자의 상처를 치료해 주고 참회동(懺悔洞)에 가두어라. 오늘 있었던 일은 함구한다. 이상.”

“존명!”

영일천이 우렁차게 대답했을 때는 이미 검왕은 더 이상 영빈각에는 아무런 미련도 없다는 듯 몸을 돌려 저 멀리 사라지고 있었다.

그 뒷모습을 바라보는 구파일방의 수뇌들과 세 제자들, 그리고 정무단의 인물들은 아무런 말도 할 수 없었다.

모두의 시선을 받으며 퇴장하는 검왕의 머릿속에는 마지막에 덕익이 했던 말만이 가득 들어차 있었다.


“남궁가, 그곳에 단서가 있소. 헤헤, 아깝군. 이따위 광대놀음이 아닌 제대로 붙어보고 싶었는데!”

## 회상(回想)

과거와 현재와 미래.

단절되었으나 이어졌을 시간의 흐름들이여.

그러나 현재는 존재하지 않는 것일지도 모르니 이 순간에도 시간의 물결은 흘러 어느덧 과거가 되고 있지 않은가.

그렇다면 인간은 현재 없이 과거와 미래 속에서 살아가고 있다고도 할 수 있는 것인가.

자신의 과거를 바쳐 미래를 꿈꾸는 자들이 여기에 있었다.


혼란을 거듭해 가는 인간사와는 무관하게 자연은 낮과 밤, 그 교차의 순리를 유유히 내보이고 있었다.

다사다난했던 낮이 슬그머니 자취를 감추고 땅거미가 황혼의 거미줄을 세상에 뿌리기 시작한 초저녁.

검왕각에는 검왕 용벽관과 백호대 부단주 영일천이 침묵을 나누고 있었다.

창밖으로 스며들어 오는 은은한 노을빛이 약간은 검붉어진 뒤에야 검왕은 마침내 입을 열었다.

"일천."

"하명하소서."

한참을 조아리고 있던 영일천의 고개가 조금 더 깊숙이 바닥을 향했다.

"떠날 채비를 하라."

"……."

이미 예상하고 있던 명이었으며 평소라면 검왕의 말에 대하여 무조건적인 충성을 보였던 영일천이었으나 이번에는 선뜻 존명의 단어를 입 밖에 내지 못하고 있었다.

고민하는 기색이 역력했던 영일천은 마음을 굳힌 듯 검왕을 향해 물었다.

"송구하오나 한 말씀 올리겠습니다. 허락하여 주시옵소서."

"하라."

검왕 또한 이런 영일천의 반응을 예상하고 있었는지 고요한 음성으로 허락을 발하였다.

비장한 각오를 숨기지 않고 영일천이 입을 열었다.

"넷째 제자 진사백, 백호대주의 행방도 중요하나 지금은 더욱 급한 일이 있는 것으로 사료됩니다."

"무엇을 말하는 건가. 그대도 구파일방과 같이 서장과의 문제를 말하는 것인가, 아니면 은퇴를 거론한 나의 말이 가져올 파장을 염려하는 것인가!"

"……."

시내처럼 조용히 흐르던 검왕의 음성에 감정의 풍랑이 일자 영일천은 입을 다물고 묵묵히 있을 수밖에 없었다.

뾰족하게 올라갔던 눈썹 끝이 서서히 원래대로 내려오며 검왕이 낮은 탄식을 토했다.

"하— 그대의 충정, 내가 어찌 모를까. 구파일방의 대표들이 눈을 곤두세우고 있을 테니 서장과의 문제는 차질없이 진행되어야겠지. 그들에게 일러라. 내가 잠시 자리를 비워도 논의는 계속된다고. 또한 은퇴에 관한 건은 일단 후계자를 정해 두는 것 정도로 하도록 하지."

"…하오면 어찌하오리까."

조용했지만 단호한 음성이었으니 이미 굳혀진 검왕의 마음을 읽은 영일천이 조심스럽게 묻자 생각해 둔 것이 있었던 듯 검왕은 지체없이 말했다.

"오늘 낮에 보았던 것이 모든 것을 함축하고 있다. 일청은 분노했으나 나의 명을 필사적으로 받들어 침묵했고, 위명은 혼란 중에 나름대로의 계산을 가지고 움직이려 했다. 첫째 일청은 계산이 느리나 정무단과 나에 대한 충정이 가장 크다. 둘째 위명은 머리는 빠르나 마음이 가볍다."

"그렇다 하심은……."

"일청에게 맡기면 정무단은 더 이상의 발전은 힘드나 현 세력은 안정적으로 유지할 것이다. 위명에게 맡긴다면 발전의 가능성도 쇠락의 위험도 모두 크다. 그러나……."

고민스러운 심사가 검왕의 가늘게 좁혀진 미간에 새겨지고 있었다.

"문제는 셋째 일군. 범상한 놈이 아님을 알고 있었기에 안 좋은 소리가 내 귀에 들려도 책망 한 번 하지 않았다. 그러나…… 근 며칠 사이에 보인 모습은 나로서도 예상하지 못한 것들이었어. 마치 쓰고 있던 탈을 벗어버린 것같이…… 하— 제자의 성취를 순수하게 기뻐하지 못하는 내가 이상한가."

"아닙니다. 셋째 공자도 사람인데 어찌 야심이 없겠습니까. 제 짧은 소견으로는 이 한 수를 위하여 지금껏 다른 공자들이 경계하지 않도록 방심을 유도하고 있지 않았을까 합니다만 효과는 확실했습니다. 지금 정무단 내에서 셋째 공자의 얘기를 하지 않고 있는 자는 없을 정도이니까요."

"그러나 그것이, 과연 그것만이 전부일까……."

검왕은 의자에 깊이 몸을 묻으며 중얼거렸고 영일천은 그의 사색을 방해하지 않기 위해 숨소리마저 죽이고 있었다.

또오옹—

술시(戌時)가 되었음을 알리는 종소리가 바람을 타고 정무단 안을 지나자 검왕이 고개를 가볍게 흔들며 감겨졌던 눈을 뜨며 말했다.

"어찌 되었든 간에 조금 더 지켜보면 알 일. 급한 것은 넷째 사백이다. 서장과의 교류와 후계자, 그리고 사백이의 문제를 모두 함께 진행한다. 첫째 일청과 둘째 위명을 대리고 사백이를 찾으러 간다. 그 기간 중에 그들의 자질에 대한 검토가 함께 진행될 일."

"그 말씀은……."

"셋째 일군이는 남는다. 서장과의 문제를 그가 들고 왔으니 이 시점에서 자리를 비울 수도 없는 일. 내가 올 때까지 그가 구파일방과 그 문제에 대하여 논의를 진행한다. 백호대, 부대주!"

"하명하시옵소서!"

공적인 직함이 불러지자 영일천이 몸을 절도있게 꺾으며 경직된 음성으로 대답했다.

창문에 드리워진 문풍지에 어려 있던 붉은 황혼 빛이 의자에 파묻고 있었던 몸을 서서히 일으키는 검왕을 비추고 있었다.

"내 뜻을 전하고 떠날 준비를 하라. 시간은 오늘 뜬 달이 저 산 너머로 사라지기 전까지다!"

“존명!”

“나의 검이 녹슬지 않았음을, 내 몸에 흐르는 피가 느려지지 않았음을 나의 적에게 증명하리라!”

휘이이이잉—

두 주먹을 불끈 쥐고 눈에서 정광을 뻗으며 검왕이 부르짖었으니 그의 열정에 창을 두들기던 황혼이 귀를 기울였고, 그의 외침에 창밖에서 불고 있던 바람이 고개를 끄덕이고 있는 것 같았다.

그리고 몇 시진 뒤.

완전히 무르익은 어둠이 세상에 꿈의 가루를 뿌리고 자신의 성과를 흐뭇하게 지켜보고 있을 시각.

그 어둠을 비웃듯 질풍노도로 치달리는 세 마리의 말과 세 명의 사람이 정무단을 은밀히 벗어나고 있었다.


검왕이 그의 두 제자를 이끌고 덕익이 말한 남궁가로 향하고 있을 무렵.

잠이 든 정무단의 시간을 거역하고 있는 자가 있었으니, 어둠의 장막을 헤치며 하나의 발걸음이 지하뇌옥으로 향하고 있었다.

지하뇌옥이라 거창하게 이름하고는 있으나 내부 규율을 어긴 자에 대한 징벌방의 의미가 큰 참회동은 평소 경계가 그리 엄하지 않아 최소한의 인원만이 지키고 있는 것이 관례였다.

지금 역시 평소와 크게 다르지 않은 겉모습을 유지하고 있었으나 그 밑에 깔려 있는 긴장감은 예전과 비할 바가 아니었다.

정무단의 내총관인 백무열이 달도 기울기 시작한 이 늦은 시각까지도 정무단을 조금 벗어난 곳에 있던 자연동굴을 개조한 참회동을 서성이고 있는 것이 그 한 예라 할 수 있을 것이었다.

동굴 입구에 있는 횃불의 불꽃에 아른거리는 백무열의 얼굴이 어딘지 초췌해 보였다.

눈에 띄게 핼쑥해진 볼을 우물거리며 백무열이 횃불 양옆에 서 있는 무사들을 향해 이미 몇 번이나 했던 말을 다시 하기 위해 입을 열고 있었다.

"거듭 말하지만 단단히 방비하여야 하네. 무슨 일이라도 있으면 사단이 날 것이야!"

"걱정하지 마십시― 누구냐! 모습을 드러내라!"

반복되는 대답을 하다 말고 갑자기 무사들이 소리쳤다.

주위의 횃불이 미약해 보일 만큼 뜨거운 정광을 두 눈에서 번쩍이며 어둠 한 구석을 향해 검을 치켜드는 무사들의 모습에 백무열은 화들짝 놀라 몸을 웅크렸다.

"무, 무언가!"

"누군가 다가왔습니다. 물러나 계십시오!"

이미 주춤거리며 뒷걸음질치고 있는 백무열에게 짧은 일
갈을 던진 무사들의 주변 공기가 일렁거리고 있었다.

부스럭—

나뭇가지를 헤치며 하나의 인영이 서서히 걸어나오고 있
었다.

숲 속에서 나온 인영의 얼굴에 드리운 어둠이 만들어낸 음
영보다 빛이 만들어낸 명암이 커질 거리까지 이르자 무사들
이 뻗고 있던 검을 절도있는 모습으로 회수하고는 몸을 곧추
세우며 한 목소리로 말했다.

“셋째 공자를 뵈옵니다!”

“수고들이 많군.”

가벼운 웃음을 흘리며 나직이 인사를 받는 자, 검왕의 셋째
제자 정일군이었다.

차가운 동굴 벽 어귀까지 물러나 있던 백무열이 그제야 흐
트러졌던 자신의 모습을 서둘러 정리하며 의문의 목소리를
만들어냈다.

“셋, 셋째 공자께서 여긴 어인 일로…….”

“오늘은 내 총관이 참회동의 책임자라. 음, 거기다가 평소
의 수신위들이 아닌 정예 중의 정예 청룡단원들이라. 그리고
이곳저곳에 몸을 감추고 있는 인원들까지! 좋아, 이 정도면
경계는 완벽하군. 그럼 계속 수고들 하시게.”

자신의 질문에 대답하지 않고 딴청을 피우며 은근슬쩍 참

회동 안으로 들어가려 몸을 움직이는 정일군을 백무열이 황급히 가로막았다.

정일군은 물끄러미 백무열을 쳐다봤다.

그 깊은 눈빛에 백무열의 이마에는 땀방울이 송골송골 맺혀가고 있었으나 이 일까지 틀어지면 자신은 물러날 곳이 없다는 생각에 마음을 다잡고 떨어지지 않는 입을 억지로 열었다.

근래에 있던 많은 일들로 실로 벼랑 끝까지 내몰린 위기를 느끼고 있던 백무열이었던 것이다.

"안 됩니다. 아무리 셋째 공자라 하여도 이곳에는 단주님의 허락없이는 그 누구도 들지 말라는 엄명이 있었습니다. 죄송합니다. 이만 돌아가 주십시오."

"명색이 사부님의 제자인 내가 정무단 내에서 못 갈 곳이 있는가? 흐음, 더군다나 사부님의 명성에 흠을 내려 한 자를 제자 된 도리로 보러 온 것이 이상한 일이었던가?"

명분으로 치장된 논리정연한 말이 아니더라도 정일군의 눈에서 흐르는 음산한 기운에 백무열은 일순간 벙어리가 될 수밖에 없었다.

"하, 하오나―"

"자네 얼굴이 말이 아니군. 요즘 이런저런 실수로 위기감을 느끼나 보지? 아니면……."

정일군이 불쑥 얼굴을 백무열에게 들이밀며 그의 귀에 은밀히 속삭였다.

"아니면 오늘 있었던 일에서 보듯 자네가 밀던 둘째 사형이 후계자 구도에서 밀려나 자네까지 찬밥 신세가 될 것을 걱정하는 것인가. 혹시 그도 아니면 자네가 괄시하던 내 위상이 올라가는 것이 두려운 겐가? 이제야 나도 후계자 중 하나라는 것을 깨달았나 보지?"

"……!"

귓불이 후끈해질 정도로 뜨거운 숨결이 느껴졌으나 그 숨결을 파고든 말이 자신의 심장을 금방이라도 얼려서 멈춰 세울 것 같은 기분에 백무열은 몸을 부르르 떨 수밖에 없었다.

아무 일도 없었다는 듯 정일군은 여유롭게 굳어 있는 백무열을 스치듯 지나 참회동 안으로 걸음을 옮기고 있었다.

착!

아무런 말도 하지 않고 묵묵히 몸으로 자신을 막아서는 두 명의 청룡대원을 잠시 쳐다보던 정일군이 나직이, 그러나 분명한 뜻을 담고 입을 열었다.

"내총관!"

"…비, 비켜 드려라……."

"책임자가 그렇다더군. 수고들 하시게."

얼굴에 환한 미소를 띤 정일군이 가벼운 손짓으로 참회동의 문 역할을 하고 있던 청룡대원들을 밀치며 안으로 사라졌다.

백무열의 몸이 또 한 차례 떨리고 있었다.


통―

통―

음산한 공기가 제 갈 길을 잃고 천장에서 모였다가 이내 차가운 물방울이 되어 떨어지고 있었지만 참회동 내부는 뇌옥 치고는 비교적 깔끔한 모습을 유지하고 있었다.

뚜벅.

뚜벅.

규칙적인 걸음걸이로 긴 통로를 지나고 있는 정일군의 눈에 제 주인을 잃고 쓸쓸히 비어 있는 옥들이 보였다.

삼십여 개가 넘는 옥들로 구성된 참회동이었지만 낮에 실려 온 인물을 위하여 기존에 있던 모든 죄수들을 다른 장소로 이감시켜 놓은 상태였던 것이었다.

뚜벅!

마침내 바쁘게 움직이던 정일군의 두 다리가 멈춰졌으니 가장 깊은 곳에 자리 잡은 옥, 오늘 참회동을 홀로 차지하고 있는 인물이 있는 장소에 다다른 것이었다.

천만 번은 제련되었을 것 같은 쇠창살 너머, 돌로 된 침상에 비스듬히 기대어 자신을 바라보고 있는 인영의 눈빛이 어둠 속에서 야수의 눈동자같이 빛나고 있음을 느낄 수 있었다.

동굴 깊은 곳에서 웅크리고 있던 자가 말했다.

"더 이상 할 말은 없다. 검왕에게 모든 말을 주고 이제 나에게 아무것도 남아 있지 않으니."

이마에 하얀 붕대를 칭칭 얽어매고 있는 이, 덕익은 싸늘하게 말하고는 눈을 감았다.

아무런 말도 하지 않고 한참이나 그 모습을 바라보고 있던 정일군의 입 사이로 웃음이 새어 나왔다.

"크크큭. 이놈아, 오랜만에 만난 상전에게 말버릇이 그게 뭐냐."

"……!!"

기대어 있던 덕익의 몸이 튀어 오르듯 앞으로 달려나오더니 쇠창살을 두 손으로 부여잡고 거칠어진 숨결을 토해냈다.

"형, 형님! 둘째 형님이시구려! 하지만—"

저도 모르게 높아졌던 음성을 갑자기 내리며 덕익이 주위를 두리번거리며 은밀하게 말하자 정일군은 재미있다는 듯 빙그레 웃음을 지었다.

"걱정할 것 없다. 검왕이 단단히 말해놓았던 탓에 누구도 이곳까지 들어오지 않는다. 거기다가 내가 살짝 지키고 있던 자에게 겁을 주고 왔거든. 크크큭."

즐겁다는 것을 감추지 않는 정일군의 모습에 그제야 덕익은 안도의 한숨을 몰아쉬고는 이내 걸걸한 원래의 목소리로 말할 수 있었다.

"아이고, 형님. 이 얼마 만이오! 우도대왕 짓 해 처먹으며 지 혼자 온갖 재미는 다 보고, 나만 이렇게 매질 맞게 하는 넷째 놈 찾으러 첫째 형님과 우리 셋이 같이 초원을 나갔던 날 이후로 처음이구먼! 벌써 십 년은 넘은 것 같소!"

"그래, 오랜만이구나."

장문의 인사를 단문의 인사로 답하고 있었으나 덕익과 정일군의 얼굴에 떠오른 기쁨의 빛은 꼭 같아 보였다.

정일군!

그는 피부로는 정무단의 셋째 공자의 신분을 감싸고 있었으나 그 속에 흐르는 피는 덕익의 둘째 형님이라는 신분을 갖고 있는 자였으니, 지금 진시황릉에서 우도대왕을 하고 있는 용검운을 설득하기 위하여 초원으로 나갔던 세 명의 사람 중 하나가 바로 그였던 것이었다!

또옹—

천장에 맺혀 있던 물방울이 자신이 듣고 있는 음모의 무게를 이기지 못하고 끝내 바닥으로 떨어지고 있었다.

재회의 여운이 가시고 덕익이 조심스럽게 입을 달싹였다.

"그런데 형님. 아무리 지금 듣는 귀가 없다고 하더라도 이곳에 오는 걸 본 눈들은 있을 터인데 괜찮겠소?"

"걱정 말거라. 검왕은 떠났다. 남아 있던 그의 두 제자를 데리고. 크크큭. 네가 실로 잘해주었구나. 이제 정무단에 남아 있는 자들 중 직접적으로 나의 행보를 제지할 자는 아무도 없다."

"그것이 정말이요! 하하하핫. 모든 것이 첫째 형님의 계획대로구먼! 그리고 둘째 형님이 바친 이십 년의 시간이 오늘 밤 결실을 맺었구먼! 으하핫!"

비록 숨을 죽여 웃어야만 하는 것이 억울했지만 그래도 하지 않는다면 벅차오르는 희열에 가슴이 터질 것만 같다는 듯, 덕익은 어깨를 들썩거리며 연신 웃음을 터뜨려 냈다.

정일군의 입가에 세상을 비웃는 잔인하고도 진득한 웃음이 맺히고 있었다.

"벌써 이십 년이라……. 아비를 따라 들어간 궁궐에서 처음 뵌 주공은 어린 소년이셨다. 그러나 그 속에는 백 년을 살아온 누구라도 따라오지 못할 원대한 계획을 품고 계셨다. 이 썩어빠진 세상을 바꿀 대업에 나를 동참주신다고 하셨을 때 주공의 인생은 나의 인생이 되었다. 이십 년이 아니라 이백 년이라고 해도 억울할 건 없지!"

"둘째 형님!"

광기로 얼룩진 절대적인 맹신이 바람 한 점 없는 동굴 안에 휘몰아치고 있었다.

선비와 같이 차분했던 모습은 간데없고 귀신과 같이 이글거리는 눈빛으로 정일군이 중얼거렸다.

"자신의 유일한 핏줄인 진사백이 간데없이 사라졌으니 그 어찌 몸소 나서지 않을 수 있었을까! 그러나 이때에 내가 서장과의 문제를 들고 나왔으니 나는 반드시 정무단 안에 남겨

둘 것일 터! 거기다가 구파일방의 끈은 이제 나에게로 향해질 것이니! 크크크큭. 자신을 막을 것은 아무것도 없다고 생각하고 기세 좋게 나갔을 것이나 같은 칠천무신인 장왕도 죽고 귀성도 죽었다. 검성이라고 주군의 위대한 능력 앞에 예외일 소냐. 크크크. 그들은 결코 돌아올 수 없다. 이제 정무단은, 정파는 나를 통해 주군의 것이 되는 것이다!'

"크하하하핫! 형님! 대업의 끝이 가까워왔소. 크하하, 크하하하하—"

정파무림의 하늘 정무단.

그 외각진 구석, 산골짜기에 자리 잡고 있는 참회동.

지금 그곳은 세상이 알지 못하던 비밀이 그 껍질을 깨고 마침내 태동의 날갯짓을 시작하고 있었다.


두루루루루—

전신은 기름을 칠한 것처럼 윤기로 반들거리고, 반짝이는 갈퀴가 쭉 뻗어 휘날리며 갈라진 근육들이 물결처럼 요동치고 불끈 튀어나와 있는 대퇴부는 무쇠같이 단단해 보이기까지 했다.

이런 명마들이 하나도 아니고 넷씩이나 이끌고 있는 사두마차가 정무단 정문을 질풍처럼 나서고 있었다.

작은 방과 같이 넓은 마차 안에는 두 명의 사내가 있었는데 한 명은 기대면 온몸이 빨려 들어갈 듯 푹신해 보이는 비단

이불에 몸을 누이고 있었고, 다른 하나는 그 옆에서 연신 헤픈 웃음을 흘리고 있었다.

두 손은 가지런히 모으고 입은 길쭉하게 찢어 웃음을 만들고 있던 자가 불쑥 입을 열었다.

"헤헤헤. 나으리, 이번 무림 행차는 어떠하셨는지요. 재미있으셨습니까?"

"재미? 풰ㅡ 뭐, 재미라고 할 거 있나. 의례적인 일인데 뭐. 풰풰ㅡ"

누워서 탐스러운 포도 알을 입에 넣고 다시 씨를 내뱉고 있는 이, 검왕의 팔순연 참석을 마치고 돌아가는 광록대부 문일성이었다.

아첨을 몸에 새긴 자와 그것을 받는 것을 몸에 익힌 자의 대화는 계속되었다.

"헤헤, 그래도 참 대단한 것 같습니다."

"뭐가?"

"아니, 그 왜 있지 않습니까. 간의대부(諫議大夫)의 자제 분이신ㅡ"

"아, 정일군. 풰! 그게 왜?"

뜬금없는 소리에 의아해하며 반문하는 문일성을 보며 사내는 침을 튀기며 열변을 토해냈다.

"소문에 듣자 하니 이번 팔순연이 완전히 그의 독무대였다고 하던뎁쇼. 일간에서는 검왕의 팔순연이 아니라 그의 무림

출도연과 같았다고도 하지 몹니까. 헤헤헤. 뭐, 우리로서는
나쁘지 않은 일 아닙니까."

"하긴. 무림에서 그의 지위가 올라가는 것이 조정으로서는
나쁠 건 없지. 지금은 어떻게 꽃을 피웠던 간에 뿌리는 조정
에서부터 출발한 자이니."

긍정의 말과는 달리 문일성은 별 관심 없다는 듯 손사래를
휘휘 치며 다시 탱글탱글한 포도를 골라 잠시 살펴보다가 쏙
입에 넣고 우물우물거렸다.

그러나 느긋한 문일성과는 달리 사내는 가속이 붙은 말처
럼 더욱 언변에 박차를 가하고 있었다.

"하— 제 평생 그렇게 당당한 모습은 처음 보았습니다. 거
기다가 하늘을 획획 날아다니며 달빛 아래서 추던 검무란! 헤
헤헤. 사내인 제가 봐도 오금이 다 저리더라굽쇼. 헤헤헤헤."

"하긴, 나도 좀 놀라긴 했었지. 퉤퉤. 그 나약했던 사내
가……. 허허허, 그것참."

"네? 나약했다굽쇼? 누가요? 앗!"

무슨 말을 하는지 도저히 모르겠다는 듯 둥그렇게 눈을 뜨
고 물어오는 사내의 모습에 문일성이 입술을 동글게 말아 씨
를 퉤하고 내뱉었다.

탁—

"아얏! 아이쿠, 나 죽네!"

이마를 짚고 엄살을 부리는 사내를 보고 깔깔거리던 문일

성이 다시 입에 탐스러운 포도 하나를 쏙 집어넣고 우물거리며 볼멘소리로 말했다.

"이놈아! 누구긴 누구야. 그 정일군이지!"

"설마! 예잇, 안 믿습니다요. 말도 안 됩니다."

"허허, 이놈 보게요. 그러니까 한 이십 년 됐겠구나. 정무단으로 조정의 고위대관 자제들이 파견된다고 했을 때 처음에는 모두들 안절부절못했지. 과연 대관들 중 누가 있어 무뢰배 소굴과 다름없는 무림이란 곳에 지 자식을 보내려 하겠느냐."

"하긴, 그도 그렇지요."

모로 누운 채 반쯤 몸을 일으키고 있던 문일성이 벌떡 일어나 자세를 고쳐 앉으며 말을 이어나갔다.

"그런데 웬걸. 당시 대홍로(大鴻攎)였던 정천수 대감의 아들인 정일군이 선뜻 자신이 꼭 가고 싶다고 나서는 것이 아니냐! 모두들 의아함을 금치 못했지. 정일군은 벼슬에도 관심이 없고 매사에 의욕이 없어 정천수 대감의 걱정거리라는 것을 알 만한 사람은 다 알고 있었거든."

"헤헤헤. 뭐, 이런저런 사람 있는 법입죠. 헤헤."

"모든 이들도 너 같은 반응이었지만 아무래도 좋았지. 말 바꾸기 전에 만장일치로 그를 정무단으로 파견했고, 정무단에서도 감히 조정의 실세인 정천수 대감의 자식을 함부로 할 수 없어 검왕의 제자로 삼을 수밖에 없었고. 그로부터 이십 년, 허울뿐인 빛 좋은 개살구인 줄 알았는데 제법 잘 버티고 있긴 한 모양이더구나."

말을 마친 문일성은 자신의 허리를 툭툭 치더니 비단 이불을 두툼하게 말아 그 옆에 비스듬히 기대어 누웠다.

웃는 얼굴밖에 지을 줄 모르는 것 같은 사내가 다시 입을 열었다.

"헤헤. 상식을 벗어난 성격이 마치 지금의 둘째 황녀님과 같군요."

"둘째 황녀님? 하긴, 그러고 보니 다소곳함과는 거리가 멀고 매번 밖으로만 나도시는 황녀님도 특이하시긴 하지."

"소문에 듣자하니 황녀님도 대단한 무공 고수시라면서요? 헤헤헤."

"아, 황녀님이 하도 졸라대서 그 성화에 못 이긴 황상께서 특별히 무림고수를 초빙했고 잠시 동안 무공을 전수받았다는 얘기를 내 듣긴 들었었다."

풍문에 들었으나 모두 남의 얘기들이니 한 귀로 들어와 한 귀로 나갔던 기억들을 끄집어내던 문일성이 고개를 갸우뚱거렸다.

"헤헤. 어르신, 왜 그러십니까?"

"덕익……. 덕익. 음, 분명 어디선가. 에잇."

머리가 복잡해진 문일성이 만사가 귀찮다는 듯 몸을 빙글 돌려 비단 이불에 얼굴을 묻었지만 사내는 한시라도 가만있지 못하겠다는 듯 또다시 침을 튀겨댔다.

"헤헤헤. 하여간 무공을 익히신 황녀님이라… 참 근사하군요."

"쯧쯧, 근사하긴. 작년에 첫째 황자님께서 갑자기 지병으로 돌아가시고 이제 남은 황손 직계 핏줄은 단 둘밖에 남지 않았는데 황녀님께서는 아직도 서에서 번쩍 동에서 번쩍하니 황상께서 얼마나 속상해하시는데. 어려서부터 황궁보다 밖에 나가 있는 걸 그리도 좋아하시더니. 쯧쯧."

모르는 소리 말라는 듯 혀를 차는 문일성을 보며 입 안의 혀를 분주하게 놀리던 사내는 놀라 두 눈을 똥그랗게 치켜떴다.

"어려서부터요? 아니, 금지옥엽이신 황녀님게서 어려서 어딜 돌아다니셨단 말입니까? 황상께서 윤허하시지 않으셨을 텐데요?"

"어디긴 어디냐, 이놈아! 황상의 배다른 아우 되시는 대정왕의 궐이지. 숙부를 찾아간다는데 누가 말릴까!"

답답하다는 듯 버럭 소리치는 문일성의 말에 의문에 가득 차 있던 사내의 얼굴이 환히 밝혀졌다.

마당극의 취발이마냥 사내는 그제야 기억난다는 듯 과장스럽게 제 이마를 탁탁 치고는 환히 웃으며 말했다.

"헤헤헤, 그렇군요. 황녀님께서는 나이 차이도 얼마 나지 않는 숙부이신 대정왕님을 유난히 따르기로 유명했지요. 아참, 그러고 보니 대정궁이 예전엔 진시황제께서 잠시 머무르던 곳이라면서요?"

"진시황제야 워낙 전설 같은 분이시니 이런저런 뜬소문이 좀 많아야지. 나도 모르겠다. 시끄럽다. 이놈아, 잠 좀 자자! 원, 정일군 얘기에서 어쩌다 이런 얘기까지……. 맞다!"

평생을 매달려 왔던 문제를 한순간에 해결한 학자마냥 갑자기 자리를 박차고 벌떡 일어나 환희에 가득 차 부르짖는 문일성의 모습에 사내의 눈이 화등잔만 해졌다.

"어, 어르신 왜 그러—"

"맞아! 틀림없어. 젊은 시절 정일군이 어울리던 패거리들 중 하나의 이름이 덕익이라 했지! 틀림없어. 최치원의 후손이라는 소문이 있어 내 기억하고 있었거늘. 쯧쯧. 어찌 그 이름을 생각해 내지 못했을꼬."

"덕익? 최치원? 그게 다 뭡니까?"

득도한 승려처럼 깨달음의 웃음을 짓고 있던 문일성이 어리둥절해하는 사내를 내려다보며 혀를 내찼다.

"으이구, 무식한 놈아. 아무리 돈으로 산 관직이라고는 하나 명색이 나라 녹을 먹는 관인인데 공부 좀 해라, 공부 좀! 쯧쯧. 최치원이 누군가 하면, 그는 지금까지 명문 중의 명문으로 전해지는 격황소서(檄黃巢書)를 쓴 인물이다."

"격황소서요? 헤헤헤. 그건 또 뭡니까?"

부끄러움이란 단어는 들어본 적 없다는 듯 넉살 좋게 물어

오는 사내의 모습에 문일성은 타박하는 것 자체를 포기했다
는 듯 머리를 흔들며 자리에 앉아 설명하기 시작했다.

"광명 이 년에 황소라는 역적이 난을 일으킨 적이 있었는
데, 이때 최치원이 그를 치기 전에 쓴 격문이 격황소서다. 그
럼 최치원은 누구냐. 그로 말할 것 같으면 당시 황상이었던
당희종께서 친히 자금어대를 하사할 정도로 뛰어난 문장가였
지."

"예이, 먹물 좀 먹었다고 한다고 하는 것들이 한둘입니까.
저도 들어본 이태백이니 하는 자들이 역사엔 수두룩한뎁쇼.
그걸 뭐에 쓸라고 어찌 다 기억합니까."

글이라는 말에 벌써부터 머리가 지끈거린다는 표정을 한
사내가 설레 손사래를 치며 투덜거리자 문일성은 답답하다는
듯 제 가슴을 탁탁 두들긴 뒤 펄쩍 뛰며 외쳤다.

"최치원은 중원인이 아니란 말이다! 그는 저 이방의 미개
나라, 해동. 그 어디냐, 아, 신라! 그곳 사람이지."

"예! 그게 정말입니까? 변두리 이민족이 중원에서 벼슬을
하고 황상께 신임까지 받았다는 말이!"

이제야 호기심이 동하는지 두 눈에 힘을 불끈 주고 상체를
바짝 들이미는 사내를 밀치며 문일성이 버럭 소리를 내질렀
다.

"그러니까 내 기억한다는 거지! 출신이 비천한데 그런 대
우를 받았으니 그 놀라운 능력이 불을 보듯 한 것 아니냐, 이

놈아! 가만, 그러고 보니 덕익이란 자가 행한 기이한 무공, 거 뭐랬더라…… 택견? 각, 각저? 혹시 그 무공도 그럼 해동의…….”

“헤헤. 또 무얼 생각하십니까?”

“으이구! 됐다, 됐어!”

입가를 씰쭉거리며 웃고 있는 사내의 얼굴을 본 문위명은 징그럽다는 표정을 지으며 이불을 확 머리끝까지 뒤집어쓰고 몸을 돌려 누웠다.

진실은 언제나 의외의 곳에서 들어나나 그것이 진실인지는 쉽게 알 수 없었으며, 언제나 한 겹 장막에 싸여 있는 법.

마치 잠시 드러난 진실이 덧없이 흐려지는 것처럼 쾌도난마의 사두마차도 먼지를 일으켜 세상 풍경이 보이지 않도록 덮어버리며 질주하고 있었다.

무성(武星)

인간이 본질적으로 다른 인간에게 위험하다는 말과 인간은 근원 자체가 사악하다는 성악설(性惡說)은 모두 하나에서 기인하는 것일 것이다.

자기중심적본능.

사회적 통념상 지탄의 대상이 되어 마땅하다 여길 수도 있으나 자신의 마음에는 그것이 없다고 자신할 수 있는가.

죄 없는 자여 돌을 던지라.


음악은 기쁨을 더욱 기쁘게 하고 슬픔을 잠재우며 갖가지 병을 쫓고 모든 고통을 진정시킨다 하였으니 그 음악이 백 년도 살지 못하는 인간도 아닌 천만 년을 살아온 자연이 부르는 노래라면 오죽할까.

바람도 없고 어둠에서만 우는 찌르라미 지저귀는 소리도 없었으나 연인들의 밀어와 같은 은은한 달빛은 있었으니 그리운 님의 얼굴처럼 하늘에 둥글게 뜬 달이 도도하게 빛의 노래를 부르고 있는 밤이었다.

그 환한 달빛에 끝도 없이 널따란 장원이 모습을 드러내고 있었다.

남궁가.

비록 그 전통과 세력이 구파일방에는 미치지 못한다 하나 세인들의 입에서는 같은 선상에서 거론되는 무림 명문 가문의 이름이었다.

남궁, 그 피로 맺어진 사슬을 기반으로 무림의 거센 폭풍 속에서도 수백 년간 굳건하게 서 있던 남궁가였으나 가지 많은 나무에 바람 잘날 없다는 이치만큼은 이곳에도 통용되고 있는 것과 같이 보였다.

검왕이 정무단을 나설 때 하늘을 밝히고 있던 달이 수줍게 해와 자리를 바꾸기를 세 번 지나 다시 배시시 떠오른 어느 날 밤.

남궁가 내의 불빛은 보름달 빛을 거부할 정도로 환하게 켜져 있었던 것이었다.

밤이 드리운 정막의 장막을 뚫고 둔탁한 소리가 울려 퍼지고 있었다.

쿵쿵쿵쿵—

무(武) 못지않게 예(禮)를 중시하는 남궁가 내에서 찾아보기 힘든 경망스러운 발걸음이었으니, 평소였다면 누군가 나서 한바탕 호통을 쳤어도 지나치지 않을 터였다.

그러나 참나무로 된 마루가 쿵쾅거리도록 움직이고 있는 자를 막아서는 이는 아무도 없었으니 호통은커녕 황급히 고개를 조아리며 옆으로 비켜서기를 서두르고 있었다.

그 경망된 걸음의 주인 된 자가 남궁가 최고 배분의 소유자 남궁진산이었기 때문이다.

드르르륵—!

거침없이 문을 열어젖힌 남궁진산의 눈에 뿌연 물안개가 끼고 있었다.

그러나 남궁진산은 눈앞에 보이는 광경이 그 안개에 흐릿해져 신기루처럼 사라지기라도 할 듯이 이내 다급하게 소매로 눈가를 훔치고는 몸을 날려 침상 곁으로 다가갔다.

침상을 둘러쌓고 있던 네댓의 사람들이 황급히 두 손을 모은 채 옆으로 물러났다.

남궁진산은 침상가에 업어지듯 기대어 떨리는 목소리로 중얼거렸다.

"대, 대수야. 남궁대수, 나의 손자야. 네가 드디어 돌아왔구나!"

칠십이 넘은 나이와 태상장로라는 자신의 신분도 모두 벗어던지고 감정의 축축한 물기가 묻어 있는 음성을 토해내는 남궁진산의 모습에 주위가 잠시 숙연해졌다.

서로 사랑하는 마음이 만나면 그 순수한 기쁨은 얼마나 거룩한 아름다움인가.

그러나 모든 일에는 때와 장소가 있는 법이라고 생각하는지, 유독 당혹스러운 표정을 짓고 있던 한 사내가 조심스럽게 남궁진산의 곁으로 걸음을 떼었다.

친할수록 조심하라는 말도 있었으니 남궁가를 지탱하고 있는 혈연이라는 관계는 더없이 든든한 끈이 될 수 있으나 잘못하면 방종을 불러올 수도 있는 양날의 검과도 같음을 남궁천은 잘 알고 있었던 것이다.

"아버님—"

"왜 이러는 것이냐. 우리 대수가 왜 정신을 차리지 못하고 있는 것이냔 말이다!"

체통을 모두 벗어던진 남궁진산의 모습에 남궁가의 현 가주인 남궁천이 자신의 아버지를 만류하기 위하여 다가갔지만, 오히려 남궁대수가 정신을 잃고 있는 것을 보고 높아진 그의 말 앞에 쓴웃음을 지으며 뒤로 물러날 수밖에 없었다.

차가운 머리로 어쩔 수 없는 뜨거운 가슴이 그곳에 있었기 때문이었다.

남궁가의 전속 의원, 백색 장포를 걸치고 옆에 서 있는 노인에게 남궁천이 가볍게 고갯짓을 해 보이자 백색 장포의 노인이 한 발 앞으로 나서며 조심스럽게 입을 열었다.

"공자님은 지금 탈진과 탈수, 그리고 약간의 내상이 겹쳐 혼절해 있는 상태입니다. 그 외에는 특별한 상처는 없으니 잘 조양하면 조만간 자리를 털고 일어나실 것입니다. 그러니 그만—"

"시끄럽다. 모두 물러나거라! 내 대수가 눈을 뜨는 것을 보기 전에는 한 발자국도 움직이지 아니할 것이야!"

의원의 말에 짐짓 안도의 한숨을 내쉬었으나 그래도 걱정의 먹구름이 티끌도 없이 맑게 개이기 전까지는 뜻을 굽히지 않겠다는 단호한 남궁진산이었다.

어느새 남궁진산의 빛을 발하는 손이 남궁대수의 단전 어름으로 향하고 있는 것을 본 남궁천은 어색한 웃음을 입가에 매달고 고갯짓으로 일행을 물리며 자신도 방 밖으로 슬그머니 나올 수밖에 없었다.

탁—!

문이 닫히는 소리와 함께 남궁천의 입에서도 안도의 한숨이 흘러나왔다.

"하—"

"가주, 근심으로 막혔던 제 마음도 뻥 뚫린 것 같습니다."

자신을 보며 빙그레 웃음을 건네는 자들을 바라보며 남궁천이 마주 웃음을 지어주었으니, 남궁진산에게는 소중한 손자였으나 자신에게는 아들이었다.

아비 된 자로서 행방이 묘연하던 아들이 돌아왔는데 어찌 기쁘지 않을 수 있을까.

아침부터 한낮까지, 한낮에서 밤이슬 맺히는 새벽까지, 그리고 다시 이슬지는 아침까지.

남궁천이 하루 중 사라진 대수에 대한 근심을 마음에 담고 있던 시간들이었다.

그러나 남궁 혈족의 수장인 자신의 위치상 체통을 팽개치고 남궁진산처럼 마음껏 가슴속을 드러낼 수만은 없어 가까스로 참고 있었던 것이었다.

아직도 꿈결마냥 어지러운 정신을 애써 수습하면서 남궁천이 입을 열었다.

"같이 온 청년은?"

"네. 우선 말하신 대로 별실로 안내해 두었습니다."

"음, 잘했군."

"요즘 부쩍 별실에 손님이 많아지는군요. 엊그제도 태상장로님의 손님이라며 웬 범상치 않아 보이는 노인 한 분이 찾아오시더니, 이거 아무래도 남궁가가 더욱 번창해질 징조이지 싶습니다."

남궁천의 말을 받고 있는 자는 평소 근엄하기로 소문나 있을뿐더러 일족의 규율을 지탱하는 자리에 있는 남궁월이었으니, 지금 그가 농을 건네고 있다는 사실 하나만으로 남궁대수의 무사 귀환이 가져다주는 기쁨의 크기를 능히 짐작할 수 있었다.

어느덧 조금씩 웃음이 가시고 있는 남궁천의 얼굴을 주시하며 남궁천도 덩달아 나직해진 음성으로 입을 열었다.

"지금 가보시렵니까?"

"음……. 아닐세. 잠시 뒤 아버님이 나오시면 모시고 같이 가도록 하지. 누구보다 그분이 먼저 듣고 싶어하실 것이야."

잠시 복도를 서성이던 남궁천이 용문양이 고풍스럽게 조각되어 있는 난간 끝을 움켜잡았다.

남궁대수의 실종과 복귀.

그에 대한 기쁨을 만끽했으니 이번엔 분노를 표출할 차례였던 것이었다.

"감히 어떤 놈들인지는 모르겠으나 남궁가를 건드린 대가는 톡톡히 치러야 할 것이야. 세상 누구도 두 번 다시 남궁가에게 이런 일을 할 엄두도 내지 못하게 해주리."

남궁가의 혈족을 건드린 값.

그것은 똑같은 피로 계산될 수밖에 없었으니 이것이 남궁가의 율법이오, 무림의 질서였다.

두드드득—

남궁천의 손에 쥐여져 있던 용머리 난간이 그 태초의 모습인 나무 파편으로 부스러져 자연으로 돌아가고 있었다.

같은 시각.

남궁가의 별실 근처이자 남궁진산이 은거하는 장소인 죽림(竹林) 안.

파라라라―

밤바람이 연주하고 대나무 숲이 악기가 되어 울려 퍼지는 노래를 하늘에 둥그렇게 떠 있는 달이 지켜보고 있는 이 밤.

밤의 은막 사이를 거닐며 자연이 만들어내는 음악과 함께 풍류를 즐기고 있는 한 노인이 있었다.

바람결에 휘날리는 백발과 반쯤 감은 두 눈, 그리고 구부정하게 굽은 허리에 얼굴 가득 메운 세월의 흔적인 주름.

마주치면 잔잔한 웃음을 지으며 포근한 인상이라 할 것이나 돌아서면 기억이 가물가물할 그런 평범한 인상의 노인이었다.

대나무 숲 사이를 여유작작하게 흐르던 노인의 발걸음이 시나브로 느려지기 시작했다.

들려오는 자연의 노래에 자신의 목소리를 덧붙여 조율하는 듯 너무도 온화한 목소리로 노인이 입을 열었다.

"누시오. 이 늙은이는 수상한 사람이 아니라오. 남궁가 태상장로의 초청을 받아 별실에 머물고 있던 중 창문을 두들기는 고운 달빛에 이끌려 잠시 숲을 노닐고 있었을 뿐이라오. 곧 처소로 돌아가리다."

"그러실 필요 없습니다. 저 또한 객에 불과하니까요."

물음을 기다렸다는 듯 지체없이 대답이 날아들었다.

노인이 천천히 고개를 돌렸고, 조금 떨어진 어둠 속에 그림자처럼 서 있는 단정한 사내를 보고는 곧 너털웃음을 터뜨렸다.

"아하, 나와 같은 늙은이만 밤에 취하는 줄 알았는데 당신 같은 젊은이도 그 취기를 이기지 못하고 밖으로 나왔나 보군. 허허. 하긴, 깨기에는 너무도 달콤한 달빛이지."

"아닙니다."

"음?"

"저를 이곳으로 이끈 것은, 제가 취한 것은 달빛 따위가 아닙니다."

세월이 가져간 젊음 때문에 비록 볼품없는 모습이었으나 세월이 가져다준 지혜에 연륜 깊은 말을 하고 있던 노인은 낯선 청년의 당돌하다 싶은 말에 미간을 가볍게 찡그렸다.

그러나 이내 원래의 온화한 신색을 되찾고 다시 입을 열었다.

"달빛 따위라……. 나 정도 나이쯤 되면 따위라는 표현은 쓰지 못하게 되지. 세상 모든 것에는 그 가치가 있거든. 허허. 하여간 좋은 산책하고 들어가도록 하시게나."

"그 또한 아닙니다."

자신의 할 말을 마치고 더 이상 볼일 없다는 모습으로 걸음을 떼던 노인이 다시 우뚝 멈춰 섰다.

운치를 나눌 상대가 아님은 진작 알아봤으니 자신의 운치나 깨지 않았으면 좋으련만, 불청객이 달리 청하지도 않았는데 찾아온 반갑지 않은 손님일까.

자연에 취했던 몽롱한 정신이 인간에 의해 깨져서 기분이 상했는지 이번에는 조금 쌀쌀해진 목소리로 노인이 입을 열었다.

"뭐가 아니라는 거지?"

"당신도……."

그림자와 같이 어둠 속에 서 있던 청년이 서서히 노인의 곁으로 다가오기 시작했다.

그리고 서로가 서로의 얼굴색을 확인할 수 있는, 서로가 서로의 숨결을 느낄 수 있는 거리에 이르러 청년이 노인에게 말했다.

"당신도 달빛 따위를 즐기는 인간이 아니라는 거지요. 아마도 산책이 아니라 좀이 쑤셔 견딜 수 없이 끓어오르는 영혼을 달래러 나온 것이겠지요. 안 그렇습니까, 무성 어르신?"

"……!"

척!

신형을 날리는 바람 소리도 없었건만 사내의 정수리 끝에 노인의 오른손이 살포시 얹어져 있었다.

노인은 오 척 단구의 작은 키였지만 마치 보이지 않는 계단이 있어 그것을 밟고 있는 것처럼 한 손을 남의 머리 위에 올려놓은 상태가 조금도 어색해 보이지 않는 모습으로 허공에 머물러 있었다.

마음씨 좋은 이웃 할아비 같던 음성이 순식간에 까마귀 울부짖는 소리로 돌변했다.

"케케케케. 네놈은 누구냐? 이곳, 남궁가의 놈이 아니구나!"

노인, 무성은 음산함이 뚝뚝 흐르고 있는 음성을 입으로 말하면서도 사내의 정수리 위를 움켜잡고 있던 손가락에 가볍게 힘을 가하는 것을 잊지 않고 있었다.

무성의 무정한 손끝이 사내의 머리카락 숲을 지나 두피를 파고들려 하고 있었지만 사내는 아무것도 느끼지 못하기라도 하는지 여유롭게 있다가 갑자기 생각났다는 듯 한마디를 툭 내던졌다.

"하하. 내기라도 할까요? 그 좋아하시는 내기 말입니다. 제가 누군지 당신이 맞출 수 있는가 없는가 하는 건 내기로 어떨까요? 저는 당신이 제가 누군지 맞출 수 있다는 것에 걸겠습니다."

모시나비의 하얀 날개에 핏빛으로 찍혀 있는 붉은 점과도 같이 사내의 대수롭지 않다는 말속에 얼룩져 있는 음모를 읽어낸 무성의 몸이 딱딱하게 굳어졌다.

내기라는 말에 잠시 주춤하던 무성은 와락 얼굴을 일그러뜨리며 음산함에 살기까지 더해진 목소리로 중얼거렸다.

"내기? 케케케. 어디서 들었는지는 모르나, 감히 네놈이 본 좌를 능멸하려 드는 것이냐. 그따위 어쭙잖은 짓으로—"

"크크. 여전하시군요. 이 내기는 없었던 것으로 하지요. 그럼 이건 어떻겠습니까. 당신이 일각 안에 절 죽일 수 있을까 없을까 하는 내기는요."

"이, 이, 이놈이!"

분노로 말을 더듬었지만 무성은 끝내 움켜쥔 손을 좁히지 않고 있었으니, 자신의 정체를 알고 있는 것도 놀라웠지만 그럼에도 두려워하는 기색이 없는 청년에 대한 의문이 그를 죽이지 못하게 하고 있었던 것이었다.

혼란의 늪에 빠져 있는 것이 역력한 그 모습이 재미있었는지 청년은 호탕한 웃음을 흘리며 말했다.

"하하하. 제 머리 위에 있는 그 손 좀 치워주시지요. 한 이십 년 만에 만났는데 눈은 마주치고 얘기해야 할 것 아닙니까?"

"……!"

서로 구면(舊面)이라는 청년의 말에 놀란 무성은 잡고 있던 손을 치우고 천천히 뒤로 두 걸음 떨어져 불청객을 유심히 살펴보기 시작했다.

이제 서른이나 되었을까.

얇으나 길쭉하게 뻗은 눈썹과 잔잔하게 가라앉아 있는 눈매, 그리고 폭은 좁으나 낮지 않은 콧날과 석류를 방금 베어

물고 나온 듯 붉은 입술. 이와 같은 이목구비를 하얗고 갸름한 얼굴에 담고 있었으며 그 몸 또한 하늘거리는 것이 가녀린 여인네와도 같아 보였다.

말은 담대했으나 모습은 유약했으며, 사내이나 여인처럼 아름다운 것이 마치 백면서생과도 같았다.

본 듯했으나 기억이 나지 않아서 힘들어하던 무성은 이십 년 전이라는 청년의 말을 떠올렸으니 그 시절의 자신은 세상에 있지 않았다는 것을 떠올릴 수 있었다.

그렇게 의문으로 점철된 눈으로 청년을 한참이나 지켜보던 무성이 살기를 눈에 덧칠하며 입을 열었다.

"이십 년이라. 케케케. 제법 입심이 있는 놈인 줄 알았는데 어쭙잖은 거짓을 만들어내는 입이였군. 네놈은—"

"아, 정확히는 이십일 년이 되었군요. 그해 겨울, 초모랑마봉(珠穆郎瑪峰)은 유난히도 추웠지요. 하긴, 세상에서 가장 높고 외딴 곳이 그곳이었으니까요. 그날 휘날리던 눈꽃 참 아름다웠는데……. 마치 더럽혀진 세상을 아름다움으로 덮어버리려고 하듯이……. 그 눈꽃, 아직 기억하십니까?"

사내는 지금 그날의 눈꽃을 보고 있는 듯 몽롱한 눈빛으로 중얼거렸으나, 무성은 지금 그날의 충격을 다시 느끼고 있는 듯 두 눈이 찢어질 듯 부릅뜨고 있었다.

"……! 네, 네, 네놈은!!"

칠천무신의 일인, 무성.

　모래와 같이 많은 인간이 존재하는 세상에서 가장 강한 일
곱 중 하나라고 칭송받는 그의 머릿속을 백지장처럼 하얗게
지우고 말까지 더듬거리게 하고 있는 청년.
　그는 남궁대수를 업고 남궁가에 입성한 위해원이었다.
　저 높은 하늘에서 이 낮은 지상까지의 여행이 힘들었던지
잠시 쉬어가기라도 할 듯 푸른 대나무 잎에 살며시 내려앉은
달빛이 물결처럼 출렁거리고 있는 곳.
　그곳에서 위해원과 무성, 이 둘은 서로를 마주 보고 서 있
었다.
　꼭 같은 모습으로 서로를 마주 보고 있었으나 그들이 시선
에 담아 서로에게 보내고 있는 감정은 결코 같지 않아 보였
다.
　격정과 분노, 놀라움과 증오.
　인간의 감정 중 뾰족한 모든 것이 위해원을 바라보는 무성
의 눈에서 교차되었으나 그것은 점점 날이 죽어 마지막에는
진한 회한만이 무성의 눈에 남아 있었다.
　화공이 기술은 흠뻑 담았으나 감정은 녹이지 않고 그린 그
림과도 같은 위해원의 눈은 아무런 색깔도 없이 그저 무채색
의 무심함만이 넘실거리고 있었던 것이었다.
　어딘지 쓸쓸한 눈으로 밤하늘을 올려다보며 무성은 탄식
을 제 가슴에 아로새기고 있었다.
　“하― 그 시절 홍안의 어린 소년이 이제는 청년의 되어 내

눈앞에 나타났으니 그 시간 동안 세월의 발톱은 또 얼마나 나를 훑고 지나갔을꼬……."

번번이 무성의 말을 받아치던 위해원도 이번만큼은 아무 말도 하지 않고 묵묵히 밤하늘을 바라보고 있을 뿐이었다.

그렇게 별이 깊어질 무렵, 무성의 입이 지난 세월을 고즈넉하게 추억을 노래하기 시작하였다.

"이십일 년이라. 벌써 그렇게 되었나……. 그래, 그날은 뼛속까지 시리도록 유난히 차가운 바람이 눈꽃을 몰고 다니던 날이었지. 그러나 그 추위 속에서도 나는 가슴 벅찬 감정에 온몸이 따듯했다. 사계절 중 겨울만이 존재하는 곳, 그곳이 초모랑마봉이었다. 당연히 사람 본 기억이 까마득할 수밖에 없었지. 그러던 내 눈앞에 동그란 눈을 깜빡이는 소년이 나타났으니……."

그날로 되돌아간 무성의 입가에 작은 웃음이 어려 있었으나 그것은 이내 거칠게 구겨지고 사납게 찢겨 사라지고 말았다.

동짓달 질풍에 놀아나는 파도보다 거칠어지고, 벼랑에 붙어 있는 바위보다 딱딱하게 굳어져 버린 무성은 이젠 비탄을 노래하기 시작했다.

"그때 알았어야 했어! 어떻게 그런 곳에 소년이 나타날 수 있겠냐는 것을! 그러나, 그러나 그것을 생각하기에는 나는 너무 외로웠고 너는 너무 어렸다. 그렇게 십 일. 그리고 너는 짧은 한마디를 남기고 다시 사라졌지. 눈꽃과 함께 나타났던 것처럼 눈꽃과 함께."

여전히 조용조용한 음성이었으나 그곳에는 뜨거운 광기가 눈보라처럼 몰아치고 있었다.

저 먼 하늘 밤의 별들에서 눈앞에 있는 무의 별, 무성에게로 시선을 내리며 위해원도 입을 다시 열었다.

"아까 제가 말했었지요. 저를 이곳으로 이끈 것은, 제가 취한 것은 달빛 따위가 아니라고요. 오늘 저를 이곳으로 이끈 것은 당신입니다. 제가 취한 것은 저의 운명이지요. 그 옛날, 이십일 년 전 그날처럼."

"그날처럼……. 크크. 역시 의도적인 것이었나. 그 어린 나이에? 크크크. 케케케케. 대단하군, 대단해! 네놈이 남기고 떠나간 한마디! 내기를 하지 않겠소? 당신이 초모랑마봉 안에서 내기에 진다는 것에 걸겠소! 그래, 이거였지. 그때는 몰랐다, 그 의미를. 한참을 지난 뒤 알았지. 케케, 케케케케케!"

분명 미친 사람이 되어 배를 잡고 깔깔거리고 있었으나 무성의 얼굴에는 웃음기는 조금도 찾아볼 수 없었다.

그 기묘한 모습에 세상도 숨죽이며 침묵하고 있는 것처럼 보였다.

죽어 있는 것과 같이 적막한 어둠 속에서 홀로 어깨를 들썩이다가 갑자기 한순간 씻은 듯 웃음을 멈춘 무성이 위해원을 똑바로 주시하며 물었다.

"그렇군. 우연인지 알았는데 모든 것이 계획되었던 거야. 남궁진광! 그놈을 나에게 보낸 것이 네놈이었나! 나는 그와의 내기에서 졌다. 그리고 자동적으로 네놈과의 내기에서도 진 것이 되었지. 제발 대답해 다오. 이미 알고 있으나 네놈 입에서 듣지 않고는 참을 수가 없구나. 진정 네놈이 꾸민 일이란 말이냐."

"간단한 일이었습니다. 남궁가를 위험에 빠뜨릴 정도의 것을 살며시 보여준 뒤 그저 당신이 있는 곳과 당신을 엮을 방법을 말해주기만 했으니."

간절함이 그득한 무성의 말에 의외로 위해원은 망설이는 기색없이 선선히 대답을 해주었다.

무성의 눈에 더럽혀진 분노가 아닌 투명한 놀라움과 감탄이 흘러넘쳤다.

"대단하구나. 내 평생 너와 같은 인간을 본 적은커녕 상상조차 하지 못해봤으니 어린아이의 모습을 하고 있던 귀신이었구나! 그 어릴 때도 그랬을진대 장성한 지금은 어떠할꼬. 하― 이 무성이 근 백 년을 살아오며 진 단 세 번의 내기. 그중 두 가지가 네놈에 당한 꼴이구나. 대단하다. 실로 대단해."

순수하게 인간이 인간에 대한 존경 어린 눈빛을 위해원에게 보내던 무성이 가만히 고개를 흔들며 말했다.

"지금 네가 이곳에 온 것도, 내가 너를 마주 보고 있는 것도 우연은 아니겠지. 이십일 년 전. 그날의 연장인가. 말해다오. 그날부터 이어진 계획에 오늘도 들어 있는 것인가?"

"톱니바퀴를 본 적 있으십니까?"

이번에는 대답 대신 물음이 되어 날아든 위해원의 말에 무성은 그 의미를 곱씹으며 가만히 침묵하였다.

망연자실한 무성을 향해 태연자약한 위해원이 다시 입을 열었다.

"이가 맞물려 돌아가는 톱니바퀴. 그러나 언젠가 마모된 이는 흐름에서 빠지게 되어 있지요. 그러나 대신할 바퀴가 없다면 어떻게 해야 할까. 조심스럽게 천천히 돌려야 할까?"

무성이 아닌 스스로에게 자문한 것같이 위해원은 고개를 가만히 저으며 가벼운 한숨을 내쉬었다.

"아니지요. 그렇게 되면 이가 물리지 않고 멈춰 버리지. 다시는 돌릴 수 없게 된다는 말입니다. 정상적인 이를 가지고 있을 때보다 더욱 빠르게, 마모된 이를 무시하고 지나갈 수 있을 정도로 더욱 거세게 몰아쳐야 하는 것입니다. 이미 우리의 운명의 톱니바퀴는 요동치며 돌고 있고, 이젠 그 누구도 멈출 수 없습니다."

말을 마친 위해원은 밤하늘을 우러르고 있었다.

그리고 어느덧 무성의 다리가 위해원을 향해 서서히 다가가기 시작했고, 위해원을 바라보는 그의 눈에는 측은함이 물씬 배어 있었다.

무성은 가을 녘 들판에 홀로피어 있는 한 그루 고목같이 쓸쓸한 음성으로 말했다.

"아니야, 아니야. 그 톱니는 멈출 것이다. 나 역시 정상적이지 않고 나쁜 놈이나 너는 더욱더 그러하구나. 네 평생을 바쳐 왔을 계획, 이제 내가 너를 죽이는 것으로 멈춰주마."

뒷짐을 지고 천천히 다가서는 무성을 보는 위해원의 눈에는 아무런 감정도 깃들어 있지 않았다.

앙상하지만 사신의 그것과 다름이 없을 무성의 손이 위해원을 가리켰다.

"오해하지는 말아라. 개인적인 감정 때문이 아니다. 생명의 초가 거의 다 타 들어가 늙은이가 된 나는 앞으로 끽해야 백 명이나 죽이며 살겠지만 너는 세상을 피로 잠기게 할 놈이기 때문이다."

"내기를 하지 않겠소?"

"……!"

들려졌던 무성의 손끝이 거세게 흔들렸다.

돌연 공대에서 반공대로 말투를 바꾼 위해원은 아무렇지도 않다는 표정으로 밤하늘로 고개를 돌리며 다시 입을 열었다.

"당신은 나를 죽이지 못하오. 그것은 당신이 말한 것과 같이 당신은 정상적이지도 않고 군자도 아니기 때문이오. 나의 내기 조건은 간단하오. 앞으로 보름 후, 이 둥근달이 다시 머리 위에 올라온 순간 내가 당신의 목숨을 쥘 수 있느냐 없느냐 하는 것이오. 내가 진다면 나의 삶은 당신 것이오."

"보름 동안 생명을 걸고 하는 내기라……. 내가 그 내기를 받아들일 것이라 생각하느냐. 내가 왜 그래야 하지? 지금 네 놈 목을 분지르면 모든 것이 끝이 나는데."

"그건 당신이 미치광이이기 때문이오. 나처럼!"

위해원은 땅에 붙어 있던 다리를 떼고 천천히 무성의 주위를 빙글빙글 돌며 말하기 시작했다.

"나는 당신에게 두 번의 내기를 이긴 자요. 내가 죽으면 당신은 영원히 나를 이기지 못한 것이 되오."

무성의 몸이 가늘게 흔들렸고 위해원의 몸은 원을 그리는 속도를 더하고 있었다.

그리고 그에 맞춰 무성의 심장이 두근거리는 속도도 빨라지고 있었다.

"그리고 오늘도 당신은 나에게 두 번의 내기를 진 셈이오. 당신은 내가 누군지 맞췄으며, 일각이 지나도록 나는 살아 있소. 그러나 그것은 무효로 해주지."

눈앞에서 자신을 중심으로 원을 그리며 걷고 있는 위해원, 그의 몸과 그의 말에 무성은 자신의 머릿속도 빙글빙글 돌고 있는 것만 같았다.

막혀오는 숨과 어지러워지는 정신에 대항하여 발악하듯 무성이 찢어지는 목소리를 내질렀다.

"아니야! 아니야! 무, 무효다! 너의 내기는 모두 함정이야! 너의 내기는 모두 거짓이야! 나는 지지 않았어!"

"한심하군! 내기에 진실과 거짓, 의미 따위는 필요없소! 삶을 내기라 했던 당신이 그것을 모르는가! 당신의 삶 자체를 부정하려 하는 것인가!"

무성은 자신의 머리카락을 덜덜 떨리는 손으로 쥐어뜯으며 고개를 마구 흔들었다.

"아니야! 등 뒤로 독이 묻은 꼬리를 숨기고 다가오는 사갈 같은 자여! 입으로는 달콤한 말로 남을 꾀이고 목덜미를 물어뜯는 독사 같은 자여! 그 더러운 입 다물라!"

"나는 사갈이어도 좋다! 물론 독사여도 좋다! 나는 나의 삶이 아무리 더러울지라도 결코 부정하지 않는다! 내가 안고 가리라! 하하하하!"

무성은 지독한 구토를 느끼고 있었으니, 이 이유 모를 어지럼증은 위해원의 말을 그의 귀가 아닌 마음이 듣고 있기 때문이었다.

금방이라도 쓰러질 것 같은 아찔함 속에서 무성이 중얼거렸다.

"또 한 번의 내기, 보름간의 목숨을 건 내기……!"

"무성이여! 내기에 자신의 삶을 바친 자여! 수많은 내기로 다른 이의 삶을 짊어진 자여! 그 어찌 해괴한 말인가! 나는 분명히 말했다! 목숨이 아닌 삶이라고! 끊어지면 그만일 가벼운 목숨이 어찌 삶의 거룩한 무게를 따라갈 수 있을까! 인간에게 가장 중요한 것은 목숨 따위가 아닌 삶 그 자체라는 것을 그대는 아직도 모른다는 말인가! 가엾은 자여!"

쿵쿵쿵!

무성은 금방이라도 목구멍을 비집고 심장이 튀어나올 것 같은 기분에 휩싸여 있었으니, 위해원의 음성이 하늘에서 들려오는 천신의 준엄한 질책인 듯 느껴지고 있었기 때문이다.

한바탕 세상을 전부 쓸어버릴 듯 질풍노도로 휘몰아치던 위해원의 말의 폭풍이 한순간 잠잠해졌고 이내 살랑거리며 다시 불어오기 시작했다.

"어떻소. 이래도 나를 죽이겠소? 당신이 나를 죽이지 않는다는 것도 내 계획의 일부요. 내기를 하고 싶지 않으시오? 내가 어떤 계획을 세웠는지, 그 계획의 끝을 보고 싶지 않으시오? 하하하, 하하하하하!"

"그, 그만!"

"하하하하하. 하하하하하!"

유혹을 거부할 수 없어 괴로워하는 인간을 비웃고 있는 악마와도 같으리라!

"갈!!"

쿠우우웅웅!

짧은 일갈과 함께 무성이 다리를 구르자 그곳을 중심으로 일어난 둥근 충격파가 순식간에 대나무 숲 전체를 휩쓸어갔고, 그 힘에 남궁가 전체가 요동치는 것만 같았다.

"하아, 하아, 하……."

산발이 된 머리와 언제 쥐어뜯었는지 갈가리 찢겨진 의복, 그리고 금방이라도 숨이 넘어갈 듯 거칠게 몰아쉬고 있는 호흡이 무성의 힘들었던 싸움을 대변하고 있었으니. 육체가 아닌 정신의 싸움을.

몸과 마음을 다스리던 무성은 대지를 휩쓸고 지나간 기의 파동을 이기지 못하고 구석에 주저앉아 있는 위해원을 내려다보며 저도 모르게 진저리를 쳤다.

날카로운 눈매로 자신을 쏘아보는 위해원을 향해 무성이 긴 장탄식을 흘렸다.

"하― 놀랍구나. 그 매끄러운 혀가 속삭이는 유혹을, 그 끝도 없는 머리가 만들어내는 음모가. 과연 세상에 누가 있어 너의 말에 꼬임을 당하지 않을까, 복종하지 않을 수 있을까. 정신을 함락당하지 않을까!"

생전 처음 느끼는 오싹한 한기에 한바탕 몸을 부르르 떨던 무성은 차가운 눈으로 위해원을 바라보며 소리쳤다.

"좋아. 받아들이지. 목숨과 삶, 그리고 보름. 우리의 내기는 성립되었다!"

어느덧 차분한 기색을 되찾고 있는 위해원은 자리에서 일어나 몸에 묻은 흙먼지를 툭툭 털어내고는 아무 말도 하지 않고 다시 어둠 속으로 사라졌다.

이십일 년 전 그날.

갑자기 무성 앞에 나타나 내기만을 남긴 채 사라졌던 그날과 같이.


쿠우웅—

미약하지만 확연히 느껴지는 은은한 충격에 남궁천이 놀라 옆을 바라보았고, 남궁월도 고개를 끄덕여 단순한 착각이 아님을 확인시켜 주었다.

"뭣이냐!"

벌컥 방문을 열어젖히고 나온 남궁진산이 다급하게 외치자 남궁천이 굳은 얼굴로 입을 열었다.

"모르겠습니다. 죽림이 있는 곳, 별실 쪽입니다."

휘이잉—

대답이 끝나기도 전에 바람을 일으키며 난간을 그대로 뛰어넘고 벌써 저 멀리 사라지고 있는 남궁진산을 뒤따라 남궁천과 남궁월도 빠르게 몸을 날렸다.

그들이 펼치는 경공의 가공할 속도에 주변의 경물이 빠르게 뒤로 밀려 나가고 있었다.

휙휙휙—

바람이 되어 달리던 삼 인은 순식간에 별실 근처에 이르렀으니 저 멀리 불빛이 새어 나오고 있는 두 개의 방이 어렴풋이 보이기 시작했다.

달리는 기세 그대로 남궁진산이 물었다.

"다른 하나는?"

"혼절한 대수를 업고 온 자가 있습니다. 사정 얘기를 들어야 하니 감히 소홀히 할 수 없기에 그에게도 특별히 며칠 전 아버님을 찾아온 노인과 같이 별실에 방을 배정했습니다."

남궁천의 설명에 남궁진산이 고개를 끄덕였으니 손자가 무사히 돌아왔다는 기쁨만이 가득 찼던 머리가 그 전후를 생각하지 못하고 있었던 것이었다.

제천대성이 하늘의 구름을 타고 날듯 바람을 타고 날고 있는 것만 같았던 그들의 몸이 별실을 마주 보고 우뚝 멈춰 섰다.

가볍게 옷매무새를 정리한 남궁진산이 한 걸음 앞으로 내딛으며 입을 열었다.

"어르신, 아직 주무시지 않습니까."

"……!"

남궁가에서는 최고 배분이며 무림 전체를 통틀어도 그 평수를 찾기 힘든 위치에 있는 남궁진산이었다.

그런 그가 공손함으로 말하고 있으니 무성의 정체를 알지 못하고 있는 남궁천과 남궁월은 감히 입은 열지 못하고 놀라움에 가득한 눈으로 서로를 쳐다볼 뿐이었다.

끼이익—

잠시 뒤 별실 문 중 하나가 고풍스러운 소리를 내며 열렸고 허리가 굽은 노인, 무성이 천천히 방 안에서 걸어나왔다.

영문을 모르겠다는 듯 끔뻑거리는 눈으로 주위를 둘러본 무성이 먼저 운을 뗴었다.

"이 늦은 밤에 어인 일들이시오."

"작은 소란이 느껴지기에 무슨 일인가 싶어 찾아와 봤습니다."

"작은 소란? 아, 이 늙은이가 잠이 안 와 잠시 대나무 숲을 거닐다가 달빛에 취해 체조를 좀 했소이다. 이거 미안하게 되었군."

달밤의 체조라 천연덕스럽게 말하는 무성의 말을 그대로 믿지는 않았으나 남궁진산으로서는 더 이상 묻기가 거북할 수밖에 없는 대답이었다.

머뭇하던 남궁진산은 이내 마음을 고쳐 먹고 차분한 어조로 말했다.

"아닙니다. 휴식을 방해해서 죄송합니다. 저희는 그만 물러가겠습니다."

"근데⋯⋯. 옆방에도 사람이 든 듯한데, 누가⋯⋯?"

자리를 떠나려는 남궁가 사람들을 붙잡은 무성이 말꼬리를 흐리며 묻자 잠시 고민하던 남궁진산이 가볍게 굳은 얼굴로 말했다.

"어제 말했던 제 손자의 일. 그 손자가 오늘 돌아왔습니다. 그때 함께 온 자입니다."

“손자, 남궁대수. 그와 함께 왔다라……”

옆방, 위해원의 처소를 바라보는 무성의 눈에 번쩍이는 정광이 나타났다가 밤하늘을 가르는 유성마냥 순식간에 사라졌다.

다시 평범한 노인의 모습으로 돌아간 무성이 느릿하게 입을 열었다.

“알겠소. 나 때문에 괜히 미안하구먼. 돌아가서 편히들 쉬시게나. 자세한 얘기는 날이 밝은 뒤에―”

무성은 만들던 말을 완성하지 못했으니 저 멀리서 누군가가 밤을 가르는 야조(夜鳥)가 되어 빠르게 날아오고 있었던 것이었다.

깊은 밤 다급함이 확연히 느껴지는 움직임에 남궁진산과 남궁천 등의 몸이 가볍게 경직되고 있었다.

가문 내에서 경공까지 펼쳐 자신들을 찾아온 자는 남궁진산의 그림자, 풍영이었다.

이곳에 있는 눈이란 눈은 풍영을 향했고, 마음이란 마음은 그가 가져왔을 사건을 쫓고 있었다.

딱딱하게 굳은 풍영의 얼굴에서 안 좋은 예감을 느끼며 남궁진산이 물었다.

“무슨 일이냐?”

“그, 그게……”

풍영은 별실 문 앞에 서서 자신들을 바라보고 있는 무성을 힐끔 쳐다보며 말을 흐렸으니 남궁진산은 그 의미를 알아차릴 수 있었다.

그러나 머뭇거리는 풍영의 행동이 무엇을 의미하는지 모르지 않을 무성이 자리를 피해줄 생각도 하지 않고 오히려 유심히 쳐다보고 있는 상황이었으니, 이제는 남궁진산이 자리를 떠나기도 어색한 상황이 되어버리고 있었다.

"괜찮다. 남궁가를 돕기 위해 오신 분이다. 무엇을 망설일까. 말하여라. 무슨 일이냐."

남궁진산의 말에 이내 결심을 굳힌 듯 풍영이 빠르게 가지고 왔던 말을 쏟아냈다.

"손님이 찾아왔습니다."

"손님?"

뭔가 대단한 일인 줄 알고 마음을 다잡고 있던 남궁진산은 약간은 맥이 빠지고 있었으나 이내 덧붙여진 풍영의 말에 처음보다 더욱 몸을 긴장시켜야만 했다.

"정무단주, 검왕 어른이 찾아오셨습니다."

"뭣이! 검왕!"

저도 모르게 소리를 높여 부르짖은 남궁진산은 도저히 믿어지지 않는다는 듯 두 눈을 깜빡였지만 굳어 있는 풍영의 얼굴을 보고 거짓이 아님을 재차 확인할 수 있었다.

그제야 정신을 수습한 남궁진산이 무성을 향해 황급히 말했다.

“어르신, 일단 가봐야 할 것 같습니다.”

“검왕이라……. 그래, 어서 가보도록 하시―”

벌컥―

별실 앞에 모여 있던 모든 이의 눈이 열려진 문으로 걸어나오는 자에게 집중되었으니 무성과 함께 별실에 머무르고 있던 또 한 명의 인물, 위해원이었다.

당황한 기색을 보이던 남궁천이 빠르게 위해원에게 말했다.

“소협, 아무 일도 아니니 들어가 쉬시지요. 대수에 관한 것은 내일―”

“검왕이라고요?”

남궁천의 말을 자른 위해원은 빙긋 웃음을 보였고, 당혹감에 휩싸인 사람들은 잠시 주춤했으나 이미 엎질러진 물이었다.

아마도 경악에 휩싸여 부지 간에 높아졌던 남궁진산의 외침을 들은 것이리라.

“먼저 가마.”

마음은 이미 검왕에게 가 있던 남궁진산이 남궁천에게 짧게 말하고 몸을 돌리는 순간 위해원의 음성이 그를 붙들어 세웠다.

“이리로 모시고 오시지요.”

또 한 번 모든 이의 시선이 위해원에게 박혔다.

앞으로는 의문의 불이 켜진 이들의 번쩍이는 시선을 받고, 등 뒤로는 방에서 흘러나오는 빛을 광채처럼 받으며 위해원이 다시 입을 열었다.

"검왕의 넷째 제자 진사백. 그도 우리와 함께 있었습니다. 저에겐 검왕 어른에게도 들려줄 애기가 있을 것 같군요."

마침내 모든 배우가 무대 위로 오르고 있는 순간이었다.


남궁가 죽림 옆, 별실.

그곳에 각기 다른 개성을 지닌 네 명의 사내가 둘러앉아 있었다.

겉모습만 보자면 위해원은 예의 바른 수선화와 같았고 남궁진산은 정열로 들끓는 해바라기와 같았으며 무성은 들판의 앵초와 같았으며 검왕은 화려한 장미와도 같았다.

한눈에도 서로 다른 인생을 살아왔고 서로 다른 성격을 지닌 인물들임을 분명히 알 수 있었으나 지금 그들이 보고 있는 것은 모두 같을 것이었다.

"이분은……."

거품을 물던 말들을 바꿔가며 삼 일 밤낮을 달려 남궁가에 도착한 검왕이 묻자 남궁진산이 무성을 바라보았다.

무성의 고개가 가만히 끄덕여졌고, 남궁진산의 입도 천천히 열렸다.

"무성 어른이십니다."

“……!”

잠시 몸을 흠칫한 검왕이었지만 한 문파의 수장이요, 칠천 무신의 일인답게 이내 빠르게 담담함을 회복한 음성으로 무성을 향해 고개를 가볍게 숙였다.

“용벽관입니다.”

“검왕의 높으신 이름은 익히 들어 알고 있소. 오늘 내일 하는 늙은이에 불과하니 굳이 이름까지 말하기는 좀 그렇고, 그냥 편할 대로 불러주시오.”

삼 인 사이에 예를 차리는 간단한 인사치레가 오갔고 마침내 무림 최고의 인물들의 시선이 위해원에게 모여졌다.

위해원은 무엇이든 물으라는 식으로 한 명씩 쳐다보았으나 누구도 쉽사리 입을 열지 못하고 있는 것을 보고는 나직한 한숨을 내쉬었다.

“궁금한 것이 많으실 줄 압니다. 그러나 저 역시 아는 것은 별로 없습니다.”

“사백이와 함께 있었다고 했소!”

위해원이 운을 떼자 검왕의 말문도 열리기 시작하고 있었다.

“그렇습니다. 저까지 모두 구 인이었습니다. 저와 남궁대수, 진사백, 그리고 천의 장문영과 지부용이라는 소저. 정월명이라는 부인과 대소라는 사내. 또한…….”

말하기 곤란하다는 듯 잠시 뜸을 들이는 위해원에게 다른 삼 인이 눈빛으로 재촉하자 할 수 없다는 듯 신음과 함께 말을 이었다.

"으음, 장왕 고원월. 그리고 귀성 독고음도 있었지요."

쿠쿠쿠쿵!

하늘이 무너졌다는 소식을 들었다고 해도 이렇게 빨리 피가 혈관을 요동치지는 않았으리라.

검왕과 무성, 그리고 남궁진산은 결코 순탄하지 않았던 기나긴 자신들의 삶에서도 이렇게 흥분한 적은 찾기 힘들다는 것을 인정해야만 했다.

"그, 그것이 사실인가. 진정 장왕과 귀성이 너희들과 함께 있었다는 것이!"

천하에 둘도 없는 거짓말을 들은 사람과 같이 분개한 남궁진산이 자리를 박차고 일어나 엄준한 음성으로 위해원에게 소리쳤다.

그러나 위해원은 풍랑 앞에서도 여전히 고요한 호수와도 같았다.

"틀림없습니다."

"믿을 수 없다! 귀성이라면 몰라도 장왕께서 뭣 때문에 대수와 정무단의 진사백 소협을 납치한단 말인가!"

"아, 제 말을 오해하셨군요. 지금 말한 구 인은 모두 같은 처지였습니다. 즉, 모두 정신을 잃고 낯선 석실에서 깨어났다는 말이지요."

위해원은 말의 의미를 정정했지만 이번에는 누구도 충격에 빠지지 않고 있었다.

삼 인에게는 충격에 빠질 가치조차 없는 우스갯소리에 불과하게 들렸던 것이었다.

남궁진산이 하늘을 우러르며 광소를 터뜨렸다.

"하하하핫! 하하하하하! 칠천무신 중 이 인이 납치를 당했다고? 푸하하하핫. 내 평생 가장 재밌는 얘기를 들었구나. 소협, 무림 최고 어른들과 함께 있다고 말을 부풀릴 필요는 없소. 그저 있었던 일만을 얘기해 주면—"

"손자 분께서는 깨어나셨습니까?"

자신의 말을 자르고 들어온 위해원의 말에 잠시 의아한 얼굴이 되었던 남궁진산의 몸이 급격하게 굳었다.

그의 얼굴이 급격하게 핏기를 잃어가기 시작했다.

그러나 잔인하게도 위해원은 그의 마음에 가하기 시작한 난도질을 멈추지 않았다.

"곧 깨어나시겠지요. 그가 제 말을 입증할 것입니다. 정 못 믿으시겠다면 그때까지 뒷얘기는 미루도록 하지요."

드르륵—

의자를 뒤로 밀치며 위해원이 자리에서 일어나고 있었고 남궁진산은 비틀거리며 자리에 주저앉고 있었다.

"앉게."

숨길 수 없는 떨림을 담고 있는 검왕의 음성에 위해원은 느릿하게 다시 의자에 몸을 실었다.

무성 역시 흔들리는 눈동자로 위해원을 바라보고 있기는 마찬가지였으니, 자신들과 같은 반열의 이 인이 납치되었다는 사실을 이제는 믿지 않으려야 그럴 수 없게 된 것이었다.

"말을 끊어서 미안하군. 계속하게."

실상 사과해야 할 남궁진산은 아직도 정신을 수습하지 못하고 있었으니 대신 사과의 뜻을 전한 검왕이 다음 말을 재촉했다.

검왕을 가만히 바라보던 위해원이 다시 입을 열기 시작했다.

"우리 구 인은 어떤 석실에서 정신이 들었습니다. 듣기로는 백일몽이라는 인세에 보기 힘든 기화가 사용된 것 같더군요. 하여간 누가 이런 짓을 왜, 어떻게, 무엇 때문에 했는지 알고 있는 것은 단 하나도 없었습니다."

"음……."

끝내 검왕이 낮은 신음을 흘리고야 말았다.

무성은 천연덕스럽게 말을 하고 있는 위해원을 금방이라도 찢어 죽일 것 같은 눈빛을 쏘아 보내고 있었지만 끝내 아무런 말도 하지 않고 있었다.

"모든 것이 궁금했으나 일단은 벗어나야 한다고 판단했습니다. 힘을 합하기로 결정한 것이지요. 우여곡절 끝에 석실을 벗어나니 또 다른 관문이 시작되더군요. 첫 번째는 도산지옥이라 불리는 곳이었습니다. 그곳에서 우리는……."

지나온 며칠간이 위해원의 입을 통해 다시 재현되고 있었다.

지옥, 지옥, 그리고 또 지옥.

그 속에서 만난 기물과 기병, 그리고 기인.

그리고 삶과 죽음.

그동안의 이야기가 진행될수록 남궁진산의 얼굴은 마지막 한 점까지 핏기를 잃어갔고, 검왕은 가늘게 몸을 떨고 눈을 감았으며, 무성은 피가 배어나도록 입술을 깨물었다.

겉으로 보이는 반응은 제각기 달랐으나 공통된 한 가지가 있었으니 쌓여가는 위해원의 이야기와 비례하여 그들의 가슴 속에 쌓여가는 의혹과 충격이 그것이었다.

"…그렇게 우도대왕이라는 자에 의해 정신을 잃고 후에 눈을 떠보니 남궁대수와 저만이 텅 빈 들판에 버려져 있더군요. 그 뒤는 보시다시피입니다. 그를 업고 이곳으로 온 것이죠."

위해원의 긴 말은 마침내 작은 마침표를 찍었지만 일행들의 생각은 거대한 물음표와 끝도 없이 이어진 말줄임표로 뒤섞여 있었다.

남궁진산과 검왕, 그리고 무성은 그 이상을 바라는 눈빛을 보냈지만 위해원은 더 이상 자신의 입에서 새로운 단어들을 찾을 수 없다는 듯 고개를 가로저었다.

결국 침묵의 대결에서 가장 먼저 백기를 꺼내 든 것은 남궁 진산이었다.

하얗게 질렸던 얼굴이 어느덧 푸르죽죽하게 죽은 그가 힘 겹게 입술을 떼며 말했다.

"솔직히… 나는 아직도 그 말을 믿을 수 없소. 아무도 모르 게 그런 거대 조직이 존재하고 있다는 것도, 또한 장왕과 귀 성! 그 칠천무신의 둘이 죽었다는 사실도!"

"엄밀히 말하면 장왕과 귀성, 그 두 분은 그들이 죽인 것이 아니지요."

"뭣이!"

"그들은 우리 구 인의 신경전과 알력 싸움 등 내부의 문제 에 의해 희생당한 것이나 마찬가지입니다. 다른 모든 희생도 마찬가지라고 생각합니다. 그 세력에 의한 직접적인 죽임은 단 한 명도 없었습니다. 그곳을 빠져나오려 우리끼리 움직이 는 가운데서 일어난 일들이지요."

쿵!

연유 모를 분노를 느낀 남궁진산이 탁자를 두들기며 일어 나 진노한 목소리로 외쳤다.

"궤변이다! 말도 되지 않는 소리야!"

"그만 하시지요. 그 역시 피해자입니다."

자신을 만류하는 검왕의 음성에 남궁진산은 더 이상 아무 말도 할 수 없었으니, 결과적으로 남궁가의 남궁대수는 돌아왔지만 정무단의 진사백은 돌아오지 못한 것이 아닌가.

진정 흥분하고 격분에 날뛸 이는 검왕이었지만 그는 마음을 다스리고 있는 반면 자신은 흔들리고 있으니 공부의 차이가 여실히 느껴지는 것 같아 남궁진산의 마음 한구석이 서늘해지고 있었다.

속이야 어떨지 모르겠지만 겉으로는 평정을 유지하고 있는 검왕이 위해원을 향해 입을 열었다.

"나는 자네의 말을 믿네. 모든 일을 함께 겪은 남궁대수가 곧 정신을 차릴 터, 그런데 자네가 굳이 거짓을 말할 필요는 없지. 내 솔직히 말하지. 만약 남궁대수가와 함께가 아닌 자네 혼자 와서 이런 말들을 했다면, 자네를 그들의 배후자라 생각하는 데 일말의 주저함도 없었을 것이네."

"당연하겠지요."

"그럼 사백이의 생사는 모른다는 말인가?"

"모르는 것을 안다고 말하지는 않겠습니다. 진 사백, 그는 살아 있을 수도 그렇지 않을 수도."

뜻 모를 의미를 담고 쏘아보는 검왕의 시선을 위해원은 담담히 받으며 말했고 그 둘의 미묘한 신경전을 지켜보는 무성은 뜨거운 눈빛을 불태우고 있을 뿐이었다.

태풍이 일어 풍랑 속에 던져진 나룻배와 같은 마음을 필사적으로 다스리려 애쓰며 남궁진산이 검왕에게 물었다.

"하— 그래서 어떻게 하실 것입니까?"

“나는 가오.”

“그렇지만……”

약간은 불편한 얼굴이 되어 있는 남궁진산을 보며 검왕은 그가 차마 하지 못하고 있는 말을 읽어낼 수 있었다.

검왕은 무표정한 얼굴로 입을 열었다.

“장왕, 귀성. 칠천무신 중 둘이나 죽었는데 나 혼자서 되겠느냐는 뜻이오?”

“…말하기 외람되나, 솔직히 적은 우리가 생각하는 이상입니다. 갑자기 땅에서 솟은 꽃이 아닌 몇십 년을 두고 땅속에서 몸집을 키우다가 한 번에 자생하려 하는 넝쿨더미와 같습니다! 차라리 정무단와 남궁가, 그 밖에 정파 곳곳에 무림회의를 소집하여 한 번에—”

“아니 될 말이오!”

기분을 상하게 하더라도 현실을 직시하게 만들어야 한다고 마음을 정한 남궁진산이 비장하게 말했지만 검왕의 단호한 말의 칼에 중간이 뭉텅 잘려 나가 버렸다.

평온을 가장하고 있는 검왕의 눈, 그 검은자위 깊은 곳에서 붉은 열기의 씨앗이 아른거리고 있었다.

“뭐라고 하시겠소. 정무단주, 이 검왕 용벽관의 제자가 의문의 세력에게 납치를 당했으니 모두 힘을 합쳐 그 복수를 해달라고 말하시겠소?”

“음……”

보통 사람이 들으면 비웃을 말이었지만 생명보다 한평생 쌓은 이름값의 무게가 크게 나가는 자들, 그것이 무림인이었다.

명예의 무게가 가벼워지는 순간 무림인으로서 그의 삶은 그 자체를 부정당하게 되는 것이니, 그것을 잘 알고 있는 남궁진산은 더 이상 아무런 말도 할 수 없었다.

"내 개인적인 명예는 둘째라 해도 좋소. 그러나 내 공적인 신분은 정무단주요. 무림 정파의 수장이란 말이오. 내가 세력을 동원하는 순간 정파무림과 그들의 전면전이 되오. 혹시라도 그 배후에 월영궁과 비천맹이 있다면, 무림대전의 개막을 내 입으로 알리는 셈이란 말이요."

"으음……."

정무단주.

천하에 찬란하게 빛나는 만인이 숭앙하는 영광된 이름이었으나 권리의 힘에는 그에 상응하는 의무의 족쇄가 따르는 법.

지금 누구보다 복잡할 검왕의 심사를 엿본 남궁진산이 또 한 번 긴 신음을 흘리고 있었다.

방관자의 모습으로 일관하고 있던 무성이 잠겨 있던 입에 말의 열쇠를 가져다 대었다.

"만약 월영궁과 비천맹이 그 배후에 있다고 하더라도 쉽게 움직일 수 없는 것은 그들도 마찬가지겠지. 그래서 직접적인 목표가 되는 정무단주, 검왕을 노리는 것 대신 진사백을 음모의 활을 꽂을 과녁으로 삼은 것이고."

"그 말씀은, 그들 역시 전면전을 원하는 것은 아니라는 뜻이군요. 하오나 함정인 줄 뻔히 알면서 무작정 들어갈 수는 없는 일이 아닙니다."

무성의 말을 받아 완곡히 반대의 입장을 피던 남궁진산은 갑자기 옆에서 들이닥친 기의 열기에 흠칫 놀라 고개를 돌렸다.

눈동자 깊은 곳에 숨어 있던 열기의 씨앗이 완전히 개화하여 뜨거운 불꽃이 되어버린 검왕이었다.

"나는—!"

눈에는 이글거리는 불꽃이, 코에는 업화와도 같은 뜨거운 숨결이, 입에선 타오르는 언어를, 온몸에서는 섬전 같은 광채를 뿜어내고 있는 검왕의 모습이 그곳에 있었다.

"나는, 검왕이오. 용벽관이오. 내 인생에서 지금껏 피해간 적은 없었소. 솔직히 말하면 그들에게 고마울 정도요! 피바람 몰아치던 전장을 떠나 향긋한 꽃향기만 감도는 태사의에 앉아 보낸 세월 수십 년. 이제 나는 깨달았소! 그동안 나는 죽어 있었다는 것을! 내 삶의 가치는 꽃을 피워내고 그것을 감상하는 것이 아닌, 그 꽃을 피우는 과정에 있다는 것을! 나는 가오! 내 핏줄, 내 제자를 찾기 위해서가 아닌 잠들었던 나의 육신과 영혼을 깨우러!"

자신의 넘쳐흐르는 아픔을 적에게 먹이고 분노로 주린 배를 적의 피로 채우기 위하여 떠나려는 검왕!

그런 검왕에게선 더 이상 반백 년이 훌쩍 뛰어넘는 세월의 장인이 되어 빚어놓은 백발성성한 모습은 찾을 길 없었다.

오직 들끓는 피의 뜨거움을 이기지 못해 자신까지 태우고 싶어하는 모습만이 남아 있었으니, 그것을 바라보는 남궁진산의 몸이 부르르 떨리고 있었다.

투사(投射), 전이(轉移), 감염(感染), 그리고 자각(自覺)!

검왕에게서 일어난 불꽃이 남궁진산의 혼에까지 옮겨가 활활 타오르고 있었다.

암중의 세력에 대한 증오와 적의에서 시작된 별실회의는 이제는 스스로에 대한 투지와 열정으로 치닫고 있었던 것이다.

"나도 가지."

"……!"

검왕과 남궁진산에게 흐르는 의문의 빛을 느끼며 더 이상 가장하고 있는 자애로운 노인의 모습이 아닌 그 본연의 모습으로 돌아간 무성이 입을 열었다.

"케케케케. 그런 눈으로 보지 말게. 자네들과는 좀 다른 이유지만. 내가 그대들을 이해하지 못하는 것처럼 그대들도 나를 이해하지 못할 겔세. 케케케. 권력도 명예도 내겐 의미가 없다. 내 삶의 이유는 오직 단 하나, 내기. 단둘이서 지닌바

가진 지혜와 무공, 그리고 자신의 인생! 그 모든 것을 겨뤄 한 명은 반드시 승리하고, 한 명은 반드시 패배하는 내기! 나는 이제 내 삶의 최대 최후의 내기를 걸고 한판 도박을 하기 위해 가는 것일세!"

"그렇다면……."

남궁진산의 달아오른 심장도 뜨거운 말을 만들어 입 밖으로 토해냈다.

"저도 갑니다! 검왕, 그리고 무성 두 어르신의 말에 깨달았습니다. 이렇게 앉아 죽을 날만 기다리는 것은 인생이 아니라는 것을! 저 역시 스스로를 시험해 볼 기회가 한 번 더 오기를 간절히 기다리고 있었다는 것을!"

입 밖으로 말하고 있는 것이 입 속에 있는 마음의 진실인지, 아니면 다른 이의 기분에 감화되어 자신까지 일시적으로 흥분한 것인지는 알 수 없었다.

또한 같은 곳을 바라보나 각자만의 목적이 숨어 있는지도 마찬가지로 알 수 없었다.

그러나 어찌 되었든 간에 검왕, 무성, 그리고 남궁진산. 이 삼 인이 지금 이 순간 도저히 이성으로는 주체할 수 없는 기이한 열기를 내뿜고 있는 것만은 확실한 사실이었다.

깊게 가라앉은 눈으로 그들을 지켜보고 있던 위해원이 불쑥 말했다.

"저도 가지요."

“……!”

아름다운 주위의 풍광을 돌아보다가 돌연 낯선 기분에 시선을 돌리니 처참한 시체가 눈에 띈 것같이 자신들과는 너무도 다른 분위기로 앉아 있는 위해원의 모습에 뜨거웠던 삼 인은 일순간 서늘한 냉기를 느껴야만 했다.

검왕과 남궁진산이 의혹의 눈초리를 보냈고, 무성은 차가워진 눈매를 위해원에게 보냈다.

그러나 위해원은 자신의 말을 철회하지 않았다.

“가는 길은 제가 압니다. 그곳에서 일을 겪었던 사람도 저 하나뿐입니다. 제가 안내하도록 하지요.”

“길이야 설명해 주면 되는 것이고, 일이야 우리가 헤쳐 나가면 되는 것일세. 비록 장왕과 귀성이 당한 것이 사실이라고 하더라도 그들은 모르고 당했고, 우리는 미리 알고 방비하며 가는 길이니 그리 호락호락하지 않을 것이야. 그 차이는 실로 엄청나지! 자네는 굳이 위험을 무릅쓰고 올 필요 없네.”

남궁진산은 어림없는 말이라는 듯 단호하게 못을 박았지만 위해원은 물러나지 않고 한 명씩 똑똑히 쳐다보며 다시 입을 열었다.

“검왕·무성·남궁진산. 세 어른은 분명 각자만의 이유가 있습니다. 그러나! 제 이유를 무시할 만큼 그것들이 크다고 자부할 수 있습니까! 전 그 지옥을 헤쳐 나왔습니다. 제가 왜 거기에 있어야 했는지, 동료들의 죽음을 보면서 홀로 살아 나

와야 했는지 아무런 이유도 알지 못하고! 이래도 제가…… 그
곳에 갈 수 없다는 말입니까?"

"음……. 옳은 말이야. 여기 있는 그 누구보다 저 아이가
그곳에 갈 자격이 있지. 자신의 진실을 찾기 위해서."

눈을 감고 경청하고 있던 검왕이 위해원의 말에 찬성을 표
하자 남궁진산은 당혹감을 감추지 못했으니, 분명 일정 부분
득 될 것도 있으나 방해가 될 부분이 크다 생각하고 있는 까
닭이었다.

그것을 눈치 챘는지 위해원이 다시 입을 열었다.

"저에 대한 것은 걱정하지 않으셔도 됩니다. 비록 무공은
모르나 여러 가지로 쓸모는 있을 테니까요. 이는 남궁대수가
깨어나면 보증할 것입니다. 그리고 만약의 경우 저를 지켜주
겠다고 약속하신 분도 계시고요."

무성은 위해원의 시선이 자신에게 향하는 것을 보고 깜짝
놀라 말했다.

"나? 내가?"

"어제저녁의 약조를 기억하시지 못하십니까. 앞으로 보름.
그 기간 동안 저의 생명을 책임져 주시겠다고 하지 않으셨습
니까."

"내, 내가 언제…… 흠……."

어이없는 얼굴로 반문하려던 무성이 어제저녁의 일을 떠
올리고는 입술을 깨물며 말을 멈췄다.

보름이 지난날에 위해원이 자신의 생명을 손에 쥘 수 있는 지 없는가를 확인하자는 내기!

그 속에는 보름을 지켜봐야 한다는 전제가 숨어 있었으니, 그렇다면 내기 자체가 무효가 되지 않게 하기 위해서는 싫든 좋든 보름간 위해원의 목숨을 자신의 손으로 지켜줘야 한다 는 의미가 숨어 있었던 것이다.

꼼짝없이 책략에 말려든 무성이 이를 갈았지만 이미 활은 시위에서 떠나간 상태였다.

눈을 떠도 눈을 감아도 위해원에 대한 적의가 들끓었지만 이제 와서 내기를 무효로 만드는 것은 무성 스스로가 자신에 게 용납할 수 없었다.

위해원은 아무렇지 않게 입을 열었다.

"이제 기억이 나십니까?"

"흠……. 그렇군. 내가 그랬지. 그 문제는 걱정 말게. 이 아 이는 내가 챙기도록 하지."

이상한 기류가 둘 사이에 흐르고 있었지만 검왕이 찬성하 고, 무성이 쐐기를 박듯 말한 이상 남궁진산도 더 이상 토를 달기 힘들었다.

"정…… 그러시다면. 할 수 없죠."

장내의 논의가 모두 정리되자 가볍게 고개를 끄덕이던 검 왕이 눈을 번쩍 떴다.

"좋아, 그럼 모두 결정난 건가. 출발은 언제 하지?"

"밤이 길면 꿈이 많고 사공이 많으면 배가 산으로 가지. 마음먹은 이상 지체할 것이 뭐가 있겠나. 당장이라도 가면 그만인 것을."

무성이 중얼거리듯 낮은 목소리로 말을 받으며 검왕과 남궁진산을 쳐다보았다.

셋은 서로가 서로를 바라보며 한 번씩 시선을 주고받더니 그 눈빛 속에 뜻이 통했는지 한 목소리로 동시에 말했다.

"지금!"

"…하! 하하하하!"

근심은 사라지고 호기만이 가득 찬 삼 인이 더 이상 이곳에는 미련이 없다는 듯 자리에서 벌떡 일어났으니 약간이나마 여유를 찾은 얼굴의 남궁진산이 위해원을 바라보며 입을 뗐다.

"약간의 식량과 말 등 준비를 해야겠군. 그동안 잠시나마 처소로 돌아가 운기조식 등 각자 필요한 준비를 하시지요. 아, 얼마나 걸리지?"

"글쎄요……. 가는 시간과 일을 보는 시간을 합하면…… 한 보름? 늦어도 보름이면 모든 것이 끝날 것입니다."

고민에 잠겨 계산을 하는 것 같다가 신중한 모습으로 대답하는 위해원을 힐끔 본 무성은 미련없이 방문을 넘어 밖으로 선선히 걸어나갔다.

그러나 한 발은 밖으로 한 발은 안으로 들인 채 문지방 중간에서 별안간 무성의 몸이 흠칫 굳어졌으니 위해원의 말에 숨은 의미를 부지 간에 깨달은 것이었다.

무성은 고개를 돌려 위해원을 타오르는 시선으로 째려보았고, 그에게 막혀 밖으로 나서지 못하는 남궁진산이 의아한 듯 물었다.

"어르신, 왜 그러시지요?"

"음……."

"무성 어르신?"

"아, 아닐세. 가지."

주춤하던 무성은 끝내 힘겹게 나머지 한 걸음조차 문지방을 넘어섰으니, 그것은 마치 돌이킬 수 없는 운명의 선을 넘은 자의 발걸음과 같아 보였다.

보름.

무성과 위해원이 어젯밤, 어둠 속에서 했던 내기의 기간이자 지금 위해원이 모든 일이 정리될 것이라 일행에게 장담한 시간이었다.

그리고 위해원이 말한 그 보름 중에 일행이 가는 시간만 계산되어 있지 되돌아오는 시간은 포함되어 있지 않았던 것이었다.

밖에서는 서서히 날이 밝아오고 있었으니 북극성의 울타리를 배회하던 별들도 새벽의 낭랑한 발자국 소리에 놀라 각자의 처소로 돌아가고 있었다.

꼬기오오—

어디선가 무정한 닭이 소리 높여 울었고, 동녘 하늘에서는 붉은빛으로 물들어 있는 태양이 운명의 날이 밝아옴을 알리고 있었다.

그렇게 톱니바퀴는 멈춤없이 돌아가고 있었으니, 그것을 돌리는 자가 있음을 누구도 알지 못한 채…….

第十一章 종장(終章)

인간이여 한 번쯤 자신의 내면을 들여다보아라.

그러나 조심하라.

호수에 비친 자신의 모습이 너무도 사랑스러워 괴로워하다가 끝내는 그 속에 제 몸을 던진 자와 달리 자신의 모습이 너무도 역겨워 괴로워할 수도 있으니.


위해원, 진사백, 남궁대수, 지부용, 그리고 정월명과 독고음의 시체.

이들이 어느 이름 모를 들판에 모여 있던 과거의 시각.

죽음에서 부활하는 듯 무덤에서 솟아오르는 듯, 미약하게 꿈틀거리던 위해원이 부스스 몸을 일으켜 세웠다.

그를 중심으로 무릎을 꿇고 있던 육 인의 몸도 벅찬 가슴을 주체하지 못하고 가볍게 흔들리고 있었다.

미간을 찌푸리고 한 손을 이마에 짚은 채 위해원은 고개를 세차게 흔들었다.

그리고 천천히 몽롱한 눈으로 주변을 둘러보기 시작했다.

매의 굶주림을 채워준 정월명의 시체.

그 옆에 이미 굳어버린 피 얼룩을 온몸에 묻히고 있는 귀성 독고음의 시체.

다시 그 옆에 쓰러져 있는 진사백의 모습.

근처에 널브러져서 혼절해 있는 지부용과 저 멀리 육도운회의 나무 곁에 누워 있는 남궁대수.

모든 것이 한 번씩 망막에 스쳐 지나갔을 때는 더 이상 위해원의 눈에 흐릿함은 깃들어 있지 않았다.

위해원은 어둑해지고 있는 하늘로 시선을 돌리며 방금 꿈에서 깨어난 사람처럼 깊게 잠긴 목소리를 세상에 들려주었다.

"정리하라."

대답 따위는 없었으니 명이 내려지면 무조건 따를 뿐이었다.

위해원을 둘러싸고 있던 사람들 중 우도대왕을 제외한 자들은 이미 몸을 날리고 있었다.

우도대왕이 걱정 가득한 음성으로 조심스럽게 물었다.

"주인이시여, 괜찮으십니까. 아무리 천의 장문영의 사부가 백일몽에 대한 연구를 장담한다 하더라도 이미 두 번이나 그 기운을 들이키셨는데, 혹시 후유증은……. 죄송합니다."

가볍게 손을 흔드는 위해원의 모습에 우도대왕은 송구스럽다는 듯 입을 다물었다.

어느새 떠나갔던 사람들이 다시 위해원 곁으로 모여들었으니 혼절해 있는 지부용과 진사백, 그리고 죽어 있는 정월명과 귀성 독고음의 사체를 하나씩 들춰 메고 있었다.

위해원의 눈이 그들의 감겨진 눈꺼풀 위에 올라가 있었으니, 마치 그 속에 숨어 있을 눈과 시선을 맞추고 있는 것 같아 보였다.

지부용, 정월명, 독고음, 진사백, 그리고 저 멀리 남궁대수.

못 박힌 듯 한참이나 한 명, 다시 한 명 물끄러미 바라보던 위해원이 마침내 고개를 돌렸다.

우도대왕이 짧게 고갯짓을 하자 다른 모든 이는 지옥의 통로인 사당 속으로 스며들어 사라져 갔다.

텅 빈 들판.

이제 세상에 남은 것은 위해원과 우도대왕, 그리고 혼절한 남궁대수와 반쯤 산에 먹혀 사라지고 있는 붉은 노을뿐이었다.

한참 동안이나 침묵하고 있던 위해원이 입술을 달싹거렸다.

“지체할 것은 없다. 이단계도 모두 끝났다. 대업의 마지막, 삼단계를 바로 시작한다.”

“이황녀와 진사백은 어찌하오리까.”

“…모든 것은 정해진 대로.”

“알겠습니다. 이황녀는 인질로 삼고 진사백은 백일몽으로 이지를 마비시켜 북성의 제자, 영만호와 같은 백치 상태로 만들어 석실에서 준비시키도록 하겠습니다. 주인이시여, 후에 뵙겠습니다.”

위해원을 향해 깊게 몸을 숙여 보인 우도대왕은 뒷걸음질로 조용히 빨려들 듯 사당 안으로 사라졌다.

여전히 위해원의 고개는 하늘을 향한 채 움직일 줄 몰랐다.


어둠이 내려앉았다.

긴 시간 동안 굳은 채, 결코 태양은 줄 수 없는 오직 어둠만이 줄 수 있는 암흑의 빛을 쬐고 있던 위해원이 천천히 걸음을 움직이기 시작했다.

여전히 단정한 그의 발걸음이 멈춘 곳은 육도윤회의 나무 아래 쓰러져 있는 남궁대수의 곁이었다.

아직도 정신을 차리지 못하고 있는 그를 한동안 바라보던 위해원이 세상 그 누구도 듣지 못할, 그 누구도 알지 못할 진실을 담담히 노래하기 시작했다.

남궁대수여, 지금 내 말을 듣지 못할 자여. 그러나 나는 이야기하려 하네. 그래서 나는 이야기하려 하는 것일세. 그 까닭은 이 이야기가 나의 재물이 되어 죽어간 자들에 대한 최소한의 배려며, 내가 차릴 수 있는 최대한의 예의기 때문일세.

모든 것은 내가 꾸몄네.

모든 일의 뒤에는 내가 있었네.

자네들이 위해원이라 부르고 내가 위해원이라 말했던 거짓된 이름을 가진 내가 한 일일세. 나의 신분은 대정왕, 황제의 동생일세. 그러나 직계는 아니지. 어미가 다르니.

하—

어디서부터 해야 할까.

어떻게 말해야 할까.

어린 시절 어미의 배를 가르고 나온 나는 울고 있었을 걸세. 세상 모든 아이들이 그렇게 태어나듯. 그러나 나의 울음은 그들의 것과는 달랐을 거라 분명히 말할 수 있네. 그들이 본능적으로 울었다면, 나는 분노로 슬픔으로 울었을 걸세. 나는 이미 모든 것이 정해져 있는 세상이 원망스러워서 목 놓아 울었을 거란 말일세.

오해하지는 말게. 황제가 되지 못한 왕의 배부른 소리라고는. 그저 내가 못마땅해했던 것은 앞서 살아갔던 인간이 만들어놓은 체계가 이미 정해진 세상, 그 자체이니까는. 이상하게 들리는가. 그러나 나에겐 사실이었네. 잘 생각해 보게. 세상 누구나 하는 고민이 아닌가. 자네도 있었다고 장담할 수 있네.

왜 나는 이미 누군가 정해놓은 길을 따라야 하는가. 내 힘으로 아무도 하지 못한 무언가를 이룰 수 있지 않을까. 누구에게도 간섭받지 않고 살아가고 싶다. 인간의 아주 근원적인 문제지. 시대가 바뀌어도 모든 인간이 반드시 한 번쯤을 겪고 지나가는 문제라고 장담할 수 있네.

그것 보게. 자네도 있지 않은가. 이런 고민들. 다른 이들은 감수성이 예민한 유년의 추억으로 이것을 끝냈다 하면은, 나는 그렇지 못했다는 것이 차이일 뿐인 걸세. 남들보다 조금 더 크게, 남들보다 조금 더 오래 꿈을 꾸고 있다고 할 수 있을까.

그들은 부모에게 반항하지만 나는 세상의 질서에 반항하려 한 것이네. 그들은 곧 세상에 순응하지만 나는 아직 몸부림치고 있는 것뿐일세. 그리고 나에게 이것에 도전해 볼 만한 여건이 조성되어 있었다는 것. 단지 그 차이일 뿐일세.

하—

솔직히 그건 모르겠네. 내가 황제가 되지 못하는 왕의 신분으로 태어나서 이런 생각을 갖게 되었는지, 아니면 원래부터 이런 생각을 가진 인간인데 우연찮게 왕의 신분으로 태어나 그것을 실현하려 하는 것인지. 무엇이 선이고 무엇이 후인지는 솔직히 모르겠네. 그러나 중요한 것은 하늘이 나에게 능력과 이상, 이 두 가지를 모두 쥐어주었다는 사실일세.

사실 무림재패이니 역모에 의한 왕권찬탈이니, 그런 건 아무 관계 없네. 자넨 그렇지 않다고 말하는 것인가. 아냐, 자네가 잘못 알고 있어. 권력을 탐하는 것이 아닐세. 그들을 몰아내고 내가 그 자리에 앉으려 하는 것이 아니야. 내가 그저 어미와 아비가 정분을 나눠 그저 그렇게 태어나고, 어쩔 수 없이 주어진 인생을 살다가 그렇게 죽어간다는 사실이 견딜 수 없었을 뿐일세. 한 인간으로서 세상에 나온 가치를 증명해 보이고 싶은 것뿐일세.

그 증명의 방법으로 앞서서 인간들이 만들어놓은 세상 질서를 무너뜨리고 나의 질서를 세우고자 하는 것이지. 황제도 없고 정무단이니 하는 세력들이 질서라는 이름으로 규정짓고 있는 사회를 무너뜨리려 하는 것일세.

백지.

모든 것을 처음으로 돌려 어디선가 나와 같은 생각을 하고 있는 자들도 자신이 세상에 나온 가치를 스스로 증명할 수 있는 세상을 만들어보자는 것일세. 만들어진 길만을 걷는 인간은 인간이 아니네. 그건 짐승일 뿐이지. 먹고 자고 번식하고. 무엇이 다르겠나. 자신의 힘으로 자신을 증명하는 것이야말로 인간이 아니겠는가.

이것이 진실일세.

무슨 거창한 음모는 아무것도 없지.

이제 방법을 찾을 차례였네.

자네들이 지옥이라 했던 이곳에 대하여 얘기해 볼까. 이곳은 지옥 따위가 아니야. 일종의 요새이자 창고이며 황궐이었지. 불로불사를 꿈꿨던 진시황제는 그 최후의 안배로 자신의 자손이 영원히 세상을 지배할 수단을 만들었지. 자신의 피가 흐르는 인간이 영원히 이어지는 것으로 불로불사를 대신 이루고자 했던 것이겠지.

그곳이 이곳일세. 지금 황제가 살고 있는 자금성은 명나라의 삼대 황제 영락제가 권좌에 오르며 수도를 옮기고 쌓은 것이지. 생각해 본 적 없는가. 만리장성을 축조할 정도로 자신의 권력을 뽐내던 시황제가 왜 자신만의 새로운 황궐은 세우지 않았을까.

어때, 좀 이상하지 않은가. 나는 생각했네. 분명 어딘가 있을 것이다. 그리고 모든 것을 내팽개치고 그것을 찾기 시작했지. 다른 황족들? 하하. 그들은 이미 배부르고 등이 따듯한 족속들일세. 안주해 버린 짐승들이지. 그들이 그런 것을 찾아 나서겠나. 아니, 그 생각조차 할 수 없다고 장담하지. 그건, 나같이 주린 자들의 몫일세.

하—

조정과 무림. 세상을 양분하고 있는 질서를 무너뜨리는 것부터 시작하기로 했네. 조정부터 얘기할까. 지금 황제는 늙었네. 곧 죽겠지. 그래서 나는 그 후계자들을 노리기로 했네. 사실 작년에 이미 일황자를 독살했지. 걱정 말게나. 나를 알지 않는가. 그저 병사쯤으로 처리될 수준이었어.

그리고 이황녀. 아, 자네들은 지부용이라는 이름으로 알고 있겠지. 마침 그녀는 어릴 적부터 나를 유숙, 유숙 하며 아주 잘 따르고 있었거든. 간단한 문제지. 누구에게도 의심받지 않게 친누이처럼 데리고 키웠네. 그렇게 사이좋던 숙부와 조카인데 누가 나를 의심하겠나. 그것을 위해 십오 년을 소비했지. 그리고 얼마 전 황가에 은밀하게 전해지던 장소를 발견했다고 말을 흘렸네.

평소 무림을 동경하고 있던 그녀에게는 그것으로 충분했지. 아마, 후에 정신을 차려도 모든 것이 놀이인 줄 알거나 나역시 위험에 빠진 것은 아닌지 오히려 내 걱정을 할 것이네.

사실 그녀의 역할은 이것뿐이 아닐세. 신분이 모두 정확한데 나만 불분명하다면 누가 나를 의심하지 않겠나. 몇 명이 더 필요했지. 또한 끝까지 갔을 때 시선이 쏠릴 만한 인물이 필요했거든. 진시황제의 직계이며 이황녀인 그녀 말고 또 누가 이런 일을 할 수 있겠는가. 실제로도 그렇게 되지 않았는가.

이제 무림으로 넘어가 볼까.

세 개의 세력이 확고한 영역을 구축하고 있는 무림은 내가 왕으로 있는 조정보다 더욱 차지하기 어렵다는 것을 깨달았네. 긴 역사가 증명하고 있지 않은가. 황제가 무력 집단을 용인하고 있는 것이 그 예라 할 수 있겠지. 서로가 서로를 불편해하지만 완전히 배척할 수도 없는 관계. 나는 그것을 이용하기로 했네.

황제에게 슬쩍 말을 흘렸지. 조정 대신의 자식들을 무림으로 보내는 것이 어떠냐고. 마침 정무단이 급격하게 세를 불리고 있었으니 완전히 차지할 수 없는 무림인 이상 그들을 키워주고 일정한 영향력을 행사하는 것이 낫지 않겠냐고. 혼란한 정국에 신경을 쏟으면서도 늘 무림을 마음에 걸려 하던 황제는 내 말을 따랐지.

그리고 나의 심복 하나를 그곳에 심어놓은 거야. 그러나 결정적인 순간까지 너무 눈에 띄면 곤란하지. 누구도 의심하지 않을 시간. 그것이 또 이십 년이야. 그는 지금껏 얌전히 있다가 근래에 들어서 움직이고 있을 걸세. 진사백의 역할은 여기에 있네. 검왕을 끌어내고 정무단을 비우게 만들어 나의 심복이 권력을 승계하도록.

어떻게 그런 일이 가능하냐고 묻는 건가? 걱정 말게. 이미 끝이 보이도록 진행되고 있을 테니까. 그런데 나는 검왕까지 생각하다가 여기서 중요한 것을, 하나를 새롭게 깨달은 거야. 이 계획의 핵심이 된 부분이었지. 그것은 칠천무신이라 추앙받고 있는 존재들이었어.

무림인들이란 눈에 보이는 것보다 그들만이 만들어 받는 것에 더욱 의미를 주고 있었거든. 정무단이라는 세력을 휘어잡는 것만으로는 부족하다는 것을 알아차린 거야. 칠천무신

인 검왕이 떠난 정무단은 지금의 세를 무림에서 유지 못할 것
이라는 것은 느낀 거지. 껍데기는 남으나 속이 빠졌다고나 할
까. 그래서 또 생각했지. 그들의 정신을 내가 승계하면 어떨
까 하는. 물론 다는 아니라도 최소한 둘, 셋만 되더라도 굉장
한 일이 아닌가.

　불가능하다고 말하는 건가. 자네는 잘 모르는군. 무림인들
에게는 칠천무신이라 추앙받는다 하지만 인간인 이상 죽이면
그만이지. 군사 백만이면 보름 내에 무림을 궤멸할 수 있을
걸세. 적어도 보이는 부분은. 하지만 속까지는 불가능하겠
지. 그래서 황제가 애를 태우는 것이고.

　잠시 얘기가 옆으로 빠졌군. 미안하네. 어디까지 얘기했더
라. 아, 칠천무신의 승계와 그들의 죽음. 그래, 거기였지. 말
한 대로 단순히 그들을 죽이는 것은 내가 원하는 것이 아니었
어. 죽이는 것은 쉽지만 승계가 안 되거든. 그렇다고 자네도
알다시피 죽도록 고문을 한다고 하더라도 그들이 자신의 후
계자로 나를 인정할 인물들인가.

　그래서 생각을 바꿨지. 스스로 나를 후계자로 삼도록 하
자. 칠천무신 중 세력이나 제자, 그리고 가족도 없이 혼자인
자들을 찾은 뒤 각자의 성격을 분석했지. 그래서 선택된 것이
서로 간의 친분은 있으나 그 성격이 판이하게 다른 귀성과 장
왕일세.

　극한의 상황을 만들고, 전혀 다른 두 인물이 함께 있도록

한 뒤 내가 그들과 함께하는 걸 택한 거야. 죽어가는 자는 뭔가를 남기고 싶어하는 것이 인간의 심리 아닌가. 누구에게 남기겠나. 남궁가의 후손? 정무단의 인물? 아니지. 월등한 능력을 보여주기도 하지만 남의 무공을 익히지도 않은 나밖에 없는 건 당연한 일 아닌가.

너무도 간단한 일이야. 지금껏 자네들이 왜 알아차리지 못했는가가 신기할 정도로. 또 뭐가 있겠는가. 자네에게만 결과를 말해줄까? 나는 지금 그 둘의 무공을 모두 알고 있네. 무를 숭상하는 무림에 있어서 칠천무신의 무공을 알고 있다는 사실 이외에 무슨 증거가 또 필요하겠나. 거기다가 덤으로 각왕의 위치도 알고 있고, 검왕과 무성도 나의 안배에 의해 이곳으로 모이게 되어 있지.

어떤가.

이래도 불가능하다고 할 텐가.

대소. 자네들이 그렇게 이름 붙인 자의 본명은 영만호일세. 북성의 제자이지. 그 석실에 들어갔던 자들이 자네들이 처음은 아니었네. 이번은 이단계였지. 모두 삼단계로 나뉘어 있거든. 영만호는 일단계에 들어갔던 자일세. 위험한 일도 있었지.

죽기 직전에 정신을 차린 대소가 장왕에게 일단계 때 보았던 나를 가리키며 범인으로 지목한 거야. 그런데 마침 내가 그때 이황녀의 등 뒤에 업혀 있었거든. 장왕은 내가 아닌 이

황녀를 범인으로 생각했지. 어때, 재미있지 않은가. 하여간
대소는 북성을 끌어들이기 위한 안배 중 하나이기는 했는데
그것이 그리 쉽지 않았어. 그래서 역할을 바꿨지.

모여든 자들이 다른 생각은 못하고 석실에 대한 의문과 의
혹을 증폭시키는 자로. 정신과 육체, 그리고 서로 간의 단합
을 방해하는 짐으로. 그런데 무거운 짐은 쉽게 버리려는 것이
인간의 심리거든. 그래서 백일몽으로 이지를 마비시킨 뒤 첫
번째 석실을 열 수 있는 방법만을 반복적으로 주입시켰지.

짐도 짐 나름이지, 한 번 열쇠가 되었던 자를 어떻게 버리
겠나. 삼단계에서는 진사백이 그 배역을 할 예정일세. 그런데
여기까지도 문제가 있어. 채찍으로만 때리면 쉽게 좌절하고
포기하기도 하는 것이 인간이거든. 내 계획상 그러면 안 되는
거였지. 극한까지 버텨줘야 하는 거였거든. 당근이 필요했
어.

그것이 장문영과 정월명이었네. 지치고 병든 몸을 치료하
고 정신을 안정시켜 주는 데 천의 장문영과 같이 적합한 자가
또 누가 있겠나. 정월명은 다른 방식으로 자네들을 치료해 주
었지. 이곳 출신인 그녀는 자네들의 눈에 진실이 어렴풋이 보
일 듯 말 듯한 인물이었거든. 완전한 암흑에서 인간은 포기할
지라도 희미한 빛이 있으면 기적 같은 힘을 보이기도 하니까.
그녀는 자네들이 이곳의 진실을 파헤칠 수 있다는 희망이 될
단서였네. 또한 이황녀를 지키는 역할도 겸하고 있었지.

　사실 그녀가 나에게 적대감을 드러낸 것은 이제 와서 생각해 보면 계산 밖이었네. 나의 존재는 모른 채 오직 병졸로서 진시황제의 석상을 보면서 교육받았을 그녀가 진시황제의 직계인 이황녀의 얼굴을 보고 그녀를 보호하는 것까지는 계산 안이었네. 그녀는 아직 쓸모가 많기에 죽으면 안 됐거든.

　그런데 정월명이 나를 향한 분노를 드러내기 시작한 거야. 아직도 확실한 이유는 모르겠지만, 아마도 방계인 내 몸에 반쯤 흐르는 진시황제의 피를 읽어낸 모양이야. 본능적으로 말이지. 평생을 반복적으로 주입과 교육받았으니 진시황제와 그 후손은 지키고 따라야 하는 대상이지만 또한 가슴 깊은 곳에서는 얼마나 증오스럽겠나.

　어떤가.

　간단한 얘기지 않은가.

　복잡해 보이더라도 지금껏 있었던 일들을 잘 돌이켜 보면 너무나도 쉬운 문제야. 아, 자네. 그래, 자네 얘기가 빠졌군. 남궁대수 자네는 이곳을 나와 함께 나갈 걸세. 삼단계의 문을 열 자이지. 나 혼자 나가서 아무리 소리친다 하더라도 누가 내 말을 믿어주겠나. 성정 바르고 올곧으며 명문가의 태생. 나의 말을 증명해 줄 이가 자네 말고 또 누가 있겠나. 더군다나 남궁가는 무성을 끌어들이기 위한 안배도 되어 있는 곳일세. 더 이상 무슨 말이 필요하겠는가.

　자네의 몸이 꿈틀거리는군.

얼마 안 있으면 깨어날 것 같아. 그도 아니면 나에게 지금 억울하다고, 증오스럽다고 몸으로 말하는 것인가. 그러지 말게나. 적어도 자네들과 함께 있는 동안에는 나 역시 진실 되었고, 모든 의문의 해답을 알고 싶었으니까.

백일몽을 기억하는가. 처음 향을 맡으면 정신을 잃고, 두 번째는 일시적으로 기억을 잃고, 세 번째는 이지를 상실하며, 네 번째는 죽음을 맞이한다. 자네들은 한 번밖에 경험하지 못한 그것을 대소가 세 번. 내가 두 번 맡았네. 뭐, 진사백이 곧 두 번 더 맡을 테지만. 내 말뜻은 석실에서 깨어나 조금 전까지 나에겐 아무런 기억이 없었다는 말일세.

그래, 처음 깨어났을 때 내가 누군지 기억이 없었어. 이름을 묻는 장문영의 말에 한순간 몸이 굳은 것도 그것 때문이었네. 그러나 그 순간 모른다고 할 수는 없지 않은가. 모든 의심이 나에게 쏠릴 게 확실하니. 그래서 말했지. 위해원이라고.

해원. 풀 해 자에 근원 원 자. 근원을 찾아가는 자라는 뜻일세. 그때도 누군가 내 이름에 담긴 뜻을 생각했다면 뭔가를 알 수 있었을지도 모르지. 당시 나에게는 가장 어울리는 이름이었거든. 물론 중간에 이런저런 일을 겪으면서 어렴풋이 나에게 뭔가 있다는 것을 예감한 것도 사실이네. 그러나 확실하지 않은 것투성이었지.

그러다가 장왕이 죽고 내가 기절해 있었던 동안의 일을 들으면서 분명히 느낄 수 있었네. 지금 있는 구 인 중에 절대 죽을 수 없도록 치밀하게 안배되고, 가장 큰 이득을 보게 되어 있는 자가 한 명 있다는 것을.

그것이 바로 나였네.

내 지식이 남들 앞에서는 자부할 만하다고 하나 어떻게 이곳에 존재하는 모든 것에 대하여 다 알고 있었겠는가. 단지 우연의 일치일까. 하여간 이 점 때문에 모두들 나를 보호해야만 했어. 최소한 남들보다 먼저 죽지는 않게 되어 있는 상황이었지.

또한 자네는 무공이 증진되고, 누군가는 기물을 얻었다고 하나 나는 장왕의 무공을 얻었었거든. 비할 바가 아니었지. 상황과 인물들 간의 성격에 따라 미리 예정되어 있는 것 같은 나라는 존재. 분명히 알 수 있었지만 확인해야만 했네. 그리고 지금 이렇게 자네 앞에 서 있는 거지.

나도 사람인 이상 맨 정신이었다면 이렇게까지는 못했을지도 모르지. 내가 꾸민 일이 틀어질 것 같으면 당황해하고, 잘되면 즐거워하지 않으리라는 법 없지 않은가. 그래서는 안 되는 거였어. 일말의 티도 나면 안 된다고 생각한 걸세. 나조차도 속여야만 했어. 그래서 모든 안배에 맞는 인물들을 정한 뒤 백일몽으로 기억을 봉인시켰네. 계획도 어긋남이 없고 나의 존재가 절대적으로 필요하도록.

그러나 만약이라는 것이 있는 법이니 나 역시 상당한 위험을 감수한 셈이야. 실제로 자네들과 같이 모든 위험을 겪고 몇 번이나 죽을 위기를 넘기지 않았는가. 그러니 너무 욕하지 말게나. 혹시 아는가. 다시는 인세에 찾기 힘든, 이제는 단 두어 송이밖에 남지 않은 백일몽을 한 번 더 접해 나도 백치가 될는지.

하―

남궁대수여. 내 얘기를 듣고 있으나 아직도 내 얘기를 듣지 못하고 있는 자여. 이것이 진실일세. 나라는 한 사람의 삶의 증명, 그 운명의 수레바퀴에 그대들이 끼어들어 온 것뿐. 특별한 음모 따위는 아무것도 없네.

이것이 내가 자네에게 들려 줄 수 있는 이야기의 끝이네.

하―


감정 없는 음성이 감정 섞인 한숨으로 마무리되었다.

정신이 서서히 돌아오는지 그것을 받아들이기 위해 남궁대수의 육체가 간헐적으로 꿈틀거리고 있었다.

물끄러미 그 모습을 바라보고 있던 위해원은 몸을 숙여 그를 들쳐 업고는 육도윤회의 나무를 벗어나 세상으로 향하기 시작했다.

뚜벅.

뚜벅.

어둠이 깔린 세상에 나서는 그의 발걸음에 하늘도 숨을 죽이고 있었다.

　　정신을 잃은 남궁대수에게 하던 식의 말이 아닌, 이제는 영원히 정신을 찾을 수 없는 이들을 향하여 위해원이 중얼거렸다.

　　"인간의 가난한 언어로 당신들과 이미 죽은 자들에게 어떤 말을 해야 할지 모르겠소. 그러나 마지막으로 한마디만 하오리다. 그것이 내가 당신들에게 해줄 수 있는 전부이기 때문이오. 나, 당신들과 저세상에서 만나면 사죄하리라. 그러나 현생에서는 사죄하지 않겠소. 고개 숙이지도 않겠소. 후회하지도 않겠소. 그것만이 떠나간 자들에 대한 최소한의 예우라 생각하기 때문이오. 악당은 끝까지 악당으로 남아 원망을 들어야 하는 법. 그 악당이 개과천선하고 사라진다면 그에게 당한 사람들의 고통은 어디를 향할까. 나는 변하지 않겠소. 내가 만약 죄악이라면 그 모든 죄악을 그대로 짊어지겠소. 이것이 내가 선택한 삶이기 때문이오."

　　그렇게 위해원은 어둠의 장막 너머로 스며들어 가고 있었다.

『구기화』終

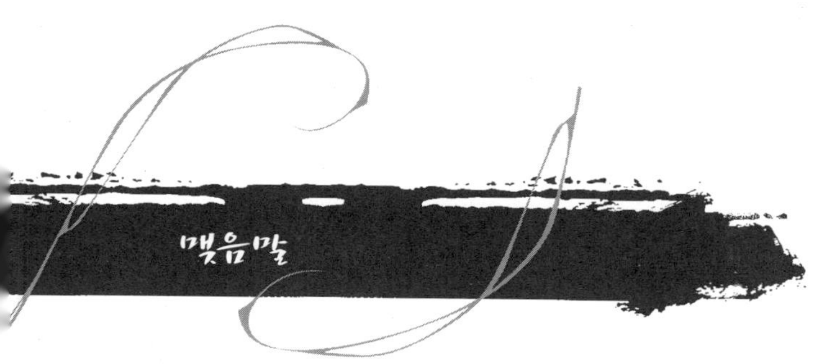


오늘은 봄비가 내렸습니다.

제법 운치가 있다고 좋아했습니다. 혼자만의 의미를 부여하길 좋아하는 성격 때문인지도 모르겠습니다. 그러나 그것보다는 오늘이 저에게는 평소와는 다른 하루였기 때문인 이유가 조금 더 큰 것 같습니다.

조용한 새벽, 한동안 함께했던 구기화에 마침표를 찍었습니다. 시원섭섭하다는 말의 의미, 그 기쁨과 슬픔을 난생처음으로 진실되게 경험했습니다.

어쩌면 화를 내시는 분도 계실 것 같습니다. 분명하지 못한 결말에 분노와 실망, 그리고 지탄을 하시면 어쩌나 걱정이 벌써부터 앞섭니다. 어떤 분께서는 무책임한 마무리가 아니냐고 소리를 높이실 수도 있으시겠지요.

그러나 결코, 급조된 것은 아니라는 말만은 꼭 드리고 싶습니다.

처음 구기화를 구상할 당시부터 결말만은 꼭 이렇게 맺어야지 하고 마음먹고 있었습니다. 마치 우리네 인생처럼, 하나가 끝난 듯 보이나 또 다른 시작으로 이어지도록 만들어보고 싶었습니다. 어쩌면 제 부족한 필력에 대한 자각일 수도 있고, 마침표보다 말줄임표를 좋아하는 성격 탓인지도 모르겠습니다.

소설 원작이 있는 미디어 작품은 잘 보지 않는 편입니다. 제가 꿈꾸고 상상했던 그림들이 깨지는 것이 고통스러워서입니다. 굳이 결말에 대한 작은 변명을 하자면, 읽으시는 분들께서도 상상의 나래를 펼칠 공간을 만들어 드리고 싶었다고 하겠습니다.

그래서 저는 위해원이 자신의 욕망을 실현할 수 있을지는 이 글을 읽어주시는 분들, 각자의 몫으로 남겨두려 합니다.

어쩌면 언젠가 구기화로 다시 찾아뵐 수 있는 여지도 남기고 싶었는지 모릅니다. 기회가 된다면 제가 상상하고 있는 뒷이야기를 같이 나누고 싶은 것도 사실이니까요.


글을 쓰는 내내 제 부족한 필력 때문에 아파했습니다. 어설픈 문장과 엉성한 구조에 낯이 뜨거웠습니다. 의욕은 있으되 능력이 없어서 힘들어했습니다. 그래도 스스로 원하던 일이기에 너무도 즐거웠습니다. 미약하나마 첫걸음을 떼었으니 이젠 넘어질 것을 두려워하지 않으려 합니다.

제 첫 번째 글을 그간 함께 나눠주셔서 진심으로 감사드리며 조금은 달라진 모습으로 다시 찾아뵐 수 있도록 더욱 노력하겠습니다.

끝으로 누구나 인생에 전환점은 있다고 하는 말, 곰곰이 생각해봅니다.

그리고 가만히 고개를 저어봅니다. 전환이 아닌 도약이라 치장하고 싶어집니다. 지금껏 걸어오던 인생이 한순간에 방향을 트는 것이 아닌 날개를 다는 것이라고 믿고 싶습니다. 비록 그 날갯짓이 남들이 보기에는 우습고 가소로워 보일지라도 말이지요.

없던 날개가 돋아나는 것이니 그 과정에서 아픈 것은 당연하겠지만, 언젠가 날아오를 그날을 꿈꾼다면 분명 견뎌낼 수 있을 것이라고 믿습니다.

여러분의 앞날에 날개를 펼칠 수 있는 푸르른 창공이 가득하길 가슴속 깊이 기도하겠습니다.

봄의 길목 앞에서 해밀 올림.

FANTASTIC
ORIENTAL
HEROES

두 사형제가 난세(亂世)를 헤치며 만들어 나가는
기이막측(奇異莫測)한 강호(江湖) 이야기!!

천하가 사패(四覇)의 대립으로 혼란스러운 시기,
세상이 혼탁해지자 강호(江湖)에는 온갖 은원(恩怨)이 넘쳐난다.
그러자 금전을 받고 은원을 해결해주는 돈벌레[黃金蟲]가 나타난다.
그런데… 비천한 황금충(黃金蟲) 무리 가운데 천하팔대고수(天下八大高手)가
나타나니…

**천검(天劍) 능운백(陵雲白)!**
**천하팔대고수이자 강호제일 청부사의 이름이다.**

그리고… 그가 두 제자를 들이니, 고검(孤劍)과 추산(秋山)이 그들이었다.
훗날 강호제일의 해결사가 되어 무림을 진동시킬 이들이었다.

# 魔刀爭霸

## FANTASTIC
## ORIENTAL HEROES

# 마도쟁패

### 장영훈 新무협 판타지 소설

# 오색혈수인(五色血手印)을 찾아라!

『보표무적』, 『일도양단』에 이은 장영훈의 세 번째
거친 사나이들의 이야기!

마교제일의 타격대 흑풍대(黑風隊)의 최연소 대주.
흑풍대주 칠초나락(七招奈落) 유월(柳月).
강호서열록(江湖序列錄) 가(假) 서열 오십육위, 진(眞) 서열 칠위.

교주의 외동딸 비설의 폭탄선언으로 시작되는 운명의 거대한 수레바퀴!
거대 마도문파 마교를 둘러싼 치열한 음모와 피 튀기는 암투!
가슴을 울리는 호쾌한 대결과 박진감 넘치는 전투의 연속!

**우리가 바라 마지않던 진정한 사나이들의 역동적인 이야기가 전개된다!**

조돈형 新무협 판타지 소설
FANTASTIC ORIENTAL HEROES

# 마도십병

## 2007년을 뜨겁게 달굴 화제의 작품!
## 『마도십병(魔道十兵)』!!

### 천 년의 힘이 이어지다!

작가 조돈형이 혼신의 열정으로 빚어낸, 2부작 『궁귀검신』!
그 뜨거운 불꽃은 꺼지지 않고 다시 활활 타오른다!
열혈 대한의 가슴을 더욱 뜨겁게 달굴
장대하고 호쾌한 투쟁의 시간이 다가온다!

유행이 아닌 자유추구 -
**WWW. chungeoram.com**

Book Publishing CHUNGEORAM

# 초등학생이 반드시 읽어야 할 좋은 책 49권

각 학년별로 초등학생이 반드시 읽어야할 좋은 책을
선정하여 통합논술의 기본이 되는 '올바른 독서법'을
일깨워 줍니다.

## 교과서와 함께하는
## 초등학교 통합논술

초등1학년 | 값 12,000원 | 초등2학년 | 값 9,500원 | 초등3학년 | 값 11,000원 | 초등4학년 | 값 9,500원 | 초등5학년 | 값 9,500원 | 초등6학년 | 값 11,000원

### ♣ 혼자 할 수 있어요.

엄마가 책 읽는 방법을 가르쳐 주어도 좋아요.
독서지도하는 선생님이 가르쳐 주어도 좋답니다.
"초등 교과서와 함께하는 **통합논술 시리즈**"는
아이 스스로 독서할 수 있도록 꾸며진 책이에요.
엄마와 선생님은 요령만 가르쳐 주시면 된답니다.

### ♣ 교과서의 중요한 내용이 총정리되어 있어요.

각 학년별로 중요한 교과 내용이 함께 수록되어 있어요.
초등학생은 교과서 내용을 충실하게 공부해야 합니다.
아울러 그와 병행한 독서가 대단히 중요하지요.
"초등 교과서와 함께하는 **통합논술 시리즈**"는
두가지 방법 모두 알려준답니다.

### ♣ 이 책은 훌륭하신 선생님들이 함께 쓰신 책이랍니다.

동화작가 선생님들이 쓰셨어요. 소설가 선생님도 쓰셨답니다.
국어 논술독서지도 선생님들도 함께 쓰셨지요.
"초등 교과서와 함께하는 **통합논술 시리즈**"는
엄마의 마음으로 모든 선생님들이 함께 꾸민 책이랍니다.

# 입소문을 통해 아는 분은 다 알고 계십니다!
# 올 한해 공인중개사 최고의 화제작!

1~2권 합본 | 이용훈 지음
3~4권 합본 | 이용훈 지음
5~6권 합본 | 이용훈 지음
용어해설 | 이용훈 지음

## 수험생 기본 필독서
# 만화 공인중개사

**제목 : 만화공인중개사 쓰신 분에게 감사드립니다.**

학원을 두 달 다녔어요. 근데 과연 그 숫자 외우기 그런 게 몇 문제나 나올까 생각을 했어요.
아니라는 생각이 드네요. 학원강의를 뒤로하고 서점을 갔어요 내 머리에가장이해될수있는
책이 없나 하구요. 거기서 만화를 발견했어요. 무조건 세 번 봤어요. 3개월 걸렸어요. 문제집을 보라고
했는데 그건 시행을 못했어요. 근데 합격을 했네요.
어떻게 감사의 말을 해야 될지…….
도서관에서 만화책 들고 다니니까 사람들이 비웃더라구요. 만화책으로 공인중개사를 공부한다고
미친 사람처럼 보더라구요. 근데 그거 다 감수하고 했던 내가 자랑스럽습니다.
어떻게 감사의 말을 해야 할지… 정말 감사합니다.
부디 행복하세요. 제 나이 41살에 좋은 스승을 만난 것 같습니다.
엎드려 감사드립니다.

-본사 홈페이지에 독자분이 올린 메일 中 에서 발췌-